D1880775

राग मक्कारी...

अथ कैम्पस कथा

राग मक्कारी...

अथ कैम्पस कथा

केशव पटेल

वाणी प्रकाशन

वाणी प्रकाशन

4695, 21-ए, दरियागंज, नयी दिल्ली 110 002

फ़ोन : +91 11 23273167 फ़ैक्स : +91 11 23275710

शाखाएँ

अशोक राजपथ, पटना 800 004, बिहार

कॉफ़ी हाउस कैम्पस, महात्मा गांधी मार्ग, इलाहाबाद 211 001, उत्तर प्रदेश

महात्मा गांधी अन्तरराष्ट्रीय हिन्दी विश्वविद्यालय, वर्धा 442 001, महाराष्ट्र

सुल्तानिया रोड, मोतिया पार्क, भोपाल 462 001, मध्य प्रदेश

www.vaniprakashan.com
marketing@vaniprakashan.in
sales@vaniprakashan.in

Raag Makkari...Ath Campus Katha
by Keshav Patel

ISBN : 978-93-5518-319-4
Fiction

© केशव पटेल

प्रथम संस्करण 2022

मूल्य : ₹ 399

इस पुस्तक के किसी भी अंश को किसी भी माध्यम में प्रयोग करने के लिए प्रकाशक से लिखित अनुमति लेना अनिवार्य है।

आर. टेक ऑफ़सेट प्रिंटर्स, दिल्ली-110 032 में मुद्रित

वाणी प्रकाशन का लोगो मक़बूल फ़िदा हुसेन की कूची से

अम्मा, श्लोक
और प्यारे दोस्त
अशोक चौहान के लिए

अनकही

कुछ कहानियाँ कई हिस्सों में होती हैं या फिर यूँ कहा जाये कि कुछ हिस्सों की कई कहानियाँ होती हैं। कुछ कहानियों में हीरो को सब कुछ मिल जाता है, तो कुछ कहानियों में उसके पास कुछ नहीं बचता। ठीक वैसे ही जैसे सब अपने–अपने हिस्से की कहानियों में हीरो होते हैं, बस कुछ की फ़िल्में रिलीज हो जाती हैं और कुछ फ़िल्में बन्द डिब्बे में ही रह जाती हैं।

इस कहानी में भी कुछ नया नहीं है। वही जिन्दगी, वही लोग, वही राजनीति और वही थपेड़े, लेकिन बिना ट्विस्ट के कहानी कहाँ पूरी होती है।

बड़े शहर में आकर पढ़ने और सिविल सर्विसेज जैसा बेहतरीन ऑप्शन चुन कर कैरियर बनाने की जद्दोजहद में हीरो कहीं गुम होकर रह गया। ख़ुद को साबित करने का दबाव इतना कि न शब्द रहे, न रंग। सिविल सर्विसेज की तैयारी करते–करते उसके रंगों से ख़ुशबू कब उड़ गयी, पता ही नहीं चला। सफल न हो पाने का तनाव इतना कि हीरो से फिर कुछ नहीं हो पाया। अगर कुछ हुआ तो सिर्फ़ इतना कि ज्वार–भाटे की लहरों में हीरो उतरता–चढ़ता रहा, जहाँ उसके सामने ख़ुद को साबित करने के सिवा कोई रास्ता नहीं बचा। उसने कोशिश की, पूरी कोशिश की।

कहानी उसे तलाश रही है, और न चाहते हुए भी वह कहानी द्वारा ढूँढ़ लिया जाता है। आख़िर, कहानी उसका शिकार करके रहेगी। लेकिन हीरो की ये फ़िल्म हिट हो जाती, तो फिर हमें ये कहानी कहाँ से मिलती?

अनुक्रम

कुछ इस तरह क़त्ल हुआ हमारा क़िस्तों में,
कभी क़ातिल बदल गये, कभी ख़ंजर बदल गये।
(अज्ञात)

चूज़े और गिद्ध

अगस्त का महीना शुरू हो चुका है। सुबह से लगातार रिमझिम बरस रही है। हीरो आज कुछ जल्दी ही उठ गया। वैसे तो मन एकदम खिला–खिला है लेकिन होंठों पर मुस्कुराहट के साथ दिल में थोड़ी–सी बेचैनी और घबराहट का मिला–जुला असर उसके चेहरे पर साफ़ देखा जा सकता है।

आज विश्वविद्यालय में कक्षाएँ शुरू होने का पहला दिन है। आज से हीरो की एक नयी ज़िन्दगी का सफ़र शुरू हो रहा है। टाइम टेबल के हिसाब से पहला लेक्चर दस बजे से होगा।

नयी सफ़ेद शर्ट और नीले रंग का पैंट पहनने के बाद तीसरी बार हीरो ने ख़ुद को आईने में देखा और क्लास के लिए निकल पड़ा। उसकी लम्बे समय तक सिविल सर्विसेज जैसी बेहद उबाऊ और तोड़कर रख देने वाली मेहनत और मेन्स तक पहुँचने की थोड़ी बहुत सम्भावनाओं के ख़त्म होने के बाद, *डिप्टी कलेक्टरी* चलती हुई गाड़ी के पीछे भागते ग़रीब परिवारों के बच्चों की तरह धीरे–धीरे आँखों से ओझल होती चली गयी। आख़िरकार, एक सम्भावना ने इस दुकान को बन्द होने से बचाया। कलेक्टर न सही, कलेक्टर के बराबर बैठने वाला बनने की चाहत में पत्रकारिता एक नया सिंहद्वार बनकर सामने आयी।

हीरो को देश के बेहद नामी लेकिन उतने ही विवादित एक विश्वविद्यालय में एडमिशन भी मिल गया। जैसे कोई देहाती शहर में आता है और शहर की चकाचौंध में फँसकर रह जाता है,

ठीक वैसे ही हीरो को भी नहीं पता था कि वह उस कालिमायुक्त संसार का हिस्सा बनने जा रहा है, जहाँ आने के तो बहुत रास्ते हैं, लेकिन बाहर निकलने का एक भी नहीं।

हल्की बौछारों ने अब बड़ी–बड़ी बूँदों का रूप लेना शुरू कर दिया। देखते ही देखते बारिश ने रूप विकराल कर लिया। जैसे बादलों की तेज़ गड़गड़ाहट के बीच टपकती उजाड़–सी झोंपड़ी में टूटी चारपाई पर उकड़ूँ बैठ कटोरे के चावल और नाक के नमकीन ज़ुकाम को एक साथ सुड़कते–खींचते किसी बच्चे को डरा देती है; जैसे सुतली बम से भी तेज़ धमाके की आवाज़ वाले साइलेंसर की कोई बाइक शहर के मिज़ाज में अटपटाहट भोंक देती है; जैसे बरसाती गड्ढे में कार के टायर से उछलकर राह चलते आदमी के कपड़ों पर गिरा गँदला पानी तीखी झुँझलाहट के निशान छोड़ देता है, विश्वविद्यालय जाने की उत्सुकता के बीच हीरो को भी आज कुछ वैसा ही अजीब–सा लग रहा है।

विश्वविद्यालय के बाहरी गेट से अन्दर आते हुए, पानी की भारी–भरकम बौछारों से ख़ुद को बचाते हुए, हीरो बिल्डिंग के ग्राउंड फ़्लोर में बने बरामदे में दाख़िल हुआ और कोने में चुपचाप जाकर खड़ा हो गया। बारिश से बचने की भरसक कोशिश के बाद भी कपड़े कुछ गीले हो गये हैं। बरामदे में एक तरफ़ खड़े सफ़ाई–कर्मचारी ने पहले तो उसकी तरफ़ देखा, सिर पर बँधा गमछा खोलकर कन्धे पर रखा, फिर अपने काम में मशगूल हो गया।

बूँदें अभी भी तेज़ी से गिर रही हैं। यहीं दूसरे विभागों के भी कुछ भीगे हुए, और कुछ भीग जाने की ख़्वाहिश सँजोये छात्र–छात्राएँ भी खड़े हैं। इसमें भीगने वाले छात्रों से ज़्यादा संख्या, भीग चुकी छात्राओं को देखने वालों की है। कुछ कन्याएँ शरीर का आधा हिस्सा झुकाकर गीली ज़ुल्फ़ों से पानी झटककर निकाल रही हैं। जो बरसात में भीग कर नहीं आये हैं, उन्होंने इसे सौभाग्य माना, और वे पानी की उन महान बूँदों में भीगने का मोह लिए खड़े रहे।

अपने चेहरे पर लगे महँगे फ़ाउंडेशन के बारिश में धुलने से नाराज़, अंग्रेज़ियत से सराबोर आधी झुकी एक कन्या ने स्ट्रेट की जुल्फ़ों से पानी झटकते हुए बिना इसकी परवाह किये कि उसके बग़ल में खड़ा देश और पत्रकारिता का 'भविष्य', इस समय समतल मैदानों को छोड़, पहाड़ों की 'ऊँचाइयाँ' नापने में व्यस्त है, बग़ल वाली कन्या ने एक साँस में फ़र्राटेदार अंग्रेज़ी में 'गॉड' और 'वेदर' दोनों को न जाने कितनी गालियाँ दे डालीं। फ़र्नीचर की किसी दुकान में नयी वुडन वार्निश की तेज़ गन्ध की तरह महकती टाँय–टाँय, टपर–टपर अंग्रेज़ी बोलने वाली लड़कियाँ और इनके बीच 'ओह! शी इज़ वेरी हॉट' बोलने वाले लड़के एक–दूसरे को ताड़ रहे हैं।

हीरो विश्वविद्यालय की सीढ़ियों पर चढ़ने ही वाला था कि ऊपर जाती सीढ़ियाँ देखकर ठिठक–सा गया। नीचे से ऊपर तक नज़र दौड़ायी, तो लगा वे सीढ़ियाँ नहीं, चीथड़ों से भरा कोई लबादा हो। ऐसी कोई सीढ़ी नहीं, जिसके बदन पर ज़ख़्मों की तरह कोई निशान मौजूद न हो। उसे लगा मानो सीढ़ियाँ किसी चमकदार रंगीन पत्थर से नहीं, बल्कि किसी की हड्डियों से बनी हैं। वे हड्डीयाँ जो आदमी की होती हैं। शायद ये उस जैसे ही किसी आदमी की हों। लगा कि वे न जाने कब से और कितनी पीढ़ियों से कराह रही हैं।

हीरो ने एक़दम से चौंककर आस–पास देखा, फिर ख़ुद पर ही हँस दिया। मन–ही–मन ख़ुद को भद्दी–सी गाली देते हुए इसे हिन्दी साहित्य के दुखान्त उपन्यासों का बुरा असर मानकर कराहती और गुहार लगाती–सी सीढ़ियाँ, जूतों से रौंदते क्लास की तरफ़ भागा।

हीरो तेज़ी से क़दमों में आसमान नापते और धरती चीरते तीसरे फ़्लोर की तरफ़ बढ़ता जा रहा है, उसे क्लास में जाने की कुछ ज़्यादा ही जल्दी है। सीढ़ियों की सिसकती आवाज़ वाला गला पैरों से घोंटते जैसे ही तीसरे फ़्लोर के गेट पर पहुँचा, तो एक बार फिर क़दम ठिठककर रह गये।

उसने बड़े ग़ौर से दरवाज़ा देखा, और देर तक देखता ही रह गया। दरवाज़ा कुछ–कुछ ऐसा लग रहा है, मानो ग़ज़नवी ने भारत

में क़ब्ज़ा जमाने के लिए सबसे पहले इसी ऐतिहासिक दरवाज़े को तोड़कर आक्रमण की सूचना दी होगी।

छह बाई तीन फ़ीट का दरवाज़ा सफ़ेद स्टील की चादरों के बीच प्लाई जैसे किसी बहुमूल्य पदार्थ से मिलकर बनाया गया था। जगह–जगह ग़ज़नवी की तोपों के गोलों की मार जैसे निशान बने हैं। कुछ जगहों पर पुराने छात्रों की कल्पना–शक्ति प्रदर्शित करती बड़े विचित्र क़िस्म के चेहरों वाली भित्ति चित्रनुमा आकृतियाँ बनी हैं।

इसी दरवाज़े के पास खिड़कीनुमा झरोखा भी है, जिस पर लगा काँच ऐसा लग रहा है मानो, ग़ज़नवी की उन्हीं तोपों से निकले गोलों के कारण कई जगहों से क्षतिग्रस्त हो चुका है।

इसी झरोखेनुमा खिड़की पर एक आदमी अपना शरीर ज़बरदस्ती डाले खड़ा दिखा। उसके बाल देखकर लगा कि उसने अभी–अभी चमेली या सरसों के तेल से बाल जमकर रगड़े हैं। बालों से निकलकर तेल की लम्बी रेखा उसकी कनपटी के निचले हिस्से तक आ रही है। तेल की रेखा अपने ऊपर पड़ रही रोशनी की चमक सामने फेंक रही है, जिससे इस बात की प्रामाणिकता पुख़्ता हो रही है कि समतल और चिकनी जगह प्रकाश परावर्तित करने के लिए सर्वाधिक उपयुक्त होती है।

उसके मरियल–से चेहरे पर डर के निशान साफ़तौर पर देखे जा सकते हैं। शर्ट का दायाँ हिस्सा पैंट के अन्दर और बायाँ हिस्सा पैंट के बाहर है। पैंट को कमर ने नहीं बल्कि नितम्बों ने सँभाल रखा है। कुल मिलाकर उसकी हालत देख कहा जा सकता है कि यह वही सूरत है, जिसे दिखाकर सरकार विश्व बैंक से किसी भी तरह का भारी–भरकम क़र्ज़ा ले सकती है। हीरो ने बड़े ग़ौर से उसे देखा और क्लास की तरफ़ निकल गया।

क्लास में दाख़िल होते ही हीरो ने क्लास को चारों तरफ़ से किसी मुस्तैद सिपाही की तरह देखा और एक कोने में जाकर बैठ गया। पूरी क्लास किसी मिली–जुली सरकार की तरह लग रही है।

आँखों ही आँखों में हीरो की मुलाक़ात कुछ अन्य लोगों से हुई। कुछ अपने मिले, कुछ अपने वाले मिले।

इन सबसे परे एक आदमी और मिला। कहावत है कि भूत को तब तक नहीं मानते, जब तक वो सामने न आ जाये। ठीक इसी धारणा को लगभग पूरा करने वाला आदमी। 'मुँह में दाँत नहीं, पेट में आँत नहीं और पिछवाड़े से तोड़ने चले अख़रोट' वाली कहावत सरीखा आदमी। किसी पिरामिड में संरक्षित रखी किसी ममी की तरह का यह आदमी, आदमी कम और तोते–सी शक्ल वाला जन्तु ज़्यादा लग रहा है। जितनी उत्तेजनामय उनकी शक्ल है, उससे कहीं ज़्यादा सादा उनका जीवन है। जैसे आमतौर पर सरकारी कॉलेज का एक लेक्चरर होता है, उससे थोड़ा–सा बढ़कर। बढ़कर इसलिए क्योंकि वे कॉलेज में नहीं, विश्वविद्यालय में पढ़ाते हैं, या पढ़ाने के लिए जाने जाते हैं। जैसा कि सरकारी मास्टर होता है, ठीक वैसे ही शर्ट को पैंट के अन्दर किये बिना पहनते हैं। पैंट चुन्नीदार है, जिस पर दायें और बायें दोनों साइड से तीन–तीन प्लेटों की चुन्नट बनी है, जिसे प्रेस करने वाला घुटनों तक बनाये रखता है।

कॉलेज और विश्वविद्यालय के मास्टर के बीच जो चीज़ अन्तर करती हैं, वो हैं चप्पलें। अमूमन कॉलेज के मास्टर के पैरों में रबर या नायलॉन की चप्पल होती हैं, लेकिन उनके पैरों में लखनऊ के किसी बाज़ार से ख़रीदी चमड़े की चप्पल हैं। चप्पल पर सिलाई–कढ़ाई के बेहतरीन नमूने हैं। उन टाँकों की क़सीदाकारी के आधार पर जायज़ा लें, तो चप्पल की रजत जन्यती मनाई जा सकती है।

चमड़े की होने के बाद भी पॉलिश के सुख से दूर उस चप्पल के कारण ही उनमें और कॉलेज के मास्टर के बीच बड़ा अन्तर पता चल पा रहा है। क्लास में आते ही 'लड़के इधर और लड़कियाँ उधर' वाला आदमी। असाधारण रूप से दोस्ती व प्यार का दुश्मन। दो जवाँ दिलों के मिलन के बीच की बड़ी दीवार। किसी फल में लग जाने वाले रोग सरीखी शख़्सियत। मीठेपन को कड़वाहट में बदलने वाले किसी केमिकल कम्पाउंड सरीखा आदमी। लोग इनको 'बड़े सरजी' के नाम से सम्बोधित करते हैं।

इन बड़े सरजी को सामने से आते देख लड़के–लड़कियों के बीच सोलह हाथों की दूरी कब और कैसे बन जाती है, यह अपने आप में एक रहस्य है। इक्कीसवीं सदी के भारत में रोज़ टीवी और अख़बारों में 'नज़र बदलो, नज़रिया बदलो' अथवा 'नारी को कपड़ों से नहीं, सम्मान से देखो' के तमाम विज्ञापनों को अपने अंग–विशेष के चरम बिन्दु पर रखते हुए, एक ही बात उनके लगभग तोते जैसी शक्ल वाले मुँह से निकलती :

"देखो मैड्डम! यहाँ ये सब कपड़े नहीं चलेंगे, तुम्हारे माँ–बाप ने पढ़ने भेजा है, पढ़ाई करो। ये सब कपड़े पहनकर आने की ज़रूरत नहीं। नहीं तो मेरे रहते यहाँ से डिग्री नहीं ले पाओगे।"

इसके बाद बिना खँखारे ही ये जो 'डिग्री नहीं ले पाओगे' वाला डायलॉग है, उसके ख़त्म होने से पहले ही ठेठ भाषा में एक डायलॉग और मारा जाता :

"यह एक के ठे बदमाश रह सकल ला उ हम हई एक के पटाखा में लगबे मुहे से ख़ून फेके..."

हालाँकि 'एक झापड़ लगाऊँगा' वाली बात कहने के पीछे बड़े सरजी का मानना यही होगा कि जिस तरह ब्रह्मास्त्र और पाशुपातेय अस्त्र का कोई मुक़ाबला नहीं, ठीक वैसे ही उनके झापड़ का भी कोई मुक़ाबला नहीं है। उनका मानना होगा कि वो अगर अपना झापड़ किसी दिन, किसी को मारने के लिए ऊपर उठा लें, तो सामने वाले के लिए तय करना मुश्किल होगा कि झापड़ लगाने के लिए हाथ उठाने और सामने वाले के गाल पर रसीद करने तक की दूरी तय करने में हाथ ने कितना समय लिया। उनका मानना यह भी होगा कि यह गति प्रकाश की गति से बीस नहीं, तो उन्नीस भी नहीं होगी।

यह डायलॉग बोलते समय उनका विशेष ज़ोर 'झापड़' शब्द पर होता, जो साबित करता कि उन्हें चीन की एक विशेष युद्ध कला में महारत हासिल है। बड़े सरजी जब भी कक्षा से निकलते, कक्षाओं के बाहर मिलने वाले सबसे पहले प्राणी चाहे, वह नर हों या मादा,

से इतनी ज़ोरदार आवाज़ में कुछ ऐसा बोलते, जिसे पहली बार सुनने में कुछ–कुछ गाली–सा आभास होता, लेकिन असल में बड़े सरजी उसे अपना आशीर्वाद बताते।

जैसे–जैसे बड़े सरजी कक्षा के पास पहुँचने लगते, उनका स्वर संगीत के सात सुरों की तरह मद्धम से तीव्रता की ओर बढ़ता जाता, मानो वो अभी यह क्लास भस्म कर डालेंगे। उनके इस कृत्य का एकमात्र सन्देश होता है कि इस विभाग और विश्वविद्यालय में वो ही एकमात्र गुण्डे हैं, और वो आज फिर से नाराज़ हैं। जैसे फुटपाथ पर हफ़्ता वसूली करने वाला गुण्डा, जब किसी दिहाड़ी रेहड़ी वाले को धमकाकर ख़ुश हो जाता है, ठीक वैसी ही मुस्कान उनके चेहरे पर आ जातीं और आँखों के नीचे की रेखाएँ बिजली के तारों की माफ़िक़ तन जाती। हाथों में लम्बा छुरा लिए फुटपाथ के उस गुण्डे की तरह, हवा में हाज़िरी रजिस्टर लहराते, वे क्लास में दाख़िल होते हैं। उन्हें आता देख लड़कियों के हवा में लहराते खुले बाल ख़ुद–ब–ख़ुद रबर से बँध जाते, उनके लो–कट कुरतों, टी–शर्ट या टॉप से झाँकती अधखुली छातियाँ चुन्नी की कई तहों में लिपट जातीं। लड़कों के मुँह में कई टन लबालब भरे गुटखे के अमृत समान सलाइवा में मानो विष घुल जाता।

अपनी हैरान कर देने वाली शक्ल लिए जैसे ही बड़े सरजी क्लास में घुसे, एक उड़ते चूज़े ने उन्हें आड़े हाथों ले लिया। अपने पोपले मुँह से बहुत सारा खँखार लेने के बाद उसे थूकने के बजाय गटकते हुए अपने होंठ हिटलरी अन्दाज़ में मोड़ा ही होगा कि उस चूज़े ने एक सवाल तीर–सा दाग दिया :

"सर एक बात पूछनी थी।"

"पूछें।"

"आप जब स्कूल के स्टूडेंट थे या कॉलेज में थे, तो क्या आपको किसी लड़की ने रिजेक्ट किया था, या प्यार में धोखा मिला है आपको? या फिर बचपन में यौन–शोषण हुआ था आपका?"

"क्या बकवास है ये?"

"तो फिर आप लड़के और लड़कियों को लेकर इतने बायस्ड क्यों रहते हैं? हम लोग न तो भारतीय संस्कृति की धज्जियाँ सरेआम उड़ाते फिरते हैं। ना इस देश को रोमांसनिज़्म के जाल में फँसा लेने के लिए प्रयासरत हैं।"

अचानक छत पर लगे रिरियाते चौड़े डैने वाले दोनों पंखों ने घूमना बन्द कर दिया। पूरी क्लास को मानो साँप सूँघ गया। सबसे ज़्यादा देखने लायक शक्ल उस लगभग तोते के समान चेहरे वाले बड़े सरजी की थी।

अब बार–बार सरजी क्यों? गुरुजी क्यों नहीं? तो वह इसलिए कि पूरी जिन्दगी वे असल में बड़े सरजी ही बने रहे, गुरुजी कभी नहीं बन पाये। ख़ैर, गुरुजी तो वो कभी बन भी नहीं पाये होंगे, क्योंकि गुरु के लिए दिल और दिमाग़ दोनों को बड़ा होना चाहिए, लेकिन बड़ा तो उनका कुछ भी नहीं था।

इन बड़े सरजी की एक ख़ासियत और है। इन्हें उस हर व्यक्ति से नफरत है, जिसकी शर्ट, इनकी शर्ट से ज़्यादा सफ़ेद हो, या सामने वाले के जूतों पर पॉलिश हो, या फिर सामने वाले को ज्ञान की दो–चार बातें बड़े सरजी से ज़्यादा आती हों।

ज्ञान के तमाम मापदण्डों को लेकर बात सिर्फ़ इतनी है कि चारों वेदों में लिखी बातें, तब तक सही नहीं मानी जा सकतीं, जब तक बड़े सरजी उन्हें अपने मुखारविन्द से सही न ठहरा दें। इनके बारे में कहावत है कि इन्हें इतना ज्ञान है, इतना ज्ञान है, कि इस सृष्टि की रचना के पूर्व इनसे टेलीपैथी से सहायता माँगी गयी थी। वैसे कहा तो यह भी जाता है कि कृष्ण जब द्वारका का निर्माण करने जा रहे थे, तो इन्हीं की सलाह पर स्थान का चुनाव हुआ था। विश्वविद्यालयीन मान्यता तो यह भी है कि शिव की जगह समुद्र–मन्थन से निकला विष पीने के लिए सबसे पहले यही गये थे, लेकिन शिव ने छल से वो विष पी लिया, जिसका अफ़सोस इन्हें आज तक है और ये शिव को कभी माफ़ नहीं कर पाये।

अकादमिक जगत के गुप्त रहस्यों के जानकारों की मानें, तो इनके पास तीसरा नेत्र भी है, जिससे ये किसी भी ऐसे विद्यार्थी या शिक्षक को जला डालते हैं, जिनकी शर्ट इनकी शर्ट से ज़्यादा सफ़ेद होती है, या जिनसे इनके ज्ञान को ख़तरा होता है।

अपने ज्ञान को इसी ख़तरे से बचाने के लिए एफ.बी.आई., सी.आई.ए. या रॉ जैसी तमाम ख़ुफ़िया एजेन्सियों से सीखते हुए विश्वविद्यालय में अपने सीक्रेट एजेंट लगा रखे थे। अपने पाले सैकडों गुण्डों और गुर्गों के रहते इन्हें इस बात का पूरा यक़ीन था कि कोई माई का लाल, चाहे उसने अपनी माँ का दूध पिया हो या डिब्बे का, उनके शरीर के किसी भी हिस्से का कोई भी बाल किसी भी तरीक़े से उखाड़ तो क्या, छू भी नहीं सकता है।

और उन्होंनें यही दहशत बरक़रार रखने और दिन दूनी–रात चौगुनी बढ़ाने की ज़िम्मेदारी दी है, भारतीय न्याय व्यवस्था पढ़ाने वाले बेहद ज़िम्मेदार व्यक्ति सुदीप सड़ेरिया को।

हालाँकि, सुदीप सड़ेरिया सर ने भारतीय न्याय व्यवस्था पढ़ाने का अधिकार न तो भगवान से माँगा था, न ही भगवान ने उन्हें दिया था। अकादमिक अय्यारों की मानें तो उन्हें किसी बेहद संजीदा आदमी ने, बेहद संजीदा समय में, बेहद संजीदगी के साथ, यह संजीदा बात बतायी थी कि जिस तरह भौतिक वातावरण में आम जनमानस क़ानून और क़ानून के रखवालों से डरते हैं, ठीक उसी तरह विश्वविद्यालयीन वातावरण में विशिष्ट जनमानस क़ानून और क़ानून पढ़ाने वाले से डरते हैं। और फिर वे तो संरक्षित तबक़े से आते हैं। बस उस दिन उन्होंने प्रतिज्ञा कर ली कि वे किसी तरह का कोई ज्ञान बाँटेंगे तो वो सिर्फ भारतीय न्याय और क़ानून व्यवस्था का ही ज्ञान होगा।

बाँटने की इस प्रक्रिया में हालाँकि कई अवरोध उनके सामने थे। अव्वल तो वे भारतीय होने से कोसों दूर हैं, तो सबसे पहले उन्होंने ख़ुद को भारतीय दिखाने के लिए गन्ही महात्मा की तर्ज़ पर कपड़ों का त्याग किया। एक ही जोड़ी कपड़े में पूरा जीवन गुज़ारने की क़सम खा ली। दूसरे, अपने बग़ल में एक किताबनुमा डायरी दबा कर

चलने लगे, जिसमें वे भारतीय न्याय और क़ानून व्यवस्था की बातें लिखने, पढ़ने और बोलने लगे।

हाँ तो ठीक जिस तरह गन्ही महात्मा ने अपने ऊपर देश की आज़ादी का भार ले रखा था, हमारे सड़ेरिया उर्फ़ गठान सर ने बड़े सरजी की दहशत को बरक़रार रखने की पूरी ज़िम्मेदारी ले रखी है। यह ज़िम्मेदारी ढोते हुए, वे ठीक वैसा ही महसूस करते हैं, जैसे शेषनाग ने पूरी पृथ्वी का भार अपने फन के ऊपर ले रखा है। समय–समय पर वे इस बात का अहसास अपनी हथेलियों पर पड़े निशानों को दिखाते हुए जगज़ाहिर भी करते हैं, लेकिन बहुत बाद में उनके नज़दीकी एक क़िस्सागो ने गाँजे के नशे में बताया कि उन्हें हस्तमैथुन की आदत है और वे निशान उसी के हैं।

हमारे बड़े सरजी के ज्ञान की बात करें तो उनके ज्ञान को सीमाओं में बाँधना मुश्किल ही नहीं, नामुमकिन है। ठीक इन्हीं ज्ञानी पुरुष यानी कि बड़े सरजी की चपेट में एक दिन हमारा हीरो भी आ गया। आ क्या गया, लपेटा गया।

हाँ तो, लगभग तोते–सी शक्ल वाले बड़े सरजी के ख़ास चेले यानी हमारे सड़ेरिया सर, जिनकी शक्ल ठीक बड़े सरजी से मिलती–जुलती है। इनकी शक्ल हालाँकि बड़े सरजी से सिर्फ़ मिलती–जुलती ही नहीं, बल्कि पूरी–पूरी तोते–सी है। अपनी छोटी हाइट लेकिन हद दर्जे के कमीनेपन के कारण, इस आदमी की प्रसिद्धि सिर्फ़ अपने विभाग में ही नहीं, पूरे विश्वविद्यालय में फैली हुई है।

छात्रों के बीच 'गठान' नाम से मशहूर इस आदमी की सबसे बड़ी ख़ासियत है कि उनके हाथों में अख़बार का टुकड़ा हमेशा रहता है। पहले तो लगा कि शायद ख़बरों का खिलाड़ी होगा, लेकिन बाद में पता चला कि वो खिलाड़ी तो है, लेकिन ख़बरों का नहीं, सूचना के अधिकार अधिनियम का।

भारत सरकार ने आर.टी.आई नामक यह तोप जनता के हाथों में सौंपकर भले ही किसी का काम आसान किया हो या न किया हो,

लेकिन इनका काम बेहद आसान हो गया। इतना आसान कि इन्होंने उसका इस्तेमाल ठीक वैसे ही किया, जैसे किसी बारात में शामिल बारातियों के स्वागत में, लड़की पक्ष वालों की तरफ़ से मिले साबुन और शैम्पू का इस्तेमाल लड़के वाले करते हैं। उसने इसे अधिकार के रूप में नहीं, हथियार के रूप में इस्तेमाल किया। जी हाँ, और इतना इस्तेमाल किया कि उसके बलबूते पर अपनी अयोग्यता को ऐसा जामा पहना दिया, जहाँ से उसकी मलिन आत्मा का रहस्य किसी की समझ में आया ही नहीं।

हाँ तो, उस अख़बार के टुकड़े को रखने के पीछे की कहानी का मज़मून इतना था कि दिन–भर वह अख़बार के टुकड़े करके उससे अपने चेहरे की हैवानियत, जो पसीने के रूप में उनके चेहरे पर मौजूद रहती, को पोंछते रहता। लेकिन वह शायद भूल जाता कि जिन टुकड़ों से अपने चेहरे की हैवानियत मिटाने की कोशिश करते रहते है, असल में उसी अख़बार में छपी कुछ हक़ीक़तें, उसके चेहरे की झुर्रियों की जगह उभर आती हैं।

तो ठीक हमारे बड़े सरजी की तरह ही, इनकी नज़रें भी चुन्नियों की तमाम तहों के बीच ढँकी–लिपटी छातियाँ भेदकर देह से होती आत्मा की अँधेरी खोह तक पहुँच ही जाती हैं। बाहर से आयी किसी सुन्दर लड़की को बग़ल में बैठाकर 'स' को 'श' कहते हुए उसे दूर आसमान तक सैर कराने और टेलीविज़न की सबसे काबिल एंकर बना देने के तमाम आश्वासनों के बीच कब लड़कियों के लोकल गार्जियन बन जाते, ख़ुद उन लड़कियों को भी नहीं पता होता था।

एम.डी.एच. मसाले वाले बूढ़े दद्दा की उमर के आस–पास का टीचिंग अनुभव बताने वाले गठान सरजी के पास एक जादुई किताब भी है, जिसमें सारे सवालों के जवाब होते हैं। वो जब भी क्लास में जाते, तो यह जादुई किताब उनके हाथ में होती है।

इस किताब के साथ ख़ुद के अलादीन होने का अहसास उनके चेहरे पर साफ़ देखा जा सकता है। पूरे साल वो सिर्फ़ वही पढ़ाते, जो उस जादुई किताब के लगभग संरक्षित दशा में पहुँच चुके पन्नों में छपा है।

हम यह भी कह सकते हैं कि वो जादुई किताब विश्व की संरक्षित धरोहरों में से एक ज़रूर होगी, शायद हो भी।

तो वे इस जादुई किताब के साथ कक्षा में प्रवेश करते। हमेशा की तरह भारतीय न्याय–व्यवस्था से क्लास को अवगत करने की क्षणिक चेष्टा में लग जाते। हालाँकि, उनका यह ज्ञान भी उस संरक्षित किताब की तरह ही संरक्षित था।

"कैशे हैं आप शब लोग? कैशा लग रहा है यहाँ आकर? हाँ...तो मेरा नाम शुदीप है।" अपनी जिह्वा से हवा का पूरा ज़ोर लगाते हुए सड़ेरिया ने कहा।

"सर शुदीप या सुदीप?" एक कम ज्ञानी छात्र ने मज़े लेने की चेष्टा की।

"अरे! मेरे 'श' और 'स' में थोड़ा अन्तर है भाई। क्या है न, बोल नहीं पाते हैं हम।" सड़ेरिया सर ने इसे कुछ इस तरह कहा मानो सारा दोष प्रकृति का हो।

"ख़ैर, जाने दो, मैं यहाँ आप लोगों को भारतीय न्याय व्यवश्था पढ़ाऊँगा।"

यहाँ पढ़ाऊँगा से मतलब उस जादुई किताब के पन्नों में दर्ज संरक्षित पंक्तियों से है, जिसे वो काले जादू के मन्त्रों की तरह क्लास में रिपीट करता था।

"हाँ तो ऐशा है कि मेरे को तो शब आता है। मैं शालों से इस विशय को पढ़ाते आ रहा हूँ और मैंने एल.एल.बी. भी किया है। मेरे पाश तीन माश्टर डिग्रियाँ हैं।" यहाँ एल.एल.बी. पर विशेष ज़ोर देकर बोला जाता है क्योंकि इसका सीधा–सा मतलब है कि ज़्यादा चूँ–चपाट करी तो कोर्ट–कचहरी में देख लेंगे।

अपनी ही तरह की कई ख़ासियतों से लबालब गठान सर की एक ख़ासियत और है। वे हर साल आने वाले छात्रों में जातिवाद के आँवे में पके हुए कुछ छात्रों का चुनाव करते, जो इनकी तरह ही बुद्धि से भ्रष्ट और दिमाग़ से पैदल होते। अपनी चमड़ी के रंग को अपना हथियार बनाकर जातिवाद का कार्ड कैसे खेला जाता है,

इनकी योग्यता की सबसे बड़ी ख़ासियत है। इसके बाद इन चुने हुए छात्रों से वे सारे काम करवाये जाते, जिन्हें ख़ुद करने में सड़ेरिया सर को लक्ष्मण रेखा पार करनी होती।

सड़ेरिया सर रावण को कई मामलों में अति उत्तम नेता मानते हैं। उनका मानना है कि जिस तरह रावण ने राम और लक्ष्मण को सीता से दूर करने के लिए मारीच का साथ लिया था, वैसे ही अपने काम निकालने के लिए इन छात्रों से काम लेना–नीति और रीति दोनों से युक्त है।

वे साल–भर इन छात्रों के भास्कर लवण चूर्ण अर्थात तम्बाखू वाले गुटखे से मदिरापान तक के ख़र्च ख़ुद उठाते। जाति को आधार बनाकर बिहार के लौंडा नाच की तरह विश्वविद्यालय को नचाना इनका प्रिय शगल है। चेहरे पर मायावी मुस्कान लिए इन्होंने उस हर सुन्दर भविष्य का सर्वनाश किया, जिससे इस देश को कोई योग्य पत्रकार मिल सकता था।

बहुत दुर्लभ काक–चेष्टा बको–ध्यानं चतुर क़िस्म के स्टुडेंट गठान सर की इस कौआ–झपट से ख़ुद को ज़रूर बचा ले जाते, लेकिन दूर–दराज़ से पत्रकार बनने आये गाँव–क़स्बे के बहुत से लड़के–लड़कियाँ उनकी चपेट में आकर चाँदसी दवाख़ाने के बंगाली डॉक्टर बनकर निकलते। अपने भविष्य के फोड़े–फुंसियों से मक्खी उड़ाने के अलावा इनके पास कोई काम न रहता। जैसे नीम हकीम होते हैं, ऐसे ही नीम–ख़बरनवीस बनाये जाते हैं।

हीरो के साथ भी ऐसा ही कुछ हुआ। अब हीरो तो हीरो होता है। ये हीरो भी किसी से कम थोड़ा ही है। विपरीत परिस्थितियों से लड़ते हुए आदमी जब किसी मुक़ाम पर पहुँचने की कोशिश में लगा रहे, तो उसकी आत्मा में एक बोझ कुण्डली मारकर बैठ जाता है। वह बोझ होता है, ख़ुद को साबित करने का, सबसे अलग। अपने में ख़ुश रहने वाला। 'ना काहू से दोस्ती, ना काहू से बैर,' वाली फ़ितरत का।

तो इन तमाम अंग्रेज़ी–दाँ गिटर–पिटर करने वाले स्टूडेंट के साथ अगस्त के महीने की भारी बारिश के बीच पहली क्लास।

और जैसा कि हमारे शास्त्रों में लिखा है कि जब क़िस्मत ख़राब होती है, तो ऊँट पर बैठे आदमी को भी कुत्ता काट लेता है। हीरो की क़िस्मत इससे भी ज़्यादा ख़राब निकली, क्योंकि यह क्लास है भारतीय न्याय व्यवस्था की यानि सड़ेरिया सर की।

मुँह में ज़र्दे की महक और चेहरे पर वही मलिन मुस्कान लिए गठान उर्फ़ सड़ेरिया सर जादुई किताब के साथ कक्षा में दाख़िल हुए। अपनी हाइट से लगभग एक फ़ीट लम्बे पोडियम पर ख़ुद को लादते हुए उन्होंने जादुई किताब का पहला पन्ना खोलते हुए बाँचना शुरू किया :

"देखो आप लोग पत्रकार बनने आये हो। अब आप लोग न तो गोरे हो, न काले हो, न ब्राह्मण हो, न शूद्र हो, न ही क्षत्रिय हो और न वैश्य हो। न आदमी हो, न जानवर हो, आज शे तुम लोग पत्रकार हो। पत्रकार बनना इतना आशान नहीं होता। पत्रकार बनने के लिए शबशे पहले पत्रकार जैशा दिखना चाहिए और जब आप पत्रकार जैशा दिखने लगोगे तो समझ लेना पत्रकार बनने वाले हो।"

"लेकिन सर, पत्रकार जैसा दिखने के लिए क्या करना पड़ेगा?"

"बहुत ही शही शवाल पूछा है इश लड़के ने कि पत्रकार जैशा दिखने के लिए क्या करना पड़ेगा। अव्वल तो आप मुझे देख लो। मैं कहीं से लगता हूँ टीचर जैशा? मैं एक पत्रकार हूँ पहले... बाद में टीचर हूँ।"

एकबारगी सबने ऊपर से नीचे तक सड़ेरिया सर को देखा और मन ही मन कहा :

"हैं! ये पत्रकार है! पत्रकार ऐसा होता है?"

"पहले तो लिखने का अभ्याश करना पड़ेगा। खूब शारा लिखो। इतना लिखो कि लिखते–लिखते क़लम दर्द से चिल्ला पड़े। मैं बहुत लिखता था। दिन–रात लिखता था, और लिखते–लिखते इतना खो जाता था कि मुझे पता ही नहीं चलता था, कब पेन की श्याही ख़त्म हो गयी।" सड़ेरिया सर का प्रवचन चालू रहा।

"लेकिन सर... आप लिखते क्या थे?"

"शब कुछ लिखता था। मैंने क्या–क्या नहीं लिखा है?" सड़ेरिया को इस सवाल की उम्मीद नहीं थी।

"क्या–क्या नहीं लिखा सर आपने?"

"अरे...अब क्या बताऊँ...? क्या लिखा और क्या नहीं लिखा। ऐशा कुछ भी नहीं बचा है, जिश पर मैंने नहीं लिखा। तब जाकर मैं पत्रकार बन पाया, और उसके बाद टीचर। इसलिए कहता हूँ कि ख़ूब लिखो, लिखते रहो, तब तक लिखो, जब तक तुम एक अच्छे पत्रकार न बन जाओ।"

"तो वो लिखा हुआ है कहाँ सर? क्या आप बतायेंगे ताकि हम लोग भी लिखना सीख सकें।" पीछे से एक आवाज़ आयी।

"बता देंगे, इतनी जल्दी क्या है। अभी तो दो शाल रहोगे यहाँ। एक दिन में ही थोड़े ही न पत्रकार बन जाओगे। पत्रकार बनने के लिए ख़ूब लिखना पड़ता है।" एक बार फिर लिखने का महिमामण्डन सड़ेरिया सर ने किया।

"मैंने जिन–जिन लोगों को पढ़ाया है, उन शबको ख़ूब लिखना शिखाया है। और वे लोग ख़ूब लिख रहे हैं। लिखते जा रहे हैं और भविश्य में भी लिखते रहेंगे।"

एक बार तो लगा कि देश की सारी पेन बनाने वाली कम्पनियों का धन्धा सड़ेरिया सर के लिखने की वजह से ही ज़िन्दा है। नहीं तो दुनिया में लिखने वाले बचे ही कहाँ हैं!

"और बोलना नहीं शिखाया आपने श.. श.. शर..." किसी ने चुटकी ली। पूरी क्लास ज़ोर से हँस पड़ी।

"आज मेरे पढ़ाये हुए न जाने कितने छात्र देश के बड़े–बड़े शमाचार शंस्थानों में बड़ी–बड़ी पॉजिशन पर बैठे हैं। आज मैं जब भी शहर से बाहर जाता हूँ, तो वे लोग मेरे लिए रेलवे श्टेशन में इन्तज़ार करते खड़े रहते हैं।" हालाँकि, वो शहर से बाहर शादी के बाद पहली बार अपनी ससुराल ही गये थे।

"वाह सर...फिर तो हम लोगों की नौकरी पक्की ही है।"

"हाँ, हाँ, कन्फ़र्म शमझो। यहाँ से दो शाल बाद जब निकलोगे तो मेरा नाम बताना। यूँ...यूँ...चुटकी में नौकरी मिल जायेगी।" सड़ेरिया ने चुटकी बजाने की कोशिश के साथ उँगली और अँगूठे को आपस में ख़ास अन्दाज़ में रगड़ा लेकिन चुटकी बज न सकी। खीज छिपाते हुए वह बोला, *"मैंने तो न जाने कितनों की नौकरी लगवा दी है।"*

इस वाक्य के साथ उनका पूरा ध्यान सिर्फ़ लड़कियों की तरफ़ था। लड़कों की तरफ़ तो उन्होंने तब देखा, जब बाक़ी लड़कों ने उन्हें इस बात की तस्दीक़ करवा दी कि ब्रह्मा की बनाई इस सृष्टि में वो भी एक्ज़िस्ट करते हैं। और ये भी कि ख़ुदा ने सिर्फ़ इन ख़वातीनों को नहीं, उन जैसे ख़्वाहिशमन्द हज़रात को भी मामूली ही सही, पर ज़िन्दगी अता फ़रमायी है ताकि वे भी नौकरी नामक आबे–हयात के दर्शन कर सकें।

इसके बाद वह समय आ ही गया, जब उन्होंने अपनी जादुई किताब खोली, पहला चैप्टर पढ़ाने के लिए निकाला। विषय था– 'सुप्रीम कोर्ट।'

"हाँ, तो शुप्रीम कोर्ट जो है, वो देश का शबशे उच्च न्याय शदन है। इसमें वकीलों के द्वारा भिन्न केश लड़े जाते है, जिनमें गवाहों के आधार पर फैशला शुनाया जाता है।"

"लेकिन सर!! सुप्रीम कोर्ट में तो गवाह पेश ही नहीं होते। वहाँ तो फ़ैसलों के पक्ष या विपक्ष में फ़ैसला होता है।"

ठीक यहीं, इसी वक़्त हमारे हीरो की एंट्री होती है। ऊपर लगे दोनों चौड़े डैने वाले पंख धीरे–धीरे रिरियाना कम करने लगे।

"नहीं भाई, मैं कह रहा हूँ वो शुनो और शमझो। वहाँ गवाहों को बुलाकर उनसे शवाल–जवाब पूछे जाते हैं। फिर राष्ट्रभाषा हिन्दी में उनका फ़ैशला शुनाया जाता है।"

"लेकिन सर, सुप्रीम कोर्ट में हिन्दी तो होती ही नहीं। और सर ...हिन्दी हमारी राष्ट्रभाषा नहीं है, उसे राष्ट्रभाषा का दर्जा प्राप्त है।" हीरो ने दोबारा ब्रह्मा की बनायी दुनिया में अपने होने का अहसास कराया।

"कौन हैं आप? और अपनी मातृभाषा के लिए आपके दिल में कोई शम्मान क्यों नहीं है? हिन्दी हमारी देश की भाषा है, उसे कोर्ट में न मानने का कोई उपाय नहीं है। तुम्हारे जैशे ही लोगों की वजह से आज हिन्दी की ये हालत हो गयी है। खड़े हो जाओ। क्लाश से बाहर जाओ। मैं तुमशे ज़्यादा जानता हूँ।"

"लेकिन सर, मैं क्यों क्लास से बाहर जाऊँ? मैंने क्या ग़लत बोला है?"

"देखो मिस्टर, मैंने एल.एल.बी. की है और तुमशे ज़्यादा जानता हूँ।"

"सर, पता नहीं आपने कैसे एल.एल.बी. कर ली!"

"चलो बड़े शरजी के पास...। तुम ज़्यादा बहश करते हो।"

इस तरह पहली बार में ही हमारे हीरो की मुठभेड़ एक अनिश्चित ख़तरे से हो गयी। क्लास के दोनों चौड़े डैने वाले पंखे एक बार फिर अचानक घूमना बन्द कर देते हैं।

इस बार भी पूरी क्लास को समझ नहीं आया कि हुआ क्या है। सबसे बड़ी बात यह है कि हीरो को समझ न आया कि आख़िर उसने कोई उड़ता तीर ख़ुद ले लिया या वो उस गठान सर के काले जादू में फँस गया है। आख़िर, उसने ऐसा क्या जुर्म कर दिया?

ख़ैर, आमतौर पर मामला जैसे लिया जाता है, वैसे ही हाथों–हाथ लपका गया। दूसरे ही पल ब्रह्मा के समानान्तर, दूसरी दुनिया के रचयिता, हमारे बड़े सरजी के पास पूरा मामला पहुँच गया।

पुराने ज़माने की फ़िल्मों में एक सीन बड़े चाव से फ़िल्माया जाता था कि एक ग़रीब मजबूर किसान, किसी खूसट ज़मींदार के सामने लाचारी से दोनों हाथ जोड़े खड़ा होता था। आज ठीक उसी हालात में दोनों हाथ बाँधे हमारा हीरो उन्हीं बड़े सरजी के सामने खड़ा है।

इस विश्वविद्यालय में ऐसी अकादमीय मान्यता है कि बड़े सरजी के सामने खड़े होने में अहिरावण से लेकर अबू बकर बग़दादी जैसे बड़े–बड़े सूरमाओं की पैंट आगे से गीली और पीछे से पीली हो जाती है। इतना ही नहीं, जब बड़े सरजी को गुस्सा आता, तो उनके मुँह

से लुहार की भट्ठी की धौंकनी की तरह साँय–साँय करती हवा चलने लगती। अचानक धरती डोलने लगती, आसमान काँपने लगता और हवाओं के रुक जाने के बाद भी पेड़ पर लगे पत्ते डर से थरथराने लगते। ऐसा उसी क़िस्सागो ने लोगों को एक दिन गाँजे के नशे में बताया था।

हमारा हीरो कुछ बोल पाता, उससे पहले खखारते और ब्रह्माण्ड की तमाम शक्तियों का अपने जिह्वा पर आहवान करते हुए, बड़े सरजी ने पहला तीर दागा :

"क्यों मिस्टर, यहाँ बहस करने आये हो? यहाँ गुण्डागर्दी नहीं चलेगी। यहाँ एक ही गुण्डा रह सकता है और वो मैं हूँ।"

ऐसा लगा कि घोर तपस्या के बाद विष्णु ने प्रसन्न होकर कहा कि माँगो वत्स, क्या माँगते हो और हमारे बड़े सरजी ने अनन्तकाल के लिए गुण्डा होने का वरदान माँगा हो।

"सर, वो इन्होंने कहा कि सुप्रीम कोर्ट में हिन्दी में बहस होती है, पर वहाँ अंग्रेज़ी में काम होता है सर। बस यही कहा।"

"हाँ, तो ठीक ही तो है। हमने तो संस्कृत में भी गवाहों को बयान देते सुना है।"

बड़े सरजी ने जैसे ही यह कहा उनके पीछे की दीवार में लगी गन्ही महात्मा की बड़ी–सी हँसी वाली तस्वीर के पीछे से एक छिपकली अचानक बाहर निकल आयी। हीरो और छिपकली ने एक–दूसरे को देखा। दोनों की नज़रें आश्चर्य से बड़े सरजी के चेहरे की तरफ़ उठ गयीं। उनके इस कथन ने हीरो के दिलो–दिमाग़ पर ठीक वैसे ही काम किया जैसे पहली बार किसी ने चरस, गाँजा या फिर स्मैक का नशा किया हो, और सारी दुनिया उसके आगे गोल–गोल चक्कर काट रही हो।

संस्कृत वाले वाक्य ने मानो धरती की सभी अन्दरूनी प्लेटें घुमा दीं। नॉर्थ पोल, अब नॉर्थ पोल नहीं रहा, साउथ पोल का तो अता–पता भूगोल के पन्ने से अचानक ग़ायब हो गया। हीरो को ऐसा अहसास हुआ मानो उसका जन्म व्यर्थ हो गया। चार साल तक

सिविल सर्विसेज की उसकी तैयारी पर उसने मन ही मन लानत भेजी। उन मोटी–मोटी किताबों को जलाना भी उसने तय कर लिया।

हीरो को इस बात का पूरा यक़ीन हो गया कि ब्रह्मा की बनायी इस सृष्टि को सचमुच बड़े सरजी ही नकार सकते हैं। उसे लगा कि वो अभी भारतीय संविधान पर मोटी–मोटी किताब लिखकर ज्ञान पेलने वाले संविधान विशेषज्ञ कश्यप को फ़ोन करके कहे, "सुनो बे, ये जो ज्ञान जो तुम पेल रहे हो न, इतनी मोटी–मोटी किताब लिखकर, वो फ़ौरन बन्द कर दो। यहाँ आओ, आओ और देखो कि कैसे एक ज्ञानी आदमी ने तुम्हारे बनाये सारे नियम झुठला दिये हैं।"

हीरो को लगा जैसे न्यूटन के वे तीन नियम भी झूठे हैं, और आइंस्टीन के 'ई इज़ इक्वल टू एमसी स्कवायर' को भी एक बार बड़े सरजी से रीचेक करवा लेना चाहिए।

"सर, भारत के संविधान के अनुच्छेद–343 के तहत हिन्दी भारत की 'राजभाषा' यानी राजकाज की भाषा मात्र है। भारत के संविधान में राष्ट्रभाषा का कोई उल्लेख नहीं है। और अगर आपने सुप्रीम कोर्ट की सुनवाई संस्कृत में देखी और सुनी है, तो मुझे यहाँ नहीं पढ़ना। ये तो ग़लत पढ़ा ही रहे थे आप इनकी ग़लती को सुधारने, इनके गलत तथ्य को सही करने के बजाय और भी ज़्यादा गलत तथ्य पेश कर रहे हैं। अगर ऐसा है तो मैं बिना पढ़े ही पत्रकार बन जाऊँगा। मुझे नहीं पढ़ना यहाँ, जहाँ शिक्षकों को सामान्य ज्ञान तो दूर की बात, बेसिक की भी जानकारी नहीं है।" हीरो ने क्रान्तिकारी स्वर थोड़ा ऊँचा किया।

"देखो मिस्टर, मछली को तैरना, चील के बच्चे को उड़ना और शेर के बच्चे को जिस तरह शिकार करना नहीं सिखाया जा सकता, ठीक उसी तरह सड़ेरिया को पढ़ाना नहीं सिखाया जा सकता। वह पैदाइशी शिक्षक है। उसकी योग्यता पर कभी सवाल नहीं उठाया जा सकता। यहाँ ये सब नहीं चलेगा। तुम्हें पता नहीं है सड़ेरिया ने एल.एल.बी. किया है। कई सालों से पढ़ा रहा है। उसे सब आता है। कहाँ के रहने वाले हो? कौन जात के हो? और क्या कोर्स करके आये हो?"

बड़े सरजी के कहने का आशय यह था कि जहाँ से भी आये हो, वहीं घुसा देंगे।

"सर, इसी प्रदेश का हूँ, और मैंने इसी विश्वविद्यालय की प्रवेश–परीक्षा में ओबीसी कैटेगरी में टॉप किया है, स्कॉलरशिप मिली है। दो बार यू.पी.एस.सी. का मेन्स दिया और फ़िलहाल सिविल सर्विस की तैयारी कर रहे लोगों को संविधान ही पढ़ाता हूँ।"

हीरो के इस उत्तर ने करंट का–सा काम किया। बड़े सरजी को लगा मानो उनके पैरों तले से ज़मीन खिसक गयी। इस समय उनका चेहरा देखने लायक़ था। हीरो तय नहीं कर पा रहा है कि उनके चेहरे का आकार अब किसके जैसा हो गया।

इस पूरे वार्तालाप के बीच अगर किसी के चेहरे का आकार बदला है, तो वो सड़ेरिया सर ही थे। उनका चेहरा अब अधिक काला हो गया। ऐसा लग रहा है कि वो मन ही मन जादुई किताब से कुछ काले मन्त्रों की खोजने की कोशिशों में लगे हैं। कान के पीछे से बहता पसीना अख़बार के एक टुकड़े से पोंछते हुए गठान सर ने एक बार फिर ज़र्दे से रंगे ललहौंडे दाँत निपोरते हुए बड़ी बेशर्मी के साथ कहा :

"अरे! तुम तो अपनी ही बिरादरी वाले हो भाई। तुम भी कैटेगरी से हो और मैं भी। तुम्हें तो शाथ देना चाहिए हमारा। देखो भाई हो सकता है, जब शरजी ने शुना हो, तब शंश्कृत में होता होगा। कोई बात नहीं, चलो छोड़ो, अब क्लाश में जाओ और पढ़ाई करो।।" सड़ेरिया सर ने जातिगत कार्ड को आधार बनाकर माहौल शान्त करना चाहा।

"नहीं सर, ऐसे कैसे होता होगा? जो होता है वही होता है। संविधान है, कोई रसायन की प्रयोगशाला थोड़ी ही न है कि हर बार कोई नया रिजल्ट निकाल लिया जाये।"

हीरो मानने को तैयार ही नहीं। उसे लगा कि क्रान्ति अब होकर ही रहेगी। उसे अपने अन्दर आज़ाद और भगत सिंह वाली फ़ीलिंग आने लगी। उसे लगने लगा कि अगर अब वो पीछे हट गया तो

आने वाले इतिहास में उसका नाम सुनहरे के बजाय काले अक्षरों में लिखकर उसे बुज़दिल करार दे दिया जायेगा, उसकी औलादों के एक नहीं दोनों हाथों पर लिख दिया जायेगा कि 'तेरा बाप डरपोक है।'

संविधान को लगभग ग़लत साबित करते हुए बड़े सरजी ने मोर्चा सँभाला। उन्होंने हीरो को बाहर खड़े रहने को कहा। हीरो ने एक बार फिर दोनों के चेहरे देखे लेकिन तय नहीं कर पाया कि दोनों में किसकी शक्ल ज़्यादा मलिन है।

बड़े सरजी के कहने पर वो रूम से बाहर निकल तो आया लेकिन रुका नहीं। रुकना उसे गवारा न लगा। उसे यह बात अखर रही है कि कैसे लोग हैं, जो ग़लत होते हुए भी ख़ुद को सही साबित करने में तुले हैं? आख़िर, ग़लत को ग़लत क्यों नहीं कहा जा सकता? क्या भविष्य होता होगा उनका, जो यहाँ इनके पढ़ाये और सिखाये शब्दों से अपने जीवन की शुरुआत करते होंगे?

हमारे हीरो को ये नहीं पता है कि जो काम उसने अभी बड़ी बहादुरी दिखाते हुए सम्पन्न किया है, उसने बड़े सरजी और सड़ेरिया के ईगो की लंका लगा दी है। दरअसल, उसने एक ऐसा उड़ता तीर अपने पिछवाड़े में ले लिया है, जो आने वाले कई बरसों तक उसे पेंडुलम की तरह नचाने वाला है।

बड़े सरजी की बात सुनने के बाद हीरो ने महसूस किया कि वेद और पुराण पढ़ लेना ही काफ़ी नहीं। जीवन का असली सार यह नहीं कि आप जीवन कितने साधारण ढंग से जीते हैं। जीवन का असली सार तो यह है कि बड़े सरजी और सड़ेरिया सरीखी नागफनियों के आस–पास की कठोर धरती में आप कितने उपजाऊ और हरे–भरे रह सकते हैं।

उसे पूरा यक़ीन हो गया कि विद्वान बनने से ज़्यादा, विद्वत्ता का दिखावा करना ज़रूरी होता है। उससे भी ज़्यादा ज़रूरी है सुदीप सड़ेरिया जैसा बनकर रहना।

ग़लत को ग़लत बताने की ये ग़लती हीरो के जीवन से पराजित होने के कई कारणों की बुनियाद है, जिनके पत्थर उसने ख़ुद ही अनजाने में रख दिये।

भारी बरसात में भीगते हुए रास्ते–भर वो इसी सोच में डूबा रहा कि आख़िर लोकतन्त्र के चौथे स्तम्भ के रूप में स्थापित आज की पत्रकारिता का हाल यही है, तो देश का हाल बेहतर होने की उम्मीद करना निरर्थक होगा।

बाहर जारी मूसलाधार बारिश के बीच हीरो तय नहीं कर पाया कि उसे आगे जाना है या वो पीछे रह जाये। वह तेज़ी से चला जा रहा है। सड़क पर तेज़ बह रहा पानी टायरों से चीरकर दोनों तरफ़ उछालता एक ऑटोवाला हीरो के सामने से निकल गया। कहीं दूर तक नेपथ्य में ऑटो में चल रहे गाने के बोल सुनाई देते रहे–

एक दिन बिक जायेगा माटी के मोल।।
जग में रह जायेंगे प्यारे तेरे बोल...,
ला ला ललल्ल ला...,

त्रिदेव

देवता नम्बर-1

हीरो ने 'भारतीय न्याय व्यवस्था' की क्लास में जो किया उससे दो बातें घटित हुईं। एक तो हीरो को यह बात समझ आ गयी कि बेटा तुम्हारा जो सिविल स्टडीज वाला ज्ञान है न, उसे प्रकृति प्रदत्त शरीर के सात छिद्रों में से सबसे अनमोल और अत्यन्त दुर्लभ माने जाने वाले स्थान में डाल लेना चाहिए। साथ ही उसे सबसे ज़्यादा ताज्जुब तो इस बात का भी हो रहा था कि पत्रकारिता के भविष्य बनाने के जो सपने देखकर वह इस विश्वविद्यालय में आया था, उनको साकार करने की, उसको हक़ीक़त में ढालने की तो यहाँ दूर–दूर तक कोई सम्भावना नहीं थी।

और दूसरी बात जो उस विश्वविद्यालय में आज तक नहीं हुई थी वो यह कि बड़े सरजी और उनकी विश्वविद्यालयीन गैंग को पहली बार किसी से चुनौती मिली थी। गैंग इसलिए भी क्योंकि ऐसी मान्यता है कि विश्वविद्यालय में बड़े सरजी, गठान यानि कि सड़ेरिया सर के अलावा इनका एक तीसरा मेम्बर भी है और सब मिलकर घात लगाते हैं।

गैंग में इस तीसरे मेम्बर की भूमिका इस विश्वविद्यालय की तमाम गन्दी राजनीति में बेहद दिलचस्प हुआ करती है। ये तीनों मिलकर ही इस विश्वविद्यालय का भूत, भविष्य और वर्तमान तय करते हैं।

पर सबसे पहले सबसे बड़े देवता। देवता नम्बर एक।

बड़े सरजी ने ख़ुद को देश के उन नब्बे फ़ीसदी बुद्धिजीवियों का नेता माना हुआ था जिनकी बुद्धि का सीधा–सा मतलब था कि वो

किसी को भी, किसी भी समय, किसी भी तरह की सलाह देने के लिए स्वतन्त्र हैं। उनका मानना था कि उनके द्वारा दी गयी सलाह देश के प्रधानमन्त्री के लिए भी उतनी ही कारगर है जितनी कि ख़ूनी बवासीर वालों और गुप्त रोगियों के लिए। और सर्वमान्य नेता होने की वजह से उनका इस बात पर पक्का यक़ीन था कि विश्वविद्यालय में जो भी काम उनसे पूछे बिना हुए हैं, वो सब देश की अखण्डता, एकता और ख़ासकर विश्वविद्यालय के नैतिक पतन के लिए ज़िम्मेदार हैं।

तो हमारे बड़े सरजी, जिन्हें इस गैंग का मुखिया कहा जाता है और जिन्हें, जैसा कि किंवदन्ती है, आजीवन और इकलौता गुण्डा होने का वरदान स्वयं विष्णु ने घोर तपस्या के बाद दिया था। कहा जाता है बड़े सरजी की पढ़ाई–लिखाई इस संसार में सबसे ज़्यादा बौद्धिक और ज्ञान से लबरेज़ शिक्षाशास्त्रियों के 'मादर–ए–वतन' बनारस से हुई थी। जिसका ज़िक्र अपने मुँह से आती दुर्गन्ध के साथ ये दिन–भर में कई बार कर दिया करते थे। लेकिन बनारस से निकले इस आदमी का ज्ञान तो बनारस में ही रह गया था। वहाँ से ज्ञान रूपी जो एकमात्र शब्द ये अपने साथ लेकर आये, वह था– 'भोसड़ी के'। इस शब्द की महिमा जितनी बनारस में नहीं थी, उससे ज़्यादा इन्होंने यहाँ बना रखी थी। इनकी उमर लगभग साठ साल के आस–पास थी। चेहरे की बनावट तो पहले ही बतायी जा चुकी है।

इनकी एक ख़ास आदत और भी है। ये जब बोलते हैं तो ऐसा लगता मानो किसी ने पंक्चर बनाने के लिए ट्यूब में बहुत सारी हवा भरने के बाद उसे पानी से भरे टब में डाल दिया हो। और पानी से जिस तरह की गुड़गुड़–गुड़गुड़ की आवाज़ आती ठीक वैसी ही आवाज़ इनके मुँह से हुआ करती है। लेकिन ठीक वैसे ही मुँह में ही दबकर रह भी जाती, जिस प्रकार पंक्चर बनाने वाला पानी का बुलबुला देखते ही उसमें माचिस की डिबिया से तीली निकालकर हवा को बन्द कर देता है। वैसे ही उस आवाज़ के असली मायने सिर्फ़ और सिर्फ़ बड़े सरजी को ही समझ में आते थे।

ऐसा माना जाता है कि बड़े सरजी अपने आस–पास मिलने वाले झुण्ड का चुनाव बड़ी ही सावधानी से करते हैं। झुण्ड से तात्पर्य आदमियों के उस दल से है जो बड़े सरजी के दिशा–निर्देशों को ठीक वैसे ही आत्मसात करता है, जैसे कबीर के किसी ज्ञात दोहे में किसी अज्ञात गड्ढे में गिरने वाली भेड़ों के सन्दर्भ में ज्ञान की बातें कही गयी हैं। ठीक वैसे ही बड़े सरजी अपने झुण्ड के लिए आदमियों का चयन उनकी योग्यता के आधार पर नहीं, बल्कि उनकी उपयोगिता के आधार पर तय करते थे। जो जितना अधिक उपयोगी, वो उतना ही बड़े सरजी का क़रीबी।

दस बजे के विश्वविद्यालयीन समय के बाद भी वे सुबह साढ़े नौ बजे ही अपने कमरे पर पहुँच जाते और जैसे ही बाकी झुण्ड के सदस्य आते, उन्हें अपने कमरे में आने का बुलावा भेज देते। और फिर शुरू होता ज्ञान, उपदेशों और हास्य का वह संगम जिसके बारे में सपने में भी नहीं सोचा जा सकता। किस लड़की ने कितने खुले गले का कुर्ता पहना है और कौन लड़की कितनी टाइट ब्रा पहनकर आती है, ऐसे विषयों में सर्वाधिक रुचि बड़े सरजी और अंजीव सर की रहती।

सड़ेरिया सर इस समय अपने मुँह में भरे हुए तम्बाकू को चबाते हुए दोनों लोगों को बड़े ध्यान से सुना करते। उनका मानना था कि ज्ञानी और अनुभवी सन्तों के बीच में बैठकर जितना ज्ञान अर्जित किया जा सके, चुपचाप कर लिया जाना चाहिए।

बड़े सरजी और अंजीव सर इस दौरान विश्वविद्यालय की लगभग हर कन्या की काया का मुआयना कर चुके होते थे और जिस तरह कन्याओं के शारीरिक अंगों और उन अंगों पर विराजमान वस्त्रों की गूढ़ और गम्भीर तरीक़े से उन्मुक्त विवेचना होती। कहा जा सकता था कि *अखिल भारतीय ब्रा अन्वेषण संघ* का मुख्यालय इसी कक्ष में बना हुआ है और संघ के अध्यक्ष और सेक्रेटरी की भूमिका का निर्वहन पूरे मनोयोग और मुक्त हृदय से किया जा रहा है।

इसके अलावा विश्वविद्यालय में किस आदम चित्र से उनको सबसे ज़्यादा ख़तरा है और किसका प्रमोशन रोकने के लिए कौन सी

आर.टी.आई. लगानी है, से लेकर देश के प्रधानमन्त्री को किस भोसड़ी वाले से दोस्ती करनी चाहिए और किससे नहीं, के साथ–साथ वैश्विक अर्थव्यवस्था के उन तमाम बिन्दुओं को, जिसे समझने के लिए ऑक्सफ़ोर्ड यूनिवर्सिटी के नामी–गिरामी अर्थशास्त्रियों को भी दो–चार दिन लग जाते होंगे, यहाँ सब डिस्कस किया जाता।

कभी–कभी तो इनके आस–पास एक और अद्‌भुत शैली में बातें होतीं जिसे भारतीय धर्मशास्त्रों में खुसफुसाहट और विज्ञान की भाषा में कानों–कान ख़बर न होना भी कहा जाता है। और जब ये किसी से इस शैली में बात करते तो मजाल है कि दीवारों में लगे कानों को भी कुछ समझ आ पाता। कभी–कभी इस कक्ष की धर्म–संसद में बड़े ज़ोर के ठहाकों की आवाज़ आती और जब इस तरह के ठहाकों से यह कक्ष लगातार गूँजता रहता तो यह मान लिया जाता कि आज विश्वविद्यालय के किसी छात्र या कर्मचारी के शील को चीर दिया गया है।

इनके विभाग में एक और परम्परा का ख़ास ध्यान रखा जाता था। वो ये कि जितने बार भी कोई मिले, इनके अंग–विशेष तक झुककर पैर छूने की परम्परा का निर्वहन करे। ये परम्परा भी इनके साथ बनारस से 'भोसड़ी वाले' तख़ल्लुस के साथ ही आयी थी।

विश्वविद्यालयीन की कहावतों की मानें तो जैसे बनारस में काल भैरव हैं, जो कि वहाँ के कोतवाल कहे जाते हैं और जब आप बनारस में बसने के लिए जाते हैं तो सबसे पहले इनके मन्दिर में जाकर परमिशन लेनी पड़ती है। ठीक वैसी ही परम्परा इन्होंने इस विश्वविद्यालय में भी चलाई हुई थी। बड़े सरजी यहाँ के कोतवाल थे। विश्वविद्यालय में आने वाले नये रंगरूटों को सबसे पहले उनके पास जाकर साष्टांग चरण वन्दना करते हुए रसगुल्ला पेश करना होता था और यह उच्चारण करते हुए उनसे अनुमति लेनी होती थी कि–

"हे देवो" के देव! इस विश्वविद्यालयीन जगत में, मैं अपने भविष्य को सुरक्षित करने आया हूँ और आपको हाज़िर नाज़िर मानकर

अपना काम, अपनी पढ़ाई शुरू कर रहा हूँ। हे परम वैभवी! सुखों के प्रदाता!! आप इस विश्वविद्यालय के रक्षक। हे प्रभो! मुझे अपनी शरण में लेकर भयमुक्त कीजिए।"

यह सवाल उठना लाज़िमी है कि रसगुल्ला ही क्यों? तो बता दें कि हमारे बड़े सरजी मिठाई के बड़े शौक़ीन हैं। किसी भी मिठाई के नाम पर इनके मुँह से टपकती लार से मिष्ठान के प्रति इनका प्रेम साफ़ देखा जा सकता है। और फिर मिठाई अगर फ़्री की हो तो क्या कहने! और उसमें भी रसगुल्ले के तो इतने दीवाने कि जब खाते तो उनके होंठों की बग़ल से चाशनी की एक लम्बी लाइन उनकी दाढ़ी तक बन जाती है। लेकिन मजाल है कि उनकी जीभ के रहते उस लकीर का दाढ़ी से आगे तक का सफ़र तय हो पाता। उनका झट से उस चाशनी की लम्बी लाइन को चाट जाने का कौशल, देखने वाले को दाँतों तले उँगलियाँ दबाने पर मजबूर कर देता। लोगों का तो मानना यहाँ तक भी है कि उनका मुख, मुख न होकर बरमुड़ा ट्रायएंगल है। जहाँ आप मिठाई का कितना भी बड़ा पैकेट लेकर जाओ। मिठाई आ तो जाती है लेकिन वापिस नहीं जा पाती।

बड़े सरजी की एक और ख़ास आदत थी। नये सेशन में प्रवेश के दिनों से ही वे अपने गृह–प्रदेश से आए जाति–विशेष के लड़के–लड़कियों पर अपनी विशेष नज़रें गड़ाकर रखा करते थे।

प्रवेश वाले दिन उनकी ज़्यादा से ज़्यादा कोशिशें इस बात पर ही रहा करती थीं कि ऐसे सारे विद्यार्थियों का एडमिशन उनके विभाग में हो। और फिर साल–भर वे उन छात्रों से उनके भाई, बहनों, कुँवारे चाचाओं, मामाओं, चचेरे भाइयों, चचेरी बहनों के बारे में जानकारी पूछते और उसे सहेजकर रखते रहते। बाद में उसी क़िस्सागो ने फिर एक दिन गाँजे के नशे में बताया कि उन्हें शादियाँ करवाने का बड़ा शौक़ है। और वे इन जानकारियों का इस्तेमाल शादी योग्य युवक–युवतियों की परिचय पत्रिका का सम्पादन करने के दौरान किया करते हैं।

विश्वविद्यालय कैम्पस में उनका कमरा तीसरी मंज़िल पर दायें हाथ की तरफ़ है। अपनी बैठक में उन्होंने विक्रमादित्य युगीन

चटक लाल रंग के सोफ़े रखवा रखे थे जिसकी रक्षा के लिए उसके आस–पास डिपार्टमेंट की कई सिसकती कहानियाँ मौजूद थीं। ऑफ़िस की कुर्सी पर वे ताउमर नहीं बैठे। जब भी बैठे मिलते उसी सोफ़े पर अपने दोनों पैरों से पालथी मारकर अपने पिछवाड़े को टिकाये मिलते।

विश्वविद्यालय में मान्यता है कि ऐसे ही बैठकर उन्हें उस परम कैवल्य ज्ञान की प्राप्ति हुई है जिसकी वजह से पूरे विश्वविद्यालय में उनकी तूती बोलती है। उनका ज्ञान इतना अद्‌भुत था कि वे उस सोफ़े को छोड़ने का मोह कभी भी नहीं त्याग पाये। पूरा जीवन इसी विश्वविद्यालय के इसी सोफ़े पर अपने पिछवाड़े को टिकाकर बैठे रहे।

बाद में, उसी क़िस्सागो ने गाँजे के नशे में बताया कि एक बार वो किसी दूसरे विश्वविद्यालय में गये थे इंटरव्यू देने के लिए। लेकिन वहाँ लोगों ने उनका ज्ञान इसलिए नकार दिया कि उनके यहाँ पर सिर्फ़ पढ़ाई हुआ करती है और माहौल बहुत ही शैक्षणिक और अनुशासित है। और कहते हैं कि उस इंटरव्यू का रिजल्ट अनन्त काल तक के लिए लिफ़ाफ़े में बन्द कर दिया गया।

बड़े सरजी को ये पक्का यक़ीन हो गया था कि वक़्त उसी जगह थमा हुआ है, जहाँ से उन्होंने मास्टरगिरी करनी शुरू की है। अब सोचिए कि हीरो ने इसी ज्ञानी पुरुष के उस अहं को चुनौती दे दी थी। कहाँ से भला होता हीरो का।

तो बड़े सरजी की नज़रों में हीरो ठीक वैसे ही फ़िट हो गया जैसे अर्जुन की आँखों में लक्ष्य भेदने के लिए रखे गये उस पक्षी की आँख। अब तो स्थिति यह हो गयी है कि जब तक आँख न फोड़ दी जायेगी अर्जुन को चैन नहीं मिलने वाला। और इसी साधना को अमली जामा पहनाने के लिए आख़िरकार एक लेक्चर उन्होंने हीरो की क्लास में ले ही लिया।

हीरो को जब इस बात का पता चला तो लगा मानो कोई बड़ा दैत्य भाला लिए उसकी तरफ़ चला आ रहा हो क्योंकि उसकी क्लास

लेने के पीछे का मक़सद अब बड़े सरजी के जीवन का भी मक़सद बन गया था। और उनके इस मक़सद को लोगों के बीच प्रसारित करने का ज़िम्मा उठाया ऑफ़िस में काम करने वाले बड़े सरजी के सबसे चहेते गोकुल भैया ने। या यूँ कहा जाये कि बड़े सरजी ने ब्रह्मा के समानान्तर जब सृष्टि का निर्माण किया होगा तब यह आदमी उस सृष्टि का विश्वकर्मा ही रहा होगा तो अतिशयोक्ति नहीं होगी।

सबके प्यारे गोकुल भैया। गोकुल भैया सबके चहेते। इनका मुख्य कार्य मुँह में पान और तम्बाकू को चबाते हुए लगभग पानी के एक टैंकर जितना सलाइवा भरकर हमारे बड़े सरजी की विष न पी पाने के कारण शिव से चलती नाराज़गी से लेकर उनके किसी को भी निपटा देने के युद्ध–कौशल और अपने दुश्मनों के लिए *'कुत्ते मैं तेरा ख़ून पी जाऊँगा'* वाली क्षमताओं का महिमामण्डन करना था।

विश्वविद्यालयीन मान्यता तो यह भी है कि जब व्यास महाभारत लिखने के लिए किसी क़ाबिल मनीषी को ढूँढ़ रहे थे तो बड़े सरजी ने सबसे पहले व्यास को गोकुल भैया का नाम ही सुझाया था। लेकिन यहाँ भी उनकी प्राथमिकता को दरकिनार करते हुए व्यास ने भगवान गणेश को चुन लिया और तब हमारे बड़े सरजी ने व्यास को सबक़ सिखाने के लिए विभाग का टाइम टेबल लिखने का ज़िम्मा गोकुल भैया को दे दिया। गोकुल भैया ने इसे किसी वरदान की तरह स्वीकार कर इतनी तल्लीनता के साथ काम करना शुरू कर दिया कि परीक्षा के एक दिन पहले तक क्लास और क्लास टीचर को पता नहीं चल पाता था कि किसे क्या विषय पढ़ना है और किसे क्या पढ़ाना है।

तो हमारे हीरो को भी बड़े सरजी द्वारा क्लास लेने के बारे में गुप्त सूचना इन्हीं गोकुल भैया ने दी। दूसरे शब्दों में कहा जाये तो बड़े सरजी ने सड़ेरिया से कई युगों तक गम्भीर मन्त्रणा के बाद इस नतीजे पर पहुँचे थे कि गोकुल भैया को यह ज़िम्मेदारी दी जाये, ताकि बड़े सरजी की शान और दहशत दोनों बाअदब बरक़रार रहे। तो हीरो के क्लास में बड़े सरजी का पीरियड दूसरे क्रम पर था :

आज हम पढ़ेंगे 'अनुसन्धान'

जैसे ही 'अनुसन्धान' शब्द आया पूरी क्लास को लगा मानो कई हफ़्तों से मन–मस्तिष्क रूपी प्यासी धरती पर ज्ञान की कुछ बूँदें गिरकर तृप्ति प्रदान कर देंगी और ज्ञान की इस बारिश से कॉपी स्वरूप सफ़ेद आसमान पर स्याही के काली घटा छा जायेगी।

तो शास्त्रों में लिखा है कि प्राचीन समय में गोधूलि वेला में जब गाय माता अपने–अपने घरों की ओर वापिस लौट रही होती थीं और उनके पवित्र चरणों से बहुत सारी धूल उड़कर लालिमायुक्त आसमान को घुप अँधेरे में छुपा देती थी तब ऐसे समय में गायों के स्वामियों यानी गोपालकों को अपनी गायें ढूँढ़ने में बहुत अधिक परेशानी का सामना करना पड़ता था। इस परिघटना को उस समय के विद्या–विशारदों व शास्त्रियों ने 'गौ–एषणा' शब्द दिया था और कालान्तर में यही शब्द अन्वेषण या शोध में तब्दील हुआ। कालान्तर में यही शब्द अनुसन्धान की नींव बना, जिस पर आज बड़े–बड़े विद्वान शोध पर पुस्तकें लिख रहे हैं।

एक बार फिर क्लास का माथा ठनका और सबने एक–दूसरे को ऐसे देखा जैसे अक्सर 'आदा पादा किराने पादा' वाले खेल में एक–दूसरे को देखा जाता है।

"सर"– एक बार एक और उड़ता हुआ तीर लेने के लिए हीरो का हाथ ऊपर उठा।

"बोलिए।"

अपने ऐनक को नाक पर लाते हुए आँखें ऊपर उठाकर बड़े सरजी ने हीरो को ऐसा देखा जैसे मचान पर बैठे शिकार का इन्तज़ार करते हुए शिकारी दूर खड़ी, चारा बनी बकरी को देखता है।

सर! गुस्ताख़ी माफ़ हो, बस ऐसे ही पूछ रहा हूँ ज्ञानवर्द्धन के लिए। उस समय के 'कुछ शास्त्रियों' में से कुछ के नाम क्या थे जिन्होंने 'गौ–एषणा' नामक शब्द की खोज की और शोध का मार्ग प्रशस्त किया।

इस सवाल को पूछने के साथ ही हीरो को लगा कि वो बग़ल वाली दीवार पर अपना सर दे मारे। और इसी सवाल के साथ एक बार फिर छत पर लगे चौड़े डैने वाले दोनों पंखे अचानक रुक गये।

"ये लम्बा विषय है। आप क्लास के बाद कमरे में आइएगा तो हम लम्बी चर्चा करेंगे।"

लेकिन इस जवाब के साथ ही बड़े सरजी ने हीरो को कुछ इस तरह देखा कि मानो चारे के लिए बाँधी गयी बकरी को शेर लेकर चला गया हो और शिकारी हाथों में रखी बन्दूक़ का ट्रिगर ही न दबा पाया हो।

और जैसा कि आदेश दिया गया था, क्लास ख़त्म होने के बाद हीरो अपनी जिज्ञासा के समाधान के लिए बेमन से बड़े सरजी के पास पहुँचा...।

"मिस्टर, आप अपने आपको समझते क्या हैं? क्लास में पढ़ने आते हैं या गुण्डागर्दी करने?" हीरो के कमरे में घुसते ही बड़े सरजी ने अपनी पहले से लोड करके रखी गयी बन्दूक़ से पहली गोली दागी।"

"सर, मैंने तो ऐसा कुछ नहीं कहा आपसे और न ही सवाल पूछकर कोई गुनाह कर दिया?"

"आप ज़्यादा जानते हैं हमसे? आपके सवाल पूछने का मतलब क्या था?"

"सर, जो आपने पढ़ाया वही तो पूछा मैंने। इसमें ग़लत क्या था? आप इतना गर्म क्यों हो रहे हैं? आख़िर रिफ़रेंस ही तो पूछा आपसे। कल को एग्जाम में लिखने के लिए आया तो वहाँ क्या लिखेंगे?"

"आप चाहे कितना भी लिख लीजिए लेकिन नम्बर तो हमको ही देने हैं। पास तो हमारे चाहने और कहने पर ही होंगे...। मार्कशीट तो हम ही बनायेंगे।"

इस पूरे वाक्य के साथ हीरो के लिए ये खुली चुनौती दी गयी थी कि बेटा, नतमस्तक हो जाओ, नहीं तो जिसके क्रोध से शिव भी नहीं बच पाये, उससे तुम क्या बचोगे।

एकबारगी हीरो को लगने लगा कि वो बड़े सरजी के पैरों पर गिरकर गिड़गिड़ाकर माफ़ी माँग ले। हीरो ख़ुद को इसके लिए तैयार भी करने लगा कि तभी उसे लगा कि किसी उन्मादी भीड़ ने उसकी

औलादों की हाथों में कभी न मिटने वाली स्याही से लिख दिया– *"तेरा बाप डरपोक है"*। और फिर हीरो तो हीरो ठहरा। अब जिसने चार साल सिविल की फ़क़ीरी फाँकी हो। मजाल है कि फिर उसे कोई डरा–धमका सके। हीरो ने अपने चेहरे पर एक क़ातिलाना स्माइल लाने के साथ बड़े सरजी को देखा और मन ही मन कहा–*उखाड़ ले जो उखाड़ सकता है*। और शायद उसके मन की बात को बड़े सरजी ने भाँप भी लिया, अकस्मात् ही उनका चेहरा प्राचीन समय की गोधूलि वेला की धूल से आच्छादित हो गया।

देवता नम्बर-2

'भारतीय न्याय व्यवस्था' वाले उस काण्ड के बाद हीरो अब एक नहीं, दो देवों के निशाने पर आ चुका था। सड़ेरिया सर की तो रातों की नींद ग़ायब हो गयी थी। चैन का नामो–निशान नहीं था। उसके दिलो–दिमाग़ पर एक ही बात चल रही थी कि आख़िर, कैसे कोई उसके बाबा आदम के ज्ञान को ललकार सकता है?

हालाँकि सड़ेरिया सर की एक दिक़्क़त और भी थी। कहते हैं कि समुद्र मन्थन से विष और अमृत के अलावा एक और चीज़ निकली थी जिसे विश्वविद्यालयीन कहानियों में ईर्ष्या कहा गया है। इसे प्राप्त करने के लिए देवताओं और दैत्यों में भयंकर युद्ध छिड़ गया था। कई हज़ार सालों तक यह युद्ध होता रहा। दुनिया के सारे काम–काज ठप हो गये। जनता ने कई सालों तक बड़े सरजी की आराधना की, एक पैर पर खड़े होकर स्तुति की। उनके ध्यान में इस बात को लाया गया कि अगर देवताओं और दैत्यों के बीच युद्ध चलता रहा तो यह सृष्टि नष्ट हो जायेगी।

लोगों की प्रार्थनाओं से ख़ुश होकर बड़े सरजी ने ध्यान मुद्रा में अपने दोनों पैरों की पालथी मारते हुए उसी सोफ़े में अपने पिछवाड़े को टिकाते हुए हमारे गठान यानी सड़ेरिया सर को यह आशीर्वाद दिया था कि हे वत्स! जाओ और जाकर लोगों का दुख हरो। और तब से लेकर इस दुनिया की सारी ईर्ष्या का भार हमारे सड़ेरिया सर के कन्धों पर ही था।

सड़ेरिया सर ने भी जॉन एलिया के एक मशहूर शेर को अपने जीवन का सार बना लिया था। उनका मानना था कि जब इतने बड़े शायर होकर वे जलना नहीं भूले तो फिर उन्हें तो बड़े सरजी ने ख़ुद अपने हाथों से आशीर्वाद दिया है तो वो शेर कुछ इस तरह का था :

क्या तकल्लुफ़ करें ये कहने में
जो भी ख़ुश है हम उससे जलते हैं

सड़ेरिया सर को जैसे ही अपने इस आदिम ज्ञान का फिर से इलहाम हुआ, बस फिर क्या था वे अपने रंग में आना शुरू हो गये। जैसे ही उनके किसी साथी या अन्य कर्मचारी ने अपनी नयी कार से विश्वविद्यालय आना शुरू किया, बस समझ लीजिए कि सड़ेरिया सर शाम को वहीं उसी गाड़ी के पास मँडराते मिल जायेंगे। और फिर जैसे ही गाड़ी मालिक उनके निकट आता वैसे ही शुरू होती ज्ञान की वो रेलमपेल जिसमें सड़ेरिया सर लगभग एक घण्टे के प्रवचन में उसे समझाते कि कार से आकर उसने कितना बड़ा पाप कर दिया।

अपने शुरुआती शब्दों में वो इस बात को प्रमुखता से उठाते कि किस तरह विश्वविद्यालय बन्द होने की कगार पर है और उसे अपने पैसे कोर्ट में केस लड़ने के लिए सँभालकर रखने चाहिए।

सड़ेरिया सर की मानें तो अगले दो–चार सालों में यूनिवर्सिटी बन्द हो जायेगी क्योंकि विश्वविद्यालय के पास पैसों की कमी हो गयी है और जो पैसा बैंकों में ए.डी. के रूप में रखा है, उसे ही तोड़कर ख़र्चा चलाया जा रहा है।

और यही कारण है कि उन्होंने अपने पैसों को सँभाल के रखने के उपक्रम में पिछले पन्द्रह सालों से कोई नया कपड़ा नहीं सिलवाया है, ख़रीदने की बात तो बहुत दूर है। और अंडरवियर तो वे ख़ैर न जाने कब से सिल कर ही पहन रहे हैं।

हालाँकि, उसी क़िस्सागो ने एक दिन गाँजे के नशे में यह भी बताया था कि वो जो ब्लू शर्ट और काला पैंट पहनकर लगभग हर रोज़ आते हैं। असल में, वो उसी दिन सिलवाया गया जब वो पहली बार शहर से बाहर अपनी ससुराल गये थे। और ससुराल से मिले हुए

कपड़े को बाज़ार में बेचकर उन्होंने उन पैसों को बैंक में डिपॉजिट कर दिया था ताकि जब विश्वविद्यालय बन्द हो जाये तो वे उस पैसे से कोर्ट में केस लड़ सकें।

सड़ेरिया सर की यही तो ख़ासियत थी कि वे नाना प्रकार की दलीलों से उस कार मालिक के दिलो–दिमाग़ में इतनी दहशत भर देते थे कि वो बेचारा दूसरे दिन ही कार को वापस शोरूम वाले के यहाँ औने–पौने दामों में बेचकर पैसों को बैंक में डिपॉजिट करवा आता।

हालाँकि, यूनिवर्सिटी के बन्द होने के इन तमाम हालात के बाद भी मजाल है कि आज तक सड़ेरिया सर ने कभी किसी दूसरी जगह काम करने का इरादा तो क्या ख़याल भी अपने ज़ेहन में आने दिया हो। उनका मानना था कहीं किसी दिन यह विश्वविद्यालय बन्द हो जाये और ताला लगाने के लिए कोई न हो तो उन्हें आगे बढ़कर इस अश्वमेध यज्ञ में अन्तिम आहुति देनी पड़ेगी।

उसी क़िस्सागो ने एक दिन और गाँजे के नशे में यह भी बताया था कि सड़ेरिया सर ऐसा इसलिए कहते रहते हैं ताकि कोई नया बन्दा टिक न पाये और उनकी अयोग्यता पर अनन्त काल के लिए पर्दा गिरा रहे। इस पूरी प्रक्रिया को अंजाम देने के लिए सड़ेरिया ने बाक़ायदा एक एस.टी.एस.सी. सेल नामक एक अभासी दुनिया भी रच रखी थी। जहाँ दिन भर या तो जातिगत समीकरण बनाने के खेल खेले जाते या फिर उन बनने वाले समीकरणों से किसका खेल बिगाड़ना है, इसके लिए अमोघ तरीक़े खोजे जाते।

असल में, सुदीप सड़ेरिया सर की इस पूरी प्रक्रिया के पीछे का राज़ कुछ और था। अकादेमीय अय्यार की बात मानें तो सड़ेरिया सर पूरे जीवन–भर भयभीत ही रहे। इस भय के पीछे का कारण विश्वविद्यालय में उनकी नौकरी का वो दौर था जब वे यहाँ शिक्षक नहीं, मामूली–से बाबू हुआ करते थे। और जैसे कि भारत में कुछ बाबुओं को यह वरदान मिला हुआ होता है जिसमें उन्हें इस बात की आज़ादी होती है कि फ़ाइलों को वज़न के हिसाब से इस टेबल से

उस टेबल तक ले जाने तथा ग़बन और घोटालों से लेकर कर्मचारियों के चारित्रिक प्रमाण–पत्रों तक की हेराफेरी करने जैसी तिकड़मों के मूल स्रोत वे ही हो सकते हैं। तो इसी मूल स्रोत को अपनी शक्ति के आधार बिन्दु में रखकर सड़ेरिया सर ने एक घोटालेनुमा ग़बन कर ही दिया।

ख़ैर ग़बन और घोटाले तो देश के हर कोने और हर विश्वविद्यालय में हुआ करते हैं। लेकिन यह घोटाला कुछ अलग क़िस्म का था। इस घोटाले में न तो रुपया लूटा गया, न ही असली के बजाय नक़ली सामान ख़रीदा गया और न ही विभाग के ख़र्चे के नाम पर समोसों के बिलों को पास करवाया गया।

तो हुआ यूँ कि जब विश्वविद्यालय में शिक्षकों के मलाई खाने का दौर था। रोज़ाना ही नये–नये शिक्षक नये–नये तरीक़े से मलाई खाते हुए विश्वविद्यालय को मलाईमय किये जा रहे थे और ठीक जिस तरह से समोसा देखकर सड़ेरिया सर के मुँह में तम्बाकू के रस से लबालब होने के बाद भी पानी आ ही जाता था। ठीक वैसे ही शिक्षक बनकर मलाई और समोसा खाने के नाम पर उनके मुँह में भी पानी आ गया।

किन्तु समस्या यह थी कि देवी सरस्वती उनसे काफ़ी नाराज़ थीं क्योंकि उनके भगवान समान देवता यानी कि बड़े सरजी ब्रह्मा से नाराज़ थे। तो इसका बदला सरस्वती ने उनसे रूठ कर लिया। जिसकी शिकायत उन्होंने बड़े सरजी से की और बड़े सरजी ने एक बार फिर से ब्रह्मा से बदला लेने के लिए सड़ेरिया को गुपचुप मलाई खाने वाले शिक्षकों की योग्यता मानी जाने वाली एक डिग्री पूरी करने का आदेश दे डाला। साथ ही यह हिदायत दी कि यह गुपचुप तरीक़ा इतना गुपचुप हो कि सरस्वती को भी कानों–कान ख़बर न हो।

सड़ेरिया सर ने बड़े सरजी के हाथों में रसगुल्ला थमाते हुए अपने दायें हाथ में चाशनी लेते हुए इसे गंगा जल के समान पवित्र मानकर *'प्राण जाये पर वचन ना जाये'* की तर्ज़ में मरते दम तक इसे गुप्त रखने का प्रण किया। और दो साल के भीतर ही भीतर सड़ेरिया सर ने विभाग में नौकरी करते हुए उसी विभाग से सरस्वती को ज़रा

भी ख़बर लगने दिये बिना आख़िरकार मलाई खाने वाले शिक्षकों की योग्यता कही जाने वाली वह डिग्री हासिल कर ही ली।

लेकिन उसी क़िस्सागो ने एक दिन गाँजे के नशे में फिर बताया कि मलाई खाते वक़्त सड़ेरिया सर ने थोड़ी जल्दबाज़ी दिखायी और अकेले–अकेले मलाई खायी जिससे मलाई का कुछ–कुछ हिस्सा उनकी दाढ़ी में लगा रह गया। और उस घटना को उनके साथ काम करने वाले एक अन्य बाबू ने ताड़ लिया।

फिर मलाई पैदा करने से लेकर मलाई खाने तक की यह पूरी प्रक्रिया काली स्याही वाले मटमैले से काग़ज़ के ऊपर एक ऐसे अख़बार में छप गया जिसका नाम तो *'आज की गरजना'* था लेकिन लोगों तक उसकी पहुँच साप्ताहिक थी।

और इस ख़बर को साप्ताहिक रूप से *'गरजाने'* वाले अति सुशिक्षित और ईमानदार कुर्ताधारी व्यक्ति ने भी इसलिए छाप दिया था क्योंकि उनका मानना था कि यह एक ऐसा कार्य है जिसमें उनकी भागीदारी को सुनिश्चित किये बग़ैर ही मलाई खायी गयी थी। इसलिए यह संविधान में अंकित और महापुरुषों से मुख से वर्णित नैतिक ज़िम्मेदारी वाली बात है कि वे इस बात को *'गरज–गरज'* कर कहें। यानि *'आज की गरजना'* वाले साप्ताहिक–पत्र के पहले पेज पर इस घटना का पूरा वर्णन, जिसमें सड़ेरिया सर आंशिक रूप से द्वितीय अभियुक्त और मलाई पूर्ण रूप में प्राथमिक स्रोत के रूप में थी, छप गया।

अब इस घटना के छप जाने के फलस्वरूप उनका नाम शहर की एक स्थानीय इमारत, जिसकी छत पर भारत की स्वतन्त्रता का झण्डा लहराया करता है, किन्तु देश के स्वतन्त्र होने के बाद भी यहाँ सिर्फ इमारत में रहने वाले लोगों की चलती है और जिसे शास्त्रों में 'पुलिस थाना' की संज्ञा दी गयी है, में रखे एक ऐसे रजिस्टर पर दर्ज हो गया, जहाँ पर आमतौर पर उन लोगों के नामों की जानकारी लिखी जाती थी जो आम नहीं हुआ करते थे। ऐसे नाम जिनकी विशिष्टता किसी की आँखों से काजल चुराने अर्थात चोरी से लेकर किसी व्यक्ति को जीवन–मृत्यु के मोह से मुक्त कर देने अर्थात हत्या जैसे बड़े कार्य हुआ करते थे।

हालाँकि इस तरह स्थानीय अख़बार के पहले पेज में प्रकाशित हो जाने को सड़ेरिया सर ने बेहद ही सम्मान से देखा और वे यह कहते हुए फिरने लगे कि यह एक प्रकृति प्रदत्त घटना है, जिससे इस देश का हर बड़ा आदमी गुज़रा है और चूँकि वे एक ऐसे वर्ग से आते हैं जहाँ के लोगों को समाज में उच्च स्थान पर बैठा देखना कुछ लोगों को सतजुग से ही पसन्द नहीं है, इसलिए इसे उस वर्ग के प्रति षड्यन्त्र समझा जाये। वे तो दूध की तरह एकदम पाक साफ़ हैं।

हालाँकि उसी क़िस्सागो ने गाँजे का एक कश और खींचते हुए बताया कि इस मानवीय षड्यन्त्र के बाद सड़ेरिया सर ने अपनी पत्नी को साफ़–साफ़ निर्देश दे दिये थे कि अब उन्हें सुबह शाम खाने में सिर्फ़ दाल और दो रोटी दी जायें क्योंकि जेल में इतना और इसी तरह का खाना ही मिलता है।

लेकिन इन तमाम बातों के बाद भी उनका यही कहना था कि *'अगर उन्हें अपने आप को बेक़सूर साबित करने के लिए जेल भी जाना पड़े तो वे ज़रूर जायेंगे'*।

इस पूरी घटना के बाद सड़ेरिया सर बाह्य रूप से जितने ख़ुश दिख रहे थे, उनका आन्तरिक वातावरण उतना ही दुःखी था और उनकी इस दशा को देखते हुए किसी जानकार व्यक्ति ने उनसे कहा कि उन्हें अब *कविताएँ, शेर और शायरियाँ* लिखनी चाहिए क्योंकि इस देश में जितने भी बड़े कवि हुए हैं वे सब के सब दुखी ही रहते थे और उनके दुःख ने ही उन्हें कविताएँ करने की प्रेरणा दी है।

जानकार व्यक्ति के इस अनुरोध का उन पर गहरा प्रभाव पड़ा और 'कविता' जैसा शब्द सुनकर उनके दुःखी हृदय में एक अजीब–सी 'वेब' उठी जिसे उन्होंने 'वेब' न मानकर 'वेबी' जैसा माना। और कविता को अपने हाथों से महसूस करते हुए उसे काग़ज़ पर उतराने के लिए शेर और शायरियाँ जैसा कुछ लिखने लगे।

उनका मन अब साहित्य की तरफ़ मुड़ गया था और अपनी जेब में रखे अख़बारों के टुकड़े पर यदा–कदा ही शेर, शायरियाँ और कविताएँ लिखने लगे। कहानियों की तरफ़ उनका ध्यान इसलिए

नहीं गया क्योंकि उनका मानना था कि क़िस्से–कहानियाँ तो वो यूँ ही चुटकियों में बना लेते हैं उन्हें लिखने की कोई ज़रूरत नहीं है। और उसी समय अपनी जेब से अख़बार के एक टुकडे को निकाल कर उन्होंने लिख मारा–

क्यों रहती हो खोई–खोई
हमारे लायक़ शेवा है कोई

शेर पूरा होते ही उन्हें लगा कि आने वाली कई सदियों तक जब भी लोग इस शेर को किसी महफ़िल में सुनायेंगे तो उनका नाम बड़े जोर–शोर से पुकारा जायेगा। आने वाले कई कवि उनके शेरों को आदर्श मानकर अपने लिए शेरनियाँ ढूँढ़ा करेंगे और इसके सुफल से कोई कविता उन्हें खोजते हुए उन तक ख़ुद ही पहुँच जायेगी।

हालाँकि इस प्रसिद्धि के बाद भी उन्होंने अपनी जगहँसाई को अपने दैनिक कार्यों के बीच में नहीं आने दिया और एक दिन जब सीनियर्स छात्रों के जॉब के लिए आयोजित कैम्पस इंटरव्यू में उस छात्रा का भी चयन हो गया जिसका अभिभावक बनने के लिए सड़ेरिया सर ने इतनी सारी मेहनत की थी कि अ़पने लिए एक नयी शर्ट भी सिलवायी थी जिसका रंग कुछ–कुछ उनके बेटे की स्कूल यूनिफ़ॉर्म से भी मैच करता था। पर इसके बाद भी वे उस लड़की का अभिभावक नहीं बन पाये थे।

आख़िरकार उस छात्रा के चयन का सारा श्रेय उन्होंने छात्रा की मेहनत को न देकर उस लिपस्टिक को दिया जिसका बहुतायत में इस्तेमाल वह अपने होंठों पर किया करती थी और सिलेक्शन के रिजल्ट वाले दिन सड़ेरिया सर ने अपने अभिभावक न बन पाने का पूरा गुस्सा उस छात्रा पर उतारा–

"कमाल है तुम्हारा भी शिलेक्शन हो गया।"– अपने अन्दर सिसकती हुई हाय के साथ सड़ेरिया सर ने सिलेक्शन वाली छात्रा के बग़ल में खड़े होते हुए कहा।

– *"हाँ सर... हो गया। बहुत मेहनत की थी, सारे सवालों के जवाब दिये थे।"*–छात्रा ने एक बार उनकी ओर देखा और फिर दूसरी तरफ़ मुँह फेरते हुए जवाब दिया।

"हाँ... तुम्हारा नाम तो छपना ही था। होंठों पर इतनी लिपस्टिक जो लगाती हो। इंटरव्यू वाले एंकर बनायेंगे अब तुमको। तुम श्क्रीन पर छपोगी अब तो।" –सड़ेरिया सर ने बड़े भारी अफ़सोस के साथ कहा

–"हाँ सर, आप तो बिना लिपस्टिक लगाये ही छप रहे हैं आज–कल"–छात्रा ने अपनी मंशा ज़ाहिर करते हुए कहा।

यह सड़ेरिया के लिए अभिभावक न बन पाने से भी ज़्यादा दुखी करने वाला वाक्य था। अचानक से बढ़ गये इस दुख में उनका हृदय एक और कविता लिखने की ओर प्रेरित होने लगा।

अपने हृदय की बात को मानकर एवं आस–पास खड़े लोगों से नज़रें बचाते हुए कन्या के जवाब को सुनकर भी अनसुना करते हुए अचानक अपने बन्द मोबाइल को कानों में लगाते हुए हैलो–हैलो, कौन–कौन करते हुए अपने 'तपो स्थल' अर्थात कक्ष की ओर चल पड़े।

हालाँकि 'सुप्रीम कोर्ट काण्ड' के नाम से मशहूर हो चुके क्लास रूम वाले हादसे के बाद से तो सड़ेरिया सर के लिए हीरो हिट लिस्ट में सबसे ऊपर बना हुआ था। सड़ेरिया सर के सिर पर एक ही जुनून सवार था कि कैसे भी करके हीरो को इस विश्वविद्यालय से बाहर करना है। अब तो लगभग रोज़ ही किसी न किसी बहाने गठान सर ने हीरो को परेशान करना शुरू कर दिया।

देवता नम्बर-3

बड़े सरजी और गठान सर के अलावा विश्वविद्यालय के इस गैंग में एक और ऐसा देवता है जिसका ज़िक्र किये बिना कहानी का ये हिस्सा पूरा नहीं होता। तो ये जो तीसरे देवता हैं इनका नाम तो अंजीव है लेकिन धन–सम्पदा के साथ अपने अवैध प्रेम के चलते विश्वविद्यालय में ये 'फ़ोकटा' नाम से बड़े मशहूर हैं और लोग इन्हें अंजीव फ़ोकटा के नाम से जानते हैं।

विश्वविद्यालयीन मान्यता के अनुसार अंजीव फ़ोकटा प्रकृति की बनायी वो नायाब चीज़ हैं, जिन्हें इस सृष्टि पर इसलिए भेजा गया ताकि समस्त प्राणी जगत के बीच ये कंजूसी और बचत के उपायों और पैसों को दाँतों से दबाये रखने के तरीक़ों को प्रचारित कर सकें।

अंजीव सर एटीएम के ज़माने में विड्राल फॉर्म से हज़ार रुपये निकालने लगभग हर तीसरे दिन बैंक पहुँच जाते और कैशियर से रोज़ झिक–झिक करते। कैशियर उन्हें रोज़ समझाते कि *'सर पैसे एटीएम से निकाल लिया कीजिए आपको ज़्यादा सहूलियत होगी'*। लेकिन मजाल है कि एटीएम पर कुछ रुपये सालाना लगने वाला चार्ज देना इन्हें गवारा हो।

हर बार लम्बी बहस के बाद काउंटर पर बैठा कैशियर मन ही मन इनकी माँ–बहनों को श्रद्धा सुमन अर्पित करते हुए उन्हें हज़ार रुपये दे देता और लगभग हर नोट को पाँच से सात बार गिनने और उन्हें अपनी पैंट की जेब की चोर पॉकेट में रखने के बाद बड़ी बेशर्मी से कैशियर की तरफ़ देखकर मुस्कुराते हुए अंजीव सर आगे बढ़ जाते।

लेकिन अंजीव सर के बैंक में रोज़नामचे की तरह लगने वाले इस चक्कर के बारे में उसी क़िस्सागो ने एक दिन गाँजे के नशे में बताया था कि वो हर तीसरे दिन बैंक जाकर एक हज़ार रुपये इसलिए निकालते हैं ताकि रिसेप्शन पर बैठने वाली मैडम से मुलाक़ात हो सके।

अंजीव सर अक्सर अपनी कुर्सी पर बैठकर कुछ सोचते रहते। ऐसा लगता मानो किसी गम्भीर चिन्तन में डूबे हुए हों। लेकिन असल बात थी कि, इस गम्भीर चिन्तन के पीछे उनके दिमाग़ में ठाकुर की दुकान में बनने वाले समोसे होते थे और समोसे को राष्ट्रीय खाद्य घोषित करवा देने के तमाम आन्दोलनों की नींव कैसे रखी जाये यही इनके गम्भीर चिन्तन में शामिल रहता।

ऐसे ही हालातों से रोज़ दो–दो हाथ करते एक दिन अंजीव सर ने अपने केबिन में बैठे–बैठे ही ज़ोर–ज़ोर से चिल्लाते हुए प्यून को बुलावा भेज दिया–

"क्या हुआ सर?"–बदहवास दौड़ते हुए केबिन में अन्दर घुसते ही प्यून ने पूछा

"अरे! जल्दी से एक किलो मिठाई लेकर आओ और सबसे पहले कम्प्यूटर लैब से शर्मा को लेकर आओ। मेरा 'जैकपॉट' लग गया है"

कम्प्यूटर की तरफ़ अपनी मचलती आँखों से देखते हुए अंजीव सर ने पैंट की चोर पॉकेट से सौ रुपये निकालकर प्यून के हाथों में थमा दिये।

"एक किलो मिठाई लानी है सर?" प्यून ने अचरज भरी निगाहों से एक बार सौ रुपये के नोट को देखा और एक बार अंजीव सर को देखते हुए बोला

"अरे ले आओ यार जितनी आती है, उतनी ले लाओ जब काम हो जायेगा तो और बुला लेंगे"– अंजीव सर ने छुटकारा पाते हुए कहा और वापिस कम्प्यूटर की तरफ़ ध्यानमग्न हो गये, लेकिन उनके चेहरे से ख़ुशी छिपाये नहीं छिप रही थी।

"अच्छा ठीक है!" –प्यून ने अपने मन ही मन कुछ बुदबुदाते हुए अंजीव सर की ओर देखा और चला गया।

"क्या हुआ सर? क्या हो गया!"–लैब से भागते हुए आये शर्मा सर ने लगभग हाँफते हुए केबिन में घुसते ही कहा।

"अरे! इधर आओ बाबा, जल्दी से इधर आओ और देखो किसी को बताना मत ये बात अपन दोनों की बीच रहेगी, देखो मेरे को एक लाख डॉलर की लॉटरी लगी है, मेरा मोबाइल नम्बर सिलेक्ट हुआ है।" –शर्मा सर की तरफ़ कम्प्यूटर की स्क्रीन मोड़ते हुए उन्होंने कहा।

"सर ये लीजिए दो सौ ग्राम मिठाई आयी है।" –प्यून ने काग़ज़ में लिपटी हुई मिठाई को टेबल पर रखते हुए कहा।

"तुम जाओ और जल्दी से पानी लेकर आओ।" –प्यून को पानी लाने का इशारा करते हुए शर्मा सर ने कहा।

"अब आप सुनिए सर, ये बात आपने मेरे को ही बतायी है या किसी और को भी बतायी है।" –शर्मा सर ने चेहरे पर एक मायावी मुस्कान लाते हुए अंजीव सर से पूछा।

"नहीं, नहीं मैंने किसी को नहीं बताया और तुम भी नहीं बताना। आजकल किसी का भरोसा नहीं है।" –शर्मा सर की तरफ़ सन्देह की दृष्टि से देखते हुए अंजीव सर ने कहा।

"इसमें से तुमको भी पार्टी देंगे अच्छे होटल में, बस तुम ये बताओ कि इनसे अकाउंट में कैसे मँगाना है?" –पार्टी का लालच देते हुए अंजीव सर ने शर्मा को अपनी तरफ़ मिलाने की कोशिश करते हुए कहा।

"ये बात आप किसी को मत बताना कि आपने इसके चलते मिठाई बुलवा ली है। ये फ़र्ज़ी है, उलटा आपसे पैसा ले लेंगे ये लोग। ये सब फ्रॉड है, सबको आता है ऐसा मेल। जैसे ही आप रिप्लाई करते हैं ये आपका पूरा बैंक अकाउंट ख़ाली कर देंगे।"

हालाँकि शर्मा जी चाह तो रहे थे कि वे अंजीव सर के मुँह पर ज़ोर–ज़ोर से हँसें और कह दें कि, सुन बे चूतिए, इतनी उमर हो गयी है पैसों के पीछे भागना बन्द कर और जो है उसमें ख़ुश रह। लेकिन उन्हें उनके दुर्वासा ऋषि वाले अवतार की बात याद आ गयी

और मन ही मन उन्होंने ख़ुद को सँभाला यह सोचकर कि हँस तो वो लैब में भी जाकर लेंगे बाद में।

"क्या? ये सब सही में नहीं है, मतलब मेरे को लॉटरी का पैसा नहीं मिलेगा?" –अंजीव सर को ऐसा लगा मानो उनके अरबपति बनाते ही सरकार ने रिकवरी का लेटर थमा दिया हो।

"नहीं सर... ये सब फ्रॉड होता है। जाने दीजिए। सबके साथ ही ऐसा होता है।"–शर्मा सर ने ढाड़स बँन्धाते हुए अंजीव सर से कहा और लैब की ओर चले गये।

"सर पानी लीजिए, क्या ये मिठाई बाँट दूँ? सर क्या बोलूँ सबको कि किस चीज़ की मिठाई खिला रहे हैं?" –प्यून ने पानी का गिलास बढ़ाते हुए मिठाई के पैकेट की तरफ़ लालच भरी नज़रों से देखते हुए कहा।

"कोई मिठाई–विठाई नहीं! जाकर दुकानदार को वापिस कर दो। कहना कि मिठाई में मरी हुई मक्खी निकली थी।" –अंजीव सर ने प्यून की तरफ़ ऐसा देखा जैसे लगा हो कि प्यून उनकी जायदाद पर कुण्डली मार के बैठा हो।

"अरे वो वापिस कैसे करेगा सर, आप ही खा लीजिए।" –प्यून ने अपनी सारी शक्ति जिह्वा के एक स्थान पर लाते पूरे मनोयोग से कहा।

"ठीक है, रहने दो घर पर बीवी को दे देंगे। वैसे भी महीने भर से मिठाई खाने के लिए उसका मन हो रहा है।" –प्यून को जाने का आदेश देते हुए अंजीव सर ने कहा।

"ठीक है मुझे भी मिठाई खाने का कोई शौक़ नहीं है। डॉक्टर ने मीठा खाने के लिए मना किया है। और फिर मैंने कल ही शाम को रस–मलाई खायी थी।" –अंजीव सर की लगभग उनकी असली जगह से परिचय कराने की असफल कोशिश करता हुआ प्यून केबिन से बाहर चला गया।

थोड़ी देर बाद कम्प्यूटर लैब से ज़ोर–ज़ोर से हँसने की आवाज़ आने लगी। पहले शर्मा सर की आवाज़ आयी। फिर गोकुल भैया की।

फिर प्यून की और फिर धीरे–धीरे उस लैब के अन्तरिक्ष में न जाने कितने लोगों की हँसी लगातार गूँजती रही। और इस गूँज में ये बात उनके और कम्प्यूटर वाले शर्मा सर के बीच हमेशा के लिए दफ़न हो गयी है, ऐसा अंजीव सर ने मान लिया।

इसके ठीक दूसरे दिन विश्वविद्यालय में कई तरह की ख़ास बातें आम होती चली गयीं। अव्वल तो किसी ने कहा कि अंजीव सर नौकरी छोड़ रहे हैं क्योंकि उनके पास कहीं से बहुत सारा पैसा आ गया और वो एक अख़बार खोलने वाले हैं, जिसके लिए जल्द ही विश्वविद्यालय से पत्रकारों का चयन किया जायेगा। और इस ख़बर का इतना असर हुआ कि छात्रों का एक बड़ा दल उनसे अब तक के रिश्तों को और भी ज़्यादा मधुर बनाने के लिए सूखी सुपारी, बाबा इलायची, किमाम और एक सौ बीस नम्बर बड़ी पत्ती से बना पान लेकर पहुँच गया।

दूसरी ख़बर थी कि अंजीव सर को लॉटरी लगी है जिसमें उन्हें लाखों नहीं, बल्कि करोड़ों रुपये मिले हैं।

लेकिन तीसरी आम ख़बर जो सबसे ख़ास रही, वो यह थी कि अंजीव सर मूलतः चूतियाटिक टाइप के आदमी हैं जिन्हें कोई भी चूतिया बना सकता है।

।। हरि अनन्त हरि कथा अनन्ता।।

लेकिन अंजीव सर की लीलाएँ तो इससे भी कहीं ज़्यादा थीं। अकादमीय अय्यारों की बात मानें तो ये कस्टमर केयर पर भी तभी बात करते थे, जब उस तरफ़ कोई महिला ऑपरेटर को कॉल कनेक्ट होता। नहीं तो तब तक कॉल लगाते ही रहते।

हमारे अंजीव फ़ोकटा सर का मानना है कि उन्हें ख़ुद कामदेव ने अपने उसी तीर की टूटी हुई नोक से बनाया था जिसे उन्होंने शिव पर छोड़ा था, ताकि पार्वती के लिए शिव के मन में प्रेम उत्पन्न हो जाये।

अंजीव सर की हाइट यही कोई पाँच फ़ीट पाँच इंच के आस–पास होगी। बड़ी–बड़ी आँखें, लम्बी नाक, जब भी ये आँखों में दूर का

देखने वाला चश्मा लगाते, इनकी नज़रें अपने मोबाइल की स्क्रीन की तरफ़ अपने आप मुड़ जातीं।

मोबाइल को हाथों में लिए अपनी उँगलियाँ ऐसे फिराते कि सामने वाले को लगता कि किसी का नम्बर डायल करने वाले हैं, पर असल में मोबाइल की ऑफ़ स्क्रीन में दिखने वाली अपनी छवि को ऐसे निहार रहे होते मानो चन्द्रमा की चंचल किरणें झील के ठहरे हुए पानी में पड़ती हैं।

अंजीव सर अपने लगभग लुप्तप्राय हो रहे सर के बालों को जैसे–तैसे दाहिने हिस्से की तरफ़ से माँग निकालकर सँवारा करते थे, लेकिन दिन में कई बार हाथों से बरबस ही अपने बालों के बीच से माँग निकालने के लिए भरसक प्रयास करते रहते, जिसका कारण एक दिन उसी क़िस्सागो ने गाँजे के नशे में बताया कि, एक रोज़ किसी पार्टी में एक सुन्दर–सी कन्या ने उन्हें मज़ाक़ में ही कह दिया था कि सर अगर आप बालों में बीच से माँग निकालते होते तो आप बिल्कुल अमिताभ बच्चन जैसे दिखते। बस उन्होंने इस बात को दिल से लगा लिया।

वैसे अकादमीय मान्यता यह भी है कि अंजीव उर्फ़ फ़ोकटा सर जी का ये जो चश्मा है, कहते हैं यह भी समुद्र मन्थन से ही निकला था। जिसे विष न पी पाने से नाराज़ चल रहे बड़े सरजी को मनाने के लिए देवताओं ने भारी – भरकम स्तुति के साथ उनके कहने पर अंजीव फ़ोकटा सर को सौंप दिया था।

इस बाबा आदम के ज़माने के चश्मे के पार, इनकी आँखें जितनी चंचल थीं, उससे कहीं अधिक इनका मन चंचल था। कभी एक जगह ठहरता ही नहीं है। इनकी प्यासी आँखें इतनी तेज़ी से दायें–बायें होतीं कि मानो न जाने कितने जन्मों से वे अपनी प्रेयसी को ढूँढ रही हों।

अपनी प्रेयसी को ढूँढ़ने के चक्कर में इनको न जाने कितनी महिलाओं से अन्धा नहीं, अन्धाधुन्ध प्यार हुआ और अन्धाधुन्ध वाली पैंतालीस पार की इस उमर में भी उन्हें *पहला नशा पहला खुमार... पहली–पहली बार है, पहला पहला* प्यार वाली फीलिंग आने लगती।

और इतने क़ाबिल कि अगर किसी महिला ने थोड़ा भी हँसकर इनसे बात कर ली, बस फिर क्या तत्काल जेम्स बाण्ड की पिस्तौल की तरह जेब से मोबाइल और मुँह से निकलता :

"मैडम आपकी आँखें बड़ी सुन्दर हैं। क्या आप अपना पर्सनल मोबाइल नम्बर दे सकती हैं। मैं आपको बताऊँगा कि आपको पीएच.डी. कहाँ से करनी है।"

इनकी सबसे बड़ी ख़ासियत है कि इन्हें अंग्रेजों के भारत पर क़ब्ज़ा करने से लेकर आज़ादी की लड़ाई तक, मीडिया पर लिखी गयी सभी किताबों की जानकारी थी। बस इन्हें अगर कुछ नहीं पता था तो केवल इतना कि पिछले दिनों पत्रकारिता में क्या नया हुआ है। न, न इस बात से आप इनके ज्ञान पर सन्देह नहीं कर सकते। ज्ञानी तो ये बहुत थे। इतने ज्ञानी कि विश्वविद्यालय में काम कर रही हर महिला के बारे में इनको पता था। और इसी ज्ञान के चलते इनकी कई बार शिकायतें भी ऊपर सातवें–आठवें फ़्लोर पर हुईं। वही फ़्लोर जहाँ मुख्य बॉस बैठा करते थे। लेकिन हर बार अपनी चाटुकारिता वाली दक्षता के चलते मजाल है कि कोई अंजीव सर का बाल भी बाँका कर सका हो।

हालाँकि इसी बीच अख़बारों और टेलीविज़न पर किसी प्रोफ़ेसर मटुकनाथ की प्रेम–कहानियों ने एक नया कीर्तिमान रचा, जिसे इन्होंने अपने लिए *जहाँ चाह वहाँ राह* की उत्पत्ति का स्रोत माना। इस मशहूर अधेड़ प्रेम दास्तान को अपने वर्तमान के लिए अत्यधिक उपयोगी महसूस करते हुए उन्होंने भी एक दिन ऐसा ही काण्ड कर डाला, जो पूरे विश्वविद्यालय में चर्चा का केन्द्र बिन्दु बना।

और एक दिन अपने प्रेम के अन्धेपन की चपेट में आकर इन्होंने परीक्षा की कॉपी चेक करने आने वाली एक मैडम के रूप–सागर में गोता लगाने के चक्कर में उनकी पीठ पर हाथ फेर देने जैसे साहसिक कार्य को अंजाम दिया, जिसके एवज़ में मैडम के मिस्टर जो कि समाज के एक जाने–माने और पहचाने डॉक्टर भी थे, ने 'मुष्टिका प्रहार' विधि द्वारा इनके अन्धेपन का इलाज भी किया था।

लेकिन मैडम के मिस्टर के हाथों बड़ी मुश्किल से टूटने–फूटने से थोड़ा–सा ही बच पाये थे अंजीव सर। कहते हैं कि विभाग के किसी अनजान और एकान्त कोने में उन्होंने मैडम के मिस्टर से दोनों हथेलियों को एक विशेष मुद्रा में मोड़कर समझाया था कि 'कैसे मैडम उनके लिए साक्षात् सरस्वती का अवतार हैं और उनके लिए सम्माननीय हैं।'

इस ज्ञान के अलावा इन्हें दुर्वासा ऋषि का कलयुगी अवतार भी कहा जाता है। जितनी इनकी आँखें चंचल थीं उससे ज़्यादा कहीं ज़्यादा इनकी जिह्वा पर अग्नि देवता का निवास। अकादमिक अय्यारों की मान्यता है कि इन्हें कब और किस बात पर गुस्सा आ जाये, किसी को नहीं पता।

हालाँकि उनके इस क्रोध के पीछे एक कहानी और भी है। कहते हैं कि जब बड़े सरजी इस विश्वविद्यालयीन सृष्टि की संरचना में व्यस्त थे तब उन्हें एक दिन अचानक एक ज्ञान की प्राप्ति हुई कि चूँकि ब्रह्मा और शिव से उनकी उतनी बनती नहीं थी *(ख़ैर बनती तो उनकी पूरे विश्वविद्यालय में किसी से भी नहीं थी, पर ब्रह्मा और शिव से कुछ ज़्यादा ही नहीं बनती थी)* तो उनके सपने में भगवान विष्णु आये और उनसे कहा कि दूर दक्षिण दिशा में स्थित पॉलिटेक्निक से एक उच्च कोटि के विद्वान जैसे दिखने वाले व्यक्ति ने वीडियो प्रोडक्शन नामक विधा में डिप्लोमा लिया है। आप उसका आहवान करके उसे विभाग में नियुक्त करें।

अचानक मिले इस कैवल्य ज्ञान के आधार पर विश्वविद्यालय में अंजीव सर की नियुक्ति स्टूडियो में किसी पद पर हो गयी, लेकिन अंजीव फ़ोकटा सर जितने मन से चंचल थे, उससे कहीं ज़्यादा (कु)महत्वाकांक्षी। ठीक वैसे ही जैसे किसी चूहे को हल्दी की कोई गाँठ मिल जाये तो वो अपने आप को पंसारी समझने लगता है। बस अंजीव फ़ोकटा ने वो सपने देख डाले जिसकी क्षमता न तो उसके पास थी, न ही योग्यता।

हालाँकि अपनी सबसे बड़ी योग्यता के चलते वे विभाग में असिस्टेंट प्रोफ़ेसर तो बन गये। लेकिन जैसे बन्दर के हाथ उस्तरा

लग जाता है ठीक वैसे ही इन्होंने अपने इस पद का दुरुपयोग करना शुरू कर दिया।

उनका पढ़ाया कोई छात्र जैसे ही किसी चैनल या अख़बार में नौकरी करने लग जाता, अंजीव सर का फ़ेवरेट हो जाता। फ़ेवरेट इसलिए कि इनके बाहर के सारे कामों को करने के लिए उन्हें सोर्स की तरह कैसे इस्तेमाल करना है, उनसे बेहतर कोई नहीं जानता था।

एक दिन उसी क़िस्सागो ने गाँजे के नशे में बताया था कि अंजीव सर उन फ़ेवरेट छात्रों का इस्तेमाल अपने जीजा और सालों से लेकर मामा की बेटी की ननद के पति के मौसा का ट्रांसफर करवाने या रुकवाने के लिए करता। इतना ही नहीं, जब कभी उसे कहीं बाहर जाना होता तो रुकने के लिए रेस्ट हाउस से लेकर वहाँ रात्रिकाल के सारे इन्तज़ाम भी वो इन्हीं छात्रों से करवाते थे।

विश्वविद्यालीयन क़िस्सों में तो इस बात का भी ज़िक्र मिलता है कि एक बार अपने अधीन काम करने वाले एक गेस्ट फ़ैकल्टी के किसी प्रोग्राम में उन्होंने उससे ही ट्रेन का वातानुकूलित शयनयान का टिकट और दिल्ली जैसे बड़े शहर में रुकने, घूमने और खाने–पीने का इन्तज़ाम करवा लिया था। बाद में जब उस गेस्ट फ़ैकल्टी ने उनसे पैसा माँगे तो उन्होंने इसे अपनी तौहीन समझा। नतीजा यह हुआ कि बेचारे गेस्ट फ़ैकल्टी के बारे में इन्होंने नीचे से लेकर ऊपर तक इतना रायता फैलाया कि उसको नौकरी से हाथ धोना पड़ा।

अकादमिक रहस्य के जानकारों की बातों पर यक़ीन करें तो अंजीव फ़ोकटा सर अपने अंडर पीएच.डी. कर रहे शोधार्थियों द्वारा लिखे जा रहे रिसर्च पेपर्स पर भी अपना नाम ज़बरदस्ती डलवाना नहीं भूलते थे।

हालाँकि इन सारी ख़ूबियों के अलावा उनका एक अन्य प्रिय विषय भी था जिस पर वे कई घण्टों नहीं, बल्कि कई दिनों या महीनों तक बहस कर सकते थे और वो विषय हमेशा ही या तो महिला प्रधान होता था या फिर पौरुष कमज़ोरी का।

अंजीव सर अपनी विशेष योग्यता के सहारे किसी भी बहस को अपने तर्कों के आधार गुप्त रोग पर लाकर ख़त्म करते। उन्हें यह बताने में विशेष ख़ुशी होती थी कि गुप्त रोग कैसे होते हैं और उनके पास सभी गुप्त रोगों का इलाज मौजूद है और ऐसा सटीक चिकित्सकीय ज्ञान रखने वाले वे विश्वविद्यालय में नहीं, अपितु विश्व के भी एकमात्र शिक्षक हैं।

।। हरि अनन्त हरि कथा अनन्ता।।

हीरो जिस सेक्शन में है उसी में अंजीव सर की भी एक क्लास है और वे क्लास को यदा–कदा वीडियो प्रोडक्शन की बारीकियाँ समझाया करते हैं। यदा–कदा क्यों? क्योंकि वे क्लास में यदा–कदा ही प्रकट होते थे और आते ही सबसे पहले इन्हें ये बताने में बड़ा गर्व होता, कि आज उनका स्वास्थ्य ठीक नहीं है। सुबह से ही उन्हें खट्टी डकारें आ रही हैं और ज़्यादा देर तक उनसे बैठा नहीं जा रहा है।

साल–भर में लगभग चार से पाँच क्लास लेते और सारा सिलेबस इन्हीं नाममात्र की क्लासों में ख़त्म कर देते। बाद में एक दिन उसी क़िस्सागो ने गाँजे के नशे में बताया था कि उन्हें बवासीर की बीमारी है जिसके कारण वो ठीक से फ़्रेश नहीं हो पाते। जिस दिन ठीक से फ़्रेश नहीं हो पाते थे, उस दिन इनकी जिह्वा पर वही दुर्वासा ऋषि का क्रोध बैठा हुआ रहता। और यदा–कदा प्यून से लेकर कक्षा के छात्रों को अपने इस अवतार से अवगत भी कराते रहते थे।

ऐसे ही एक दिन जब सावन लगभग ख़त्म होने की कगार पर था और अंजीव सर का मन न जाने क्यूँ मोर के समान पंख फैलाये नाचने को कर रहा था। उन्होंने चपरासी को बड़ी ही गम्भीरता से समझाते हुए कहा, "देखो अगर कोई पकौड़े खिलाने वाला बकरा मिल जाये तो हलाल करने में देर मत करना। तब तक मैं आज विद्यार्थियों की क्लास लूँगा सबको बता दो।" और सबको स्टूडियो बुलवाया गया।

स्टूडियो विश्वविद्यालय के पहले फ़्लोर पर है। एकदम कोने में। कहने को तो इसे स्टूडियो कहा जाता है क्योंकि इसके दरवाज़े पर स्टूडियो ही लिखा है। अब लिखने में क्या है? लिखने में तो इसे

ताजमहल भी लिख देते तो यह ताजमहल हो जाता? पर क्योंकि काग़ज़ों पर इसे स्टूडियो ही घोषित किया गया है इसलिए बाक़ी लोग इसे स्टूडियो ही मानते, जानते और पहचानते हैं। पर असल मायनों में ये लंच के बाद कुछ चपरासियों की पॉवर नेप का अड्डा जैसा था तो कुछ खोजी और भावी जिज्ञासु पत्रकारों के लिए मस्तराम की कहानियों के पात्रों के बौद्धिक विवेचन का केन्द्र। तो कुछ पत्रकारीय योनि ग्रस्त जीव विज्ञान प्रिय छात्र–छात्राओं के लिए शारीरिक रूप रेखा के गूढ़ अध्ययन, विवेचन और संवर्धन का केन्द्र। कहते हैं विभाग में इस स्टूडियो के रख–रखाव और नये उपकरण ख़रीदने के लिए हर साल लाखों का बजट आता (पर मजाल है कि जाता कहाँ है यह बात किसी को आज तक पता चली हो) लेकिन सीलन से भरी हुई सड़ाँध मारती दीवारों को देखकर ऐसा लगता कि जाने कितनी सदियों से शबरी ने इन दीवारों के लिए रंग–चुनकर रखे हों कि जब राम आयेंगे तो इन दीवारों पर रंग रोगन कर जायेंगे। उपकरणों की बात तो ख़ैर जाने दीजिए।

तो आज लगभग जीवाश्म हो जाने के हालत में पहुँच चुके उसी स्टूडियो में सावन के आख़िरी दिनों में मनमोहना अंजीव सर की क्लास लगी...

"हम्मम आ गये या कोई और बाक़ी है?" –बारह बजे की क्लास में साढ़े बारह पहुँचते ही उन्होंने पहला सवाल दागा।

"आ गये सर, सब लोग हैं।" –एक छात्र ने सबकी सहमति लेते हुए बताया।

"अच्छा! मेरा नाम अंजीव है, ये तो आप लोगों को पता ही होगा"– उन्हें इस बात का पूरा यक़ीन था कि उनके चर्चे पूरे विश्वविद्यालय में हैं।

"जी सर, पता है।" ना चाहते हुए सबको एक साथ बोलना पड़ा।

"हाँ... तो, पढ़ाई तो होती ही रहेगी। वैसे भी इस सिलेबस में रखा क्या है? पहले एक–दूसरे से परिचय हो जाये।" –लगभग वही सन् सत्तर वाले ज्ञान की क्षमताओं पर आधारित पूर्ण विश्वास के साथ।

और बाक़ी के बीस मिनट की क्लास में युवक–युवती परिचय सम्मेलन चलता रहा। और लड़के अपनी–अपनी पसन्द की लड़कियों के नाम–पते और उन्हें क्या–क्या पसन्द हैं, से लेकर उसने होस्टल लिया है या कोई रूम, तक सब कुछ चुपचाप नोट करने लगे। ताकि अगर लड़के और लड़कियों को एक–दूसरे को बायोडाटा पसन्द आये तो माता–पिता से बात करके बात को आगे बढ़ाया जा सके। कुछ ने तो बैठे–बैठे बच्चों के नाम तक सोच लिए।

"आपकी आँखें बड़ी सुन्दर हैं। आप में तो एंकर बनने की सारी योग्यता दिख रही है मुझे।"

अंजीव सर ने वही अपने चिर–परिचित अन्दाज़ में एक कन्या की तरफ़ में कामदेव का दिया पहला व्हाइट वाला तीर छोड़ा।

"थैंक्यू सर। वैसे मैं अपने शहर के लोकल टीवी में एंकरिंग करती थी।" –अपनी मधुर मुस्कान को थोड़ा और चौड़ा करके अंजीव सर की तरफ़ फेंकते हुए कन्या ने जवाब दिया।

"हाँ, ये तो मुझे आपको देखते ही लग गया था। मेरी पारखी नज़रों से कोई नहीं बच सकता।" –इस समय उनके चेहरे पर त्रिलोकदर्शी होने का जो भाव उमड़ आया था वह देखते ही बन रहा था।

"अरे! तुम्हारी आवाज़ तो बहुत ही मदहोश करने वाली है। एंकरिंग के साथ–साथ तुम तो वॉयसओर भी कर सकती हो" –कामदेव का दूसरा रेड वाला तीर चला।

"थैंक्यू सर।"

अपने चेहरे पर लोटती एक लट को कान के पीछे करते हुए होंठों पर विश्व सुन्दरी का ख़िताब जीत जाने वाली ख़ुशियों के जितना फ़ील लाते हुए कन्या ने बाक़ी सुन्दरियों को कनखियों से देखते हुए एक तिरछी नज़रों से अंजीव सर को देखा।

'सर हम लोगों के बारे में भी थोडा बता दीजिए। हममें भी कोई मीडिया लायक़ गुण है या एवेंई माँ–बाप का पैसा ख़राब कर रहे हैं।" –एक छात्र ने अपने और बाक़ी लड़कों को भी ब्रह्मा के ही द्वारा बनाये जाने की पुष्टि करते हुए सवाल दागा।

"अरे क्यों नहीं, क्यों नहीं, ज़रूर। लेकिन अब मेरी आँखें दुख रही हैं और मेरा सर भी, क्योंकि मेरे अन्दर ऑक्सीजन की कमी हो गयी है।"

एक लम्बी जम्हाई लेते हुए उन्होंने कहा और इसे थोड़ा और विस्तार देते हुए बात आगे बढ़ायी–

"इसलिए मेरा बाहर जाकर ताज़ी हवा लेना बेहद ज़रूरी है बाक़ी अपन कल पढ़ेंगे।"

क्लास को लगा मानो किसी ने अचानक ही उन्हें भरी नींद से जगा दिया हो। बाक़ी कल पढ़ेंगे! अरे, क्या हम पढ़ रहे थे? उस एक कन्या को छोड़कर बाक़ी सभी ने मन ही मन–हे प्रभु, हे तीनों लोक के स्वामी, हे परमपिता परमेश्वर–जैसे शब्दों के साथ भगवान को याद करते हुए अपने हाथों को एक विशेष मुद्रा में मोड़ते हुए अंजीव सर को याद किया और बग़ीचे की तरफ़ चल पड़े।

बग़ीचा-ए-गुलफ़ाम

हीरो की क़द–काठी लगभग पाँच फ़ीट सात इंच की है। एकाध इंच को ऊपर नीचे किया जा सकता है। रंग हल्का साँवला, बड़ी आँखें, लम्बे घने बाल, लम्बी नाक, दूर से देखो तो अपनी पहली फ़िल्म में अजय देवगन जिस तरह लगता ठीक वैसा ही, ऐसा उसके गाँव के स्कूल की सभी लड़कियाँ कहती थीं, जहाँ के सरकारी स्कूल में वो पढ़ता था। कुछ तो उसे कुर्बानी के विनोद खन्ना जैसा भी कहते थे। लेकिन वो ऐसा नहीं मानता है। उसका मानना है कि ये सब चोंचले हैं और चोंचलों को चोंचलों तक ही रहना चाहिए।

हालाँकि गाँव के हिसाब से हीरो वाली पर्सनालिटी तो उसकी थी। कुछ आकर्षण उसके चेहरे पर है ज़रूर, इसमें कोई दो राय नहीं कि क्लास तो क्या कॉलेज की बाक़ी लड़कियाँ कम–से–कम एक बार उसको पलटकर देखती ज़रूर थीं। आँखों में ग़ज़ब का सूनापन था। ऐसा लगता था जैसे उसकी आँखें अफ़साने कहती हो।

लम्बे समय तक एक मुक़ाम हासिल करने की कठोर मेहनत ने उसके चेहरे में एक ग़ज़ब का आत्मविश्वास भर दिया था। जो भी बात करता पूरे विश्वास और यक़ीन के साथ। बहुत ज़्यादा लाग लपेट करने की उसकी आदत नहीं थी। और साफ़–सुथरा बोलने की आदत जिसे होती है उसके लिए समय और समाज दोनों विरोधी हो जाते हैं।

क्लास के टाइम पर आता और चला जाता। क्लास के बाक़ी लोगों से न के बराबर परिचय। और फिर क्लास में हुए काण्ड के बाद

तो जैसे उसका आना और भी दुष्कर हो गया था, आये दिन सड़ेरिया और बड़े सरजी जिस तरह उसे टार्गेट करके बैठे थे, वो समझ गया था कि अब यहाँ ज़्यादा दिन रहना ठीक नहीं।

अब हीरो क्लास में कम और बग़ीचे में ज़्यादा रहने लगा। इस बग़ीचे की महत्ता पूरे विश्वविद्यालय में सबसे ज़्यादा थी। यहाँ पर आने वाले छात्रों के लिए यही सिनेमा का पर्दा है, यही शॉपिंग मॉल है।

इस बग़ीचे की रौनक़ भी एक अलग क़िस्म की थी। इस बग़ीचे में फूल–पत्तियो नहीं उगा करती हैं बल्कि एक रुपये के बाबा इलायची से लेकर रजनीगन्धा और केसर की ख़ुशबू वाले विमल को ख़ाकर फेंक दिये गये पाउचों की भरमार से अँटा पड़ा रहने वाला बग़ीचा।

बग़ीचे में धरती का हिस्सा काला या मटमैला न होकर कुछ लाल–सा था, पहली नज़र में देखने से ही यह समझ आ जाता था कि *वीरों ने इसे अपने ख़ून से नहीं बल्कि थूक से सींचा है।* इसी बग़ीचे के बीचोबीच एक बड़ा–सा विशाल गुलमोहर का पेड़ है, इसी पेड़ के नीचे न कितने क़लमवीरों को अनन्त ज्ञान की प्राप्ति हुई थी इसलिए इसे अब 'बोधि वृक्ष' के नाम से जाना जाता है।

ठीक इसी 'बोधि वृक्ष' के नीचे महफ़िल जमती और सिगरेट के धुएँ के बादलों के बीच कौन किसकी भाभी है से लेकर किस मास्टर ने कौन सी मास्टरनी को फँसा रखा है, जैसे तमाम मुद्दे शामिल होते।

सड़ेरिया उर्फ़ गठान सर के साथ हुई उस मुठभेड़ की प्रसिद्धि अब तक बग़ीचे में पहुँच चुकी थी, एक दिन क्लास से हताश हीरो उधेडबुन में बग़ीचे में जा पहुँचा, रास्ते में पानी से भरे गड्ढे में हीरो का पैर पड़ने वाला ही था कि अचानक से एक आवाज़ ने हीरो का ध्यान भंग किया–

"अरे सुनो ओ हीरो, ज़रा देखकर, नहीं तो उस डबरे में डूबकर प्रान ना निकल जाये तुम्हारा।" –कान को एक फ़ोन पर टिकाये–टिकाये ही उन्होंने हीरो को टोका।

"ओह, थैंक्स सर आपने चेता दिया है, नहीं तो मैं सच में गिर जाता।"

"सुनो ना सोना... मेरे बाबू हम तुमको लगाते हैं इधर एक जोकर आयी गवा है।" –अपने बाबू को प्यार से समझाते हुए उन्होंने अपने नोकिया 1600 को थोड़ा आराम दिया।

"इधर आओ बेटा, सुना है तुमने सड़ेरिया और बड़े सरजी के पिछवाड़े में जमकर खुजला दिये हो!"

"अरे नहीं सर, मैंने ऐसा कुछ नहीं किया, सर ने ज़बरदस्ती दिल पर ले लिया।"

"अरे, तुमने जो किया उसके लिए कलेजा चाहिए बेट्टा, पर हाँ अब ज़रा बचकर रहना। तुम्हारा दो साल अब मुश्किल से ही बीतने वाला है क्योंकि तुमने राहु–केतु को अपने पीछे लगा लिया है।"

"अब मैं क्या करूँ सर?" –हीरो ने एक बार फिर अपनी क़िस्मत को मन–ही–मन कोसा।

"अब आप कुछ न करियेगा, जो करेंगे ओ ही लोग करेंगे।"

"तुमने विभाग में आते जाते दरवाज़े के पास खड़े हुए एक आदमी को अक्सर देखा होगा।"

"जिसके बालों से चमेली का तेल चूता रहता है...?"

"हाँ, हाँ वही।"

"हाँ सर, बल्कि मैं तो पूछना ही चाहता था कि वो है कौन, कभी दरवाज़े के पास खड़ा रहता है, कभी बड़े सरजी के कक्ष के सामने, कभी सड़ेरिया के पास खड़ा रहता है। है कौन वो?"

"वो हमारे सुपर–डुपर सीनियर हैं, पाँच साल पहले वाले बैच में थे। तुम्हारी तरह ही था, वो भी बड़े सरजी की क्लास में कुछ ज़्यादा ही सफ़ेद शर्ट पहनकर आया था। और बड़े सरजी और सड़ेरिया सर की नज़रों में ठीक तुम्हारे जैसा ही फ़िट हो गया था।"

"फिर क्या हुआ सर? अब काहे खड़े रहते हैं? अब तो कहीं नौकरी मिल गयी होगी अच्छी–सी!"

"अरे मिलेगी तो तब न जब डिग्री होगी... पिछले चार साल से डिग्री के लिए चक्कर काट रहा है, बड़े सरजी ने ऐसा उलझाया है मामला उसकी डिग्री ही नहीं मिल रही है। अब तो उसको सपने भी मार्कशीट के ही आने लगे हैं।"

"ओह अब मेरा क्या होगा सर। क्या मेरे साथ भी यही खेल खेला जायेगा?"

"अरे! पहले यहाँ बैठो, आओ इधर बग़ल में बैठो, हम बताते हैं तुम्हें सारा गणित।"

और इशारे से उन्होंने वहीं *बोधि वृक्ष* के नीचे अपने पास बैठा लिया। राकेश सर, पूरा नाम राकेश प्रताप सिंह। कद लगभग छह फ़ीट का। दुबली–पतली आँखों में पतली फ़्रेम का चश्मा, लम्बी नाक राजीव गाधी की याद दिलाती।

राकेश सर विश्वविद्यालय में सब छात्रों के सबसे प्रिय नेता थे। इस विश्वविद्यालय में दो क़िस्म के छात्र पढ़ने आते थे एक वो जो लम्बे समय से पहले तो कलेक्टर और फिर बाद में तहसीलदार तक बनने की तमाम नाकाम कोशिश कर चुके होते थे, दूसरे वे जिन्हें सिर्फ़ नेतागिरी करनी होती थी, क्योंकि इस विश्वविद्यालय के नाम में पत्रकारिता के साथ–साथ साइलेंट रूप से राजनीतिक शब्द भी जुड़ा था।

दोनों तरह के छात्रों में सबसे ज़्यादा संख्या होती–उत्तर प्रदेश और बिहार के छात्रों की। हालाँकि यहाँ पर काम करने वाले कर्मचारियों की संख्या में इनोवा टेस्ट से लेकर मीन/मीडियम/मोड़ निकाला जाये तो सबसे ज़्यादा प्रतिशत यूपी और बिहार का ही निकलेगा।

और अगर इस निकाले गये प्रतिशत का डी.एन.ए. किया जाये तो लगभग सत्तर प्रतिशत से भी ज़्यादा चतुर्थ श्रेणी से सातवीं मंज़िल में बैठने वाले लोगों में ख़ून का रिश्ता निकलेगा।

और जिस तरह से भारतीय राजतन्त्र में बड़े ओहदे वाले मातहतों को यह अधिकार होता है कि वो ख़ुद को दिये कार्यों को ख़ुद न करके सेवकों से करवा सकें। तो इसी अधिकार का उपयोग बड़े सरजी जैसे आला ओहदेकारों ने अपने–अपने मातहतों की नियुक्ति से विश्वविद्यालय को धन्य कर दिया था जिसका परिणाम यह हुआ कि भाई–भाई, चाचा–भतीजा, पति–पत्नी, जीजा–साला और साली से लेकर सौतनें तक इसी विश्वविद्यालय में काम करते मिल जायेंगे।

देश में शिक्षा की जो वर्तमान दशा है उसका सबसे बड़ा कारण यही परिवारवाद है, सही मायनों में उच्च शिक्षा में दस में से आठ ख़ाली पद इसलिए भी नहीं भर पाते हैं क्योंकि बाक़ी की दो पोस्ट पर बैठे अयोग्य व्यक्ति किसी भी योग्य व्यक्ति को जमने नहीं देना चाहते हैं।

असल में, जब शर्ट की सबसे ऊपर की बटन ग़लत लगी होती है तो बाक़ी की बटनें भी ग़लत ही लगती जाती हैं। इसका जीता–जागता उदाहरण था–ये विश्वविद्यालय। बरसों से विश्वविद्यालय के विभागों में गलत तरीक़े से मास्टर बने बैठे इन लोगों ने कभी नहीं चाहा कि कोई योग्य और क़ाबिल आदमी यहाँ टिक पाये।

यही कारण है बड़े सरजी, सड़ेरिया और अंजीव फ़ोकटा जैसे लोग ना कितने क़ाबिल और योग्य लोगों की तक़दीर बिगाड़ने का खेल बदस्तूर कई सालों से खेलते आ रहे थे। इनके लिए सिर्फ़ वही बन्दा काम का होता जो इनके आस–पास पामोलियन नस्ल के आदमपोशों की तरह घूमा करते और ऐसे लोगों को चन्द रोटी के टुकड़े की तरह डेली वेजिज पर नौकरी लगवाकर या फिर क्लास में लेक्चर दिलवा के शोषण का खेल चलता रहता।

"मियाँ कहाँ खो गये?" –राकेश सर ने ज़ोरदार आवाज़ में हीरो की तन्द्रा तोड़ी।

"अरे कहीं नहीं सर, बस यूँ कुछ सोचने लगा था।"

"यार तुम सोचते बहुत हो, ये लो सोचने की सबसे फ़ायदेमन्द दवाई।"– सिगरेट को जलाकर एक कश खींचते हुए उन्होंने हीरो की तरफ़ बढ़ायी।

"अरे नहीं–नहीं सर, मैं नहीं पीता।"

"अरे! पीयो यार, इतना सादा जीवन जीकर क्या करोगे? तुम तो सिविल वाले हो, रात भर जाग–जागकर पढाई करते हो, तो दिमाग़ को ताज़ा कैसे रखते होगे? सुनो, अब तुम पत्रकार बनने आ गये हो, हम बताते हैं तुमको पत्रकारिता का पहला पाठ।"

एक लम्बा खँखार लेते हुए राकेश सर ने उसे पहले तो अपने मुँह में रोका और फिर पास के पेड़ के तने में बने हुए मकड़ी के जाले

की ओर ज़ोर से थूका, इस अचानक हुए हमले से मकड़ी थोड़ा–सा डरी और जाले के ऊपर के हिस्से की ओर खिसक आयी लेकिन ऐसा लगा मानो वह मकड़ी भी राकेश सर के उस प्रवचन से प्रभावित हुई हो और थोड़ी बहुत और ज्ञान की लालसा उसे भी हो, इसलिए उसने सर के हमले का कोई जवाब देना उचित नहीं समझा।

थूके जाने का संकल्प पूरा करके अपने मुँह को अपनी हथेलियों से पोंछते हुए राकेश सर ने उस बोधि वृक्ष के नीचे पवित्र अग्नि को हाथ में लेकर चैतन्य चूर्ण अर्थात तम्बाखू से होते हुए सिगरेट तक और फिर सोमरस की व्याख्या और पत्रकारिता में लम्बे समय तक जमे रहने का जो रहस्य खोला वो सचमुच में अतुलनीय था।

"सुनो बेटा, हमारी बात, ये जो सिगरेट है न ये सिर्फ़ सिगरेट नहीं है, ये पत्रकारिता का पहला क़दम है। अब देखो, अगर तुम चैतन्य चूर्ण नहीं खाते, सिगरेट नहीं पीते, सोमरस का पान नहीं करते तो तुमको नौकरी तो मिल जायेगी लेकिन अपने पास फटकने कोई नहीं देगा, क्योंकि तुम्हारे आस–पास सब इसके प्रेमी ही मिलेंगे। अब ऐसे सोचो कि तुम गये एस.पी. साहब या कलेक्टर या दरोगा जी के पास या किसी हवलदार के पास और उसको है तम्बाकू खाने या सिगरेट पीने की आदत पर तुम तो न खाते न पीते, और फिर तुम ना खिलाओगे और न पिलाओगे; फिर वो तुमको क्यों अन्दर की ख़बर बतायेगा और फिर सिगरेट सिर्फ़ सिगरेट नहीं है, भारत में सिगरेट को अपनाने वाले लौंडों का अपना एक जीवन है, आधे लौंडे खाना खाने के बाद इसे पचाने के लिए 'लवण भास्कर चूर्ण' की तरह लेते हैं, और बाक़ी आधे सुबह उठकर प्रेशर बनाने के लिए–इसको 'क़ायमचूर्ण' की तरह। और फिर अगर तुम सिगरेट नहीं पीते, तम्बाकू नहीं चबाते, दारू का आनन्द नहीं लेते तो तुम्हारा जीवन निरर्थक है, एक दिन इस सृष्टि में तुम अकेले रह जाओगे और तुम्हारे सारे साथी स्वर्गलोक में तुम्हारी प्रतीक्षा करते मिलेंगे।"

"बात तो सही है।" –हीरो ने मन–ही–मन सोचा।

"चलो मेरे साथ एक काम याद आ गया", अपनी सिगरेट के आख़िरी कश में धुएँ की आत्मा को पूरा ज़ोर लगाकर खींचते हुए राकेश सर ने कहा। और अपनी यामाहा आर. एक्स. 100 को स्टार्ट करने लगे।

"कहाँ सर, कहाँ जाना है?"

"अरे बैइठो यार, बहुत सवाल करते हो तुम।"

"ठीक है, चलिए।"

लगभग पन्द्रह मिनट के लम्बे सफ़र के बाद सर की गाड़ी एक सुनसान जगह पर जाकर रुकी, जहाँ से कुछ दूरी पर लोगों की बहुत सारी भीड़ एक–दूसरे को रौंदने पर उतारू थी। सर ने गाड़ी को एक किनारे पर लगाकर हीरो को चलने का इशारा किया। थोड़ी दूर चलते ही हीरो को इस बात को यक़ीन हो गया कि वो किसी देशी दारू के ठेके की ओर जा रहे हैं क्योंकि सड़क के किनारे लोगों के झुण्ड की तादाद ठर्रे की गन्ध के हिसाब से बढ़ती ही जा रही थी। सड़क किनारे ही एक महिला उबले हुए चने, कुछ अण्डे और एक स्टोव लेकर बैठी थी। स्टोव के ऊपर रखा तवा सिर्फ़ बीच में ही साबुत बचा था, किनारों से उसकी टूटी हुई परतें हीरो को देश की उस अर्थव्यवस्था के समान लग रही थी, जिसका ज़िक्र बड़े सरजी अक्सर अपने भाषणों में किया करते थे। हालाँकि ठर्रे के लिए सर्वोत्तम चखने के रूप में लोगों की पहली पसन्द आयोडीन युक्त नमक ही था, जिसे वे अपने साथ लेकर आये थे। राकेश सर ने जेब से एक सौ बीस रुपये निकाले और एक अद्धा देशी शराब की बोतल लेकर वापिस हीरो को चलने का इशारा करते हुए कहा, "चलो हो गया ज़रूरी काम।" दोनों वापिस उसी बग़ीचे में पहुँचे। हीरो बड़ी देर से राकेश को देखकर मुस्कुराये जा रहा था।

"काहे इतना मुस्कुरा रहे हो? पहले कभी दारू की दुकान नहीं देखी थी क्या?"

"नहीं... देखी तो है सर लेकिन एक बात समझ नहीं आयी, देशी?"

"हा हा... हा...सुनो बेटा, हमें यही जमती है जब इसका एक घूँट गले से नीचे जाता है न तो हमारा कमरा हमको स्वर्ग से भी ज़्यादा सुन्दर लगता है। और फिर यार राहुल मेडिकल स्टोर, विजय कॉपी सेंटर, संजना मॉल, बबलू हेयर कटिंग, शिवा बार एंड होटल...जैसे तमाम आधी अंग्रेज़ी में लिखे बोर्ड के बीच 'देशी दारू की दुकान' पूर्णतः एक मात्र हिन्दी में लिखा ऐसा बोर्ड होता है जिसे पढ़कर आप अभिमान महसूस करने के साथ–साथ भारतीय होने पर गर्व कर सकते हैं।"

राकेश सर ने पूरी तरह से तमाम अंग्रेज़ी और अंग्रेज़ियत के झूठे दम्भ को तोडते हुए हिन्दी के अभिमान को देशीपन के साथ जोड़ते हुए अपनी ख़ुशियों को ज़ाहिर किया। हीरो को पक्का यक़ीन हो गया था *जीवन में, ख़ुशियों के ठिकाने नहीं बल्कि ठेके होते हैं।*

असल में, पत्रकारिता का माहौल ही ऐसा था, जैसे ही एडमिशन मिला नहीं कि पहली क्लास से छात्रों को लगने लगता बस यहाँ से निकलेंगे तो एन डी टी वी, आज तक या ए.बी.पी. न्यूज़ जैसा कोई न कोई राष्ट्रीय न्यूज़ चैनल तुरन्त हाथों–हाथ लेगा और एच.आर. हेड अपने हाथों में आरती की थाल और गुलाब जल छिड़कने वाली सुराही टाइप की बोतल लेकर कहेगी–"कितने दिन लगा दिये तुमने आने में, कब से मैं तुम्हारा इन्तज़ार कर रही थी।" और गले में गुलाबों वाली माला पहनाकर, गुलाब जल छिड़कने वाली सुराही से गुलाब की कुछ बूँदें उस पर टपका देगी।

फिर स्वागत कि इस प्रक्रिया के सम्पन्न होने के बाद अपने ए.सी. केबिन में बैठा मालिक या सी.ई.ओ. कहेगा–'*हे प्रभो कब से प्राइम टाइम की ये कुर्सी आपका इन्तज़ार कर रही थी, आइए और बैठिए इस रथ पर और अपने ज्ञान रूपी शब्दों के बाणों से दुश्मन चैनलों की टी.आर.पी. को भेदते हुए रेवेन्यू बटोरने के इस युद्ध में हमें विजय दिलाइए।*' भले ही उन नये रंगरूटों को ये न पता हो सुबह के अखबार की हेडलाइन्स क्या है?

और कहते हैं न कि आप एलीट और इंटैलेक्चुअल हो न हो पर

आपको दिखना बेहद ज़रूरी है इसलिए लड़के हों या लड़कियाँ जैसे ही उन्हें एडमिशन मिलता उनका कक्षा में जाना उतना अनिवार्य नहीं होता जितना इस बग़ीचे में आकर बैठना और हाथों में एक के बाद एक लगातार सिगरेट जलाते और मुँह से धुएँ का छल्ला बनाते हुए दुनिया की तमाम घटनाओं पर बौद्धिक हो जाने का दिखावा करना।

तो ये जो बग़ीचा है ये बग़ीचा कम रहस्य ज़्यादा था। जितनी कहानियाँ विश्वविद्यालय में नहीं थीं उससे ज़्यादा कहानियाँ यहाँ पनपा करती हैं। लड़के–लड़कियाँ आते तो विश्वविद्यालय थे लेकिन क्लास के बजाय उनकी बैठक यहाँ इसी बग़ीचे पर जमा करती थी।

बग़ीचे में आकर बैठते ही भावी पत्रकारों का हाथ ठाकुर भाई की तरफ़ चाय और सिगरेट के लिए ठीक वैसे ही उठ जाता जैसे कि किसी के भी 'ज़ोर से बोलो' कहने के बाद दोनों हाथ अपने आप उठकर 'जय माता दी' का नारा लगाते हैं। क्लास में दूर–दूर, शरमाई सी, छुईमुई और अपने आप में गुमसुम रहने वाली लड़कियों में यहाँ आने के बाद अचानक दानवीय शक्ति आ जाती थी।

और इस शक्ति के प्रभाव के चलते लड़कों के हाथ से आधी पी जा चुकी सिगरेट को छीनकर अपने प्यासे अधरों से लगाते हुए ज़माने की माँ–बहनों को आत्मीयता से याद करते हुए जब ये लड़कियाँ *वुमेन इम्पॉवरमेंट* पर बहस करतीं तो सुनने वालों के कानों से ख़ून निकलने लगता। कई ऐसी–ऐसी गालियाँ जिनके मन–ही–मन उच्चारण के बाद मन गंगा में तीन बार डुबकी लगाने को करने लगता यहाँ ख़ुलेआम उनके जिह्वा पर विराजमान होतीं।

यहाँ आने वाले कई लड़के तो इतने रचनाशील और दूरस्थगामी सोच से ओवरलोडेड होते कि क्या कहने, कुछ तो लड़कियों के उन ख़ास दिनों के दर्द, मरोड़ और तक़लीफ़ों को दिल से महसूस करते हुए उसी दर्द, मरोड़ और तकलीफ़ों पर अपनी कविताएँ लिखते और इतना डूबकर लिखते कि उन्हें अपने आस–पास धरती से लेकर आसमान तक सबकुछ रक्तिमा से सराबोर नज़र आने लगता। इसी रक्तजनित लहूलुहान दर्द, मरोड़ और तकलीफ़–भरी बेचैन आत्मा

से हुंकार भरते ऊपर वाले से सब देखते हुए भी अनजान बने रहने और स्त्री–पुरुष की समानता की दुहाई देते हुए समस्त पुरुष जाति के लिए भी उन्हीं ख़ास दिनों के दर्द, मरोड़ और तकलीफ़ों की माँग करते ताकि इस मायावी, कपटी और असमान दुनिया में स्त्री–पुरुष के बीच कोई फ़र्क़ न रह जाये। तो वहीं कुछ इस बात पर चिन्तनशील रहते कि उन्हें लड़कियों को रवीश की तरह इम्प्रेस करना है या फिर देवांग की तरह।

इसी जगह बोधि वृक्ष के नीचे भविष्य के वे सपने देखे जाते जिनमें इस समाज में फैली बुराइयों को जड़ से मिटा देने के साथ–साथ *ज़मीन खोद देंगे, दीवाल पोत देंगे* और *लिख देंगे क्रान्ति* जैसे ना जाने कितने नारों ने जन्म लिया था। न जाने कितने अरमानों ने अंगडाईयां लेते हुए एक दूसरे को कनखियों से ताड़ा था। न जाने कितने आँखें आठ हुआ करती थीं *(कुछ हालातों में दोनों लोगों को दूर का दिखायी देना वाला चश्मा लगता था)*। न जाने कितने जिस्मों ने एक दूसरे में समाते हुए आने वाले सात जन्मों तक ऐसे ही समाये हुए रहने की क़समें खायी थीं।

ना जाने कितने सपनों ने पंख लगाकर उड़ना सीखा था। ना जाने कितने समोसों को कई–कई बार लगभग कीट जमने की स्थिति में पहुँच चुकी गरम तेल की कड़ाही में डूबना–उतरना पड़ा था, तो ना जाने कितनी सिगरेटों ने कभी ख़त्म ना होने वाली बहसों में अपने अस्तित्व को दाँव पर लगाया था।

चिलम, चूना और चू...

इस विश्वविद्यालय में आने वाले छात्र देश के हर कोने की पैदाइश हुआ करते थे। ऐसा माना जाता है कि पत्रकार बनने के लिए इस विश्वविद्यालय में आना उतना ही ज़रूरी है जितना शादी के दूसरे दिन घर में सत्यनारायण भगवान की कथा रखना। यहाँ आने वाले भावी पत्रकार बड़े–बड़े सपने लेकर आते। लेकिन कैम्पस को देखकर ही कइयों के सपनों की भ्रूण–हत्या हो जाती। और कुछ तो पहले महीने ही दम तोड़ने की स्थिति में आ जाते।

कुछ यही हाल इस कक्षा का भी था। कुछ ने सिविल सर्विसेज में सफल न हो पाने की निराशा से ऊबने की जद्दोजहद में इस तरफ़ का रुख़ किया था, तो कुछ सिर्फ़ इसलिए आ गये थे कि देश में पत्रकारिता एक नये रोज़गार के अवसर के रूप में उभर रहा था।

यह वह दौर था जब टेलीविज़न पर न्यूज़ चैनल्स की पौध लगातार बढ़ती जा रही थी। ग्लैमर्स चेहरे, सूट–बूट की चमक, तेज़ लाइट की चकाचौंध में कैमरे के सामने चमकता चेहरा, एक–दो–चार–दस–पचास लोगों की भीड़ के बीच कैमरे की आँख में आँख डालते हुए सरकारी प्र–पंचतन्त्र चाकरों के बीच, सरकार को कठघरे में खड़ा करती वो उठी हुई उँगलियाँ, और देखने वालों के सिर से लेकर पैर के नाख़ून तक रोंगेटे खड़े कर देने वाली तमाम उम्मीदों के बीच देश में एक बार फिर से क्रान्ति पैदा कर देने की सोच अफ़ीम के नशे की तरह नौजवानों के दिलो–दिमाग़ पर छा रही थी।

इससे पहले इंडियन यूथ एक तरफ़ जहाँ उच्च पदों वाली नौकरियों के साथ–साथ बैंक, मास्टरगिरी, कार्पोरेट्स के मार्केटिंग फण्डे बनाने की ओर आकर्षित हो रहे थे, मीडिया ने एक नया सम्भावनाओं का द्वार खड़ा किया। अच्छी तनख़्वाह के साथ टेलीविज़न के बढ़ते तकनीकी दायरों ने युवाओं को आकर्षित किया और उससे भी ज़्यादा आकर्षण था ब्यूरोक्रेसी के बीच अपनी पैठ बढ़ाने की लालसा का।

जो काम सिविल सर्विसेज के ज़्यादातर ब्यूरोक्रेट करते थे, उसका ऑप्शन बनकर मीडिया ने अपना क़दम रखा। रात–भर की अख़बारों की अधजगी दुनिया को सिनेमा के पेज तीन से लेकर क्राइम की रंगीन पार्टियों को लोगों के सामने लाने का माध्यम बना–टेलीविज़न। नाम, पैसा, शोहरत सब ही कुछ था इस नये माध्यम में। आकर्षण इतना कि बड़े–बड़े शहरों से लेकर छोटे क़स्बों तक के नौजवान इस तरफ़ भागे चले आ रहे थे।

यह वही दौर था जिसने पत्रकारिता को हॉकर से ऊपर उठाकर शादी योग्य लड़कों के लिए योग्यता का एक पैमाना साबित किया। और इसी चौबीस इंच के बड़बोले टेलीविज़न ने काली स्याही और सफ़ेद काग़ज़ के दौर को रंगीन 24×7 का ग्लैमर ठिकाना बना दिया। दूरदर्शन के समाचार–वाचक अब एंकर कहलाने लगे। अन्तर्राष्ट्रीय, राष्ट्रीय, क्षेत्रीय, खेल और फिर मौसम की जानकारी देने वाले समाचार कब चौबीस घण्टे चीख़ने वाले लाउडस्पीकरों में तब्दील हो गये, किसी को पता ही नहीं चला। देश के हर विश्वविद्यालय में एक विभाग मीडिया की शिक्षा के लिए खोला जा रहा था।

देश के हर छोटे–बड़े शहरों के हर कोने में एक मीडिया इंस्टीट्यूट नामक की दुकान खोली जा रही थी। हर चैनल अपने ख़ुद के मीडिया संस्थान से उस पीढ़ी को आकर्षित करने में लगा था जो लाइट, कैमरा और एक्शन की इस दुनिया के पीछे पागलों की तरह भागी चली आ रहा थी। पैसा पानी की तरह बहाया जा रहा था, ख़बरें और ख़बरनवीस दोनों मुँहमाँगे दामों पर ख़रीदे जा रहे थे। मीडिया में आने वाले हर व्यक्ति के लिए नौकरी की सौ प्रतिशत गारंटी

थी। मीडिया, इस दौर के लिए पैसा और शोहरत के साथ–साथ शेर की वो सवारी थी जिस पर बैठकर कोई भी ख़ुद को हाकिम से कमतर नहीं समझना चाहता था। लेकिन हालात इससे कहीं ज़्यादा ख़तरनाक होने वाले थे।

बहरहाल, मुद्दे पर आते हैं तो कुल जमा पच्चीस लड़के और दस लड़कियों का बैच थी ये क्लास। कहते हैं कि एक बार जब इस सृष्टि का विनाश होने वाला था और धरती पूरी तरह से पानी में डूबने वाली थी तब *सेंट नोवा* ने एक बड़ी नाव बनायी थी जिसमें इस धरती के सभी जानवरों और पेड़–पौधों को जोड़े के रूप में रखा था और कई दिनों तक वे इस धरती पर पानी के ऊपर तैरते रहे थे, ठीक वैसी ही हालात थी इस क्लास की। धरती डूबने वाली थी और किसी को कुछ नहीं पता था कब थाह मिलेगी, बस यहाँ जोड़े की बसावट थोड़ा ऊपर–नीचे थी। कोई बी.एससी. के बाद फार्मेसी करके पत्रकारिता में अपने हाथ आज़माने आया था, तो किसी ने बी.ए. होम साइंस से ग्रेजुएशन करने के बाद संगीत में विशारद की डिग्री ली और अचानक से रात में भगवान नारद ने दर्शन देते हुए पत्रकारिता की तरफ़ मोड़ दिया।

एक छात्र *अनन्त सिंह* हर रोज़ तीन बार शेव करके क्लास में आता। उसे यह बताने में बड़ी ख़ुशी होती थी कि कैसे उस्तरे को दो बार सीधे ऊपर से नीचे की तरफ़ और एक बार उल्टी तरफ़ यानि कि नीचे से ऊपर की तरफ़ फेरने से चेहरे में वैसी ही चमक आ जाती है जैसी कि उन दिनों आपकी अदालत वाले रजत शर्मा की हुआ करती थी। पूछने पर कहता कि उसे एंकर बनना है इसलिए चेहरे पर चमक बनाएये रखने के लिए अभी से तैयारी शुरू कर दी गयी है।

एक महोदय थे *विक्की* और वो जब भी अपना नाम बताते तो विक्की पर इतना जोर देते कि कहना चाह रहे हों *माय नेम इज़ विक्की नाम तो सुना ही होगा,* इस राज़ से पर्दा तब उठा जब किसी से उन्होंने यह बताया कि कैसे उन्होंने पहले इंजीनियरिंग की, फिर एम.बी.ए. किया और उसके बाद तीन साल तक घर में पिताजी

के डूबते बिज़नेस को थोड़ा और डुबोया और अचानक ही किसी दिन किसी ने भरी महफ़िल में उनसे उनके लुक की तारीफ़ *शारुख़* ख़ान से करते हुए कहा कि *शारुख़* ने भी दिल्ली यूनिवर्सिटी से पत्रकारिता का कोर्स किया है इसलिए अब उसे भी यह कोर्स करना चाहिए। और इन्होंने उसे ठीक वैसे ही स्वीकार किया जैसे सत्यनारायण की कथा समाप्त होने पर जल, अक्षत और हल्दी लगे चावल के दानों की आहुति दी जाती है।

क्लास में प्रवेश करते ही सबसे पहली बेंच पर अघोषित रूप में उन अंग्रेज़ीदाँ छात्राओं ने अपना क़ब्ज़ा जमा लिया था जिनमें से कुछ के तेज़वर्ण चेहरे और आँखों की मुद्राओं की तारीफ़ अंजीव सर कर चुके थे। दूसरे और तीसरे बेंच पर बैठने वालों में वो विद्यार्थी थे जिनके पास या दूर के रिश्ते के चाचा या भाई, किसी न्यूज़ चैनल या अख़बार में पहले से ही काम कर रहे थे, इसलिए साफ़ ज़ाहिर था। इनके सिर का पीछे का हिस्सा इनके पिछवाड़े की तरफ़ से बिल्कुल एक सौ अस्सी डिग्री की सीधी लाइन बनाता था। बोले तो ज़मीन की तरफ़ नज़रें झुकाकर देखना इनको क़तई मतलब क़तई गवारा नहीं था।

एक मोहतरमा ने कई हफ़्तों तक किसी दूसरे भावी पत्रकार को नज़रें घुमाकर देखा भी नहीं था। उसका मानना था कि अगर वो ऐसा कर ले तो क्लास में ठीक वैसा ही युद्ध छिड़ जाये जैसा पद्मावती के लिए हुआ था। उसका मानना था कि उसके सौन्दर्य का पान अर्थात सौन्दर्यपान सिर्फ़ और सिर्फ़ पानी के कुण्ड में उसकी परछाईं को देखकर ही किया जा सकता है। और इसी सौन्दर्य को पाने की लालसा में दो छात्रों के बीच आजीवन युद्ध की स्थिति बनी रही। हालाँकि वो किसी तीसरी के साथ निकल गयी।

एक महोदय शायद बिहार के किसी अत्यन्त बौद्धिक माने जाने वाले इलाक़े से आये थे। इनका नाम था *पुष्पराज सिंह*। नाम के जैसे ही एक़दम गोल–मटोल और हमेशा खिले–खिले रहते, खैनी को हाथों से तब तक रगड़ते जब तक खैनी ख़ुद ही अपने रगड़े जाने का विरोध करते हुए मुँह में आत्मसात करने और हाथों की पाटों के

बीच से मुक्ति की गुहार न करने लगे। साहित्य के अनन्य प्रेमी थे। इनके खादी के थैले में प्रेमचन्द से लेकर वात्स्यायन तक का सारा कलेक्शन मौजूद हुआ करता था। लेकिन इन्हें हिन्दी साहित्य की अपेक्षा गुप्त माने जाने वाले साहित्य से अधिक प्रेम था। इसलिए उस कपड़े के थैले में दो प्रेमचन्द के उपन्यासों के बीच लोलिता की एक प्रति और मस्तराम के दो–चार पुराने अंक हमेशा मौजूद रहा करते थे।

मस्तराम के इन्हीं क़िस्सों को अपने जीवन के अनुभवों के साथ मिलाकर खैनी को बायें गाल की तरफ़ दाँतों के बीच दबाकर वो अपने गाँव से प्राप्त इस गुप्त साहित्य के ज्ञान के प्रकाश को चारों ओर बाँटने लगते। इनके पास इस गुप्त साहित्य के इतने क़िस्से हुआ करते थे, कि लगता किसी ज़माने में वात्स्यायन इन्हीं के गाँव में दिन–रात को चुपचाप उस ख़ास ज्ञान का वर्द्धन करने आते रहे होंगे और इनके गाँव से मिले अनुभव के आधार पर ही उन्होंने कामसूत्र की रचना की होगी।

इनके एक साथी और थे सतीश, वे भी खैनी के उतने ही दीवाने थे लेकिन वे खैनी को मुँह में दबाये हुए चुप–चुप सब सुना ही करते थे, वे यदा–कदा ही बोलते थे, जब उन्हें बोलना होता था तो एक लम्बी पिचकारी ज़मीन की तरफ़ अष्टभुज की शक्ल में एक पूरे हिस्से को लाल करते हुए छोड़ते और फिर तन्मयता से किसी अभागे की माँ बहनों को बेतकल्लुफ़ी के साथ याद करते और फिर बोलते। वो जब भी बोलते थे मान लिया जाता था कि बात की क़ीमत खैनी से ज़्यादा थी।

काशी से आये हुए एक सज्जन थे *आवेश*, जैसा नाम वैसा चेहरा, हरदम गुस्से से भरे रहते। हरदम लाल आँखें, नथुने फूले हुए और होंठ फड़फड़ाते हुए। काशी से होने के नाते बड़े सरजी ने इनके लिए विशेष प्रेम बचाकर रखा था, लेकिन ये प्रेम के भूखे नहीं थे इसलिए बड़े सरजी को किसी भी तरह के अंग–विशेष पर किसी भी तरीक़े से मारने के लिए हमेशा तैयार रहते थे।

इन्होंने अपना जीवन भोले–भण्डारी को समर्पित कर दिया था और उन्हीं की तरह फक्कड़ जीवन जीते थे। सर पर लाल रंग के गमछे को बाँधे मूँछों पर जब–तब ताव देना इनका सबसे प्रिय टाइमपास था। और जिस टाइम को पास नहीं कर पाते उस टाइम पर चिलम फूँका करते थे।

इनका मानना था कि जैसे महाकाल के जीवन का उद्देश्य संसार के समस्त राक्षसों, दानवों, असुरों के संहार का है ठीक उसी तरह कलयुग में उनका जन्म समाज और देश को खोखला कर रहे समाज सेवियों, नेताओं, दलालों, भ्रष्टाचारियों, गन्दी कॉलर के ऊपर सफ़ेद पुट्टी लगाये बैठे व्हाइट कॉलरों को ही ख़त्म करने के लिए हुआ है। और इसलिए उन्होंने पत्रकारिता का रास्ता चुना है।

और जब–जब उनके मन में इस तरह का ख़याल आता तब–तब उनके जेब में रखी चिलम सुलगने लगती। चिलम को सुलगाते ही उनके शरीर में किसी आध्यात्मिक श्रेष्ठ विद्वत्‌जन की आत्मा प्रवेश कर जाती और गाँजे के प्रताप का वर्णन करने लगती। चिलम को माथे पर लगाकर गाँजे का पहला कश खींचते ही उनके मुँह से 'बम भोले' का नारा सुनते ही बनता था।

पहला कश खींचते हुए धुएँ को फेफड़ों के पास पहुँचाकर और थोड़ी देर तक धुएँ की गर्माहट से फेफड़ों की सिंकाई करने के बाद धुएँ का एक बड़ा गुबार वातावरण में छोड़ते। फिर आँख बन्द कर कुछ देर तक कुछ मन्त्रों का जाप करते रहते फिर आँखे खोलते और दूसरा कश पहले कश से भी बड़ा खींचते और फिर बड़े इत्मीमान से बताते कि चिलम पीने के लिए अव्वल तो गाँजे की क्वालिटी उत्तम श्रेणी की होनी चाहिए इसलिए यह ज़रूरी है कि गाँजा किसी खेत या बग़ीचे में उगाया हुआ हो। और अगर खेत या बग़ीचा न हो और आप क्वालिटी से समझौता नहीं करना चाहते हैं तो फिर घर पर ही गमले में उगाया जा सकता है। लेकिन गमले में उगा हुआ गाँजा उतना नशा पैदा नहीं कर सकता जितना खेत या बग़ीचे वाला करता है।

उनका मानना ही नहीं बल्कि वे इस बात पर यक़ीन करते थे कि गाँजा चिलम में ही फूँककर पीना चाहिए नहीं तो गाँजे की महत्ता कम हो जाती है। गाँजे को सिगरेट में डालकर पीने के सख़्त ख़िलाफ़ थे। इनका मानना था कि ऐसा करने में पीने वाले के सम्मान में कमी होती है और उसे एक अच्छा गँजेड़ी नहीं माना जाता है। उनका ज़ोर इस बात पर रहता था कि सिगरेट में डालकर पीने के लिए गाँजे को तम्बाखू के साथ मिलाया जाता है। उनका मानना था कि गाँजा उच्च वर्णीय संस्कार है और वे किसी भी उच्च वर्णीय संस्कार के निम्नवर्णीय सम्बन्धों के सख़्त ख़िलाफ़ थे।

गाँजे के दो–तीन कश लगाने के बाद उनका पूरा ध्यान देश के राजनीतिक दलों की दशा और दिशा की ओर चला जाता था। जहाँ उनका मानना था कांग्रेस और वामपन्थी गाँजे को सिगरेट में डालकर पीते हैं जिसके कारण ही उनके बौद्धिक स्तर में गिरावट आयी है और उन्होंने देश से अपना आधार खो दिया है। जबकि भाजपा के कुछ बड़े राजनेता और कुछ छोटे कार्यकर्ता आज भी भारतीय संस्कृति के अनुरूप ही गाँजे का सेवन करते हैं इसलिए देश में उनका जनाधार लगातार बढ़ रहा है क्योंकि देश आज भी गाँवों में बसता है और गाँव में आज भी भारतीय संस्कृति ज़िन्दा है।

गाँजे के आख़िरी कश के साथ ही वो इस बात पर ज़रूर चर्चा करते कि देश की संस्कृति को बचाने और देश को खोखला कर रहे समाजसेवियों, नेताओं, दलालों, भ्रष्टाचारियों, व्हाइट कॉलरों को निकाल बा८र करने के लिए सरकार का गँजेड़ी होना बेहद ज़रूरी है।

हालाँकि ऊपरी तौर पर देखा जाये तो क्लास तीन भागों में बँटी थी। एक वो जो छोटे शहरों या गाँव–क़स्बों से आये थे जिनकी जेब में दो मुँह वाली एक स्टील की डिबिया हुआ करती थी जिसमें एक तरफ़ के मुँह से तम्बाखू निकाली जाती और दूसरी तरफ़ वाले मुँह से चूना और फिर दोनों हथेलियों के बीच में तम्बाखू और चूने को रखकर उसे तब तक रगड़ा जाता जब तक रगड़ने वाला इस बात की तस्दीक़ न कर ले कि आज अंजीव सर ने अपने कक्ष में बैठी कन्या का कितनी

बार आँखों ही आँखों में मर्दन किया और कैसे उसने चतुराई से उन्हें पकड़ लिया, इसकी जानकारी सबको मिल गयी या नहीं। और हाँ तम्बाकू को अपने बायें गाल की तरफ़ दाँतों के बीच दबाते हुए वह यह बताना नहीं भूलता था कि उसकी नज़र बाज़ की नज़र से कम नहीं है। उससे बच पाना विश्वविद्यालय के किसी भी माई के लाल की औकात नहीं है। हमारा हीरो भी इसी पहले वर्ग से आता है।

दूसरा वर्ग थोडे से बड़े मध्यमवर्गीय शहरों से आये लौंडों का था। इनकी ख़ासियत थी कि इनके जेब में राजश्री और तुलसी के दो–चार पाऊच और गोल्ड फ्लैक के साथ कौन–सी लड़की उनसे पटने वाली है और किस लड़की ने उनको फुल लाइन दी है के क़िस्से हुआ करते थे। आमतौर पर तम्बाखू रगड़ने वाले वर्ग और इनके बीच तनातनी का माहौल हमेशा रहा करता था। एक और तीसरा ग्रुप भी था।

तीसरा वर्ग बेहद ही एलीट माने जाने वाले लड़कियों और लड़का का था जिसमें हीरो होंडा स्पेलैंडर और मारुति 800 से आने वाले लड़कों और एक्टिवा से आने वाली लड़कियों का हुआ करता था। ये जो तीसरा वर्ग था इसमें लड़के कम और लड़कियाँ ज़्यादा हुआ करती थीं। एक ही लड़के के आगे–पीछे, अग़ल–बग़ल तीन–चार लड़कियाँ हमेशा मौजूद हुआ करती थीं। ये बग़ीचे में कम और इंडियन कॉफ़ी हाउस में ज़्यादा पाये जाते थे।

बाद की चौथी, पाँचवीं या छठवीं लाइन में बैठने वाले लोग बेहद ही अजीब क़िस्म के प्राणी माने जाते थे। इनमें से एक थे दिलावर शाहरोज़, छह फ़ीट से भी लम्बा क़द, उमर यही कोई पैंतीस–चालीस के बीच। चलते तो मानो ऐसा लगता कि अभी आसमान से सर टकरा जाये। और जब बोलते तो महाभारत के उस हिस्से की याद आ जाती जिसमें एक गोल पहिया में अगरबत्ती के धुएँ के बीच एक ऋषि टाइप के आदमी की परछाईं आती और वो बड़े ही रौबदार आवाज़ में कहता कि मैं समय हूँ। पहले–पहल तो लगता कि शायद समय ही होंगे, जिस दिन पहली बार क्लास में आये पूरी क्लास ने खड़े होकर उनका इस्तक़बाल किया, एक लड़की तो उनकी पर्सनालिटी पर मरने ही

वाली थी कि दिलावर भाई ने अपनी महाभारत के समय वाले आदमी की आवाज़ में सबका नमस्कार स्वीकार करते हुए सबसे आख़िरी बेंच में धँसते हुए बताया कि वो भी पढ़ने आये हैं, पढ़ाने नहीं।

एक पहलवाननुमा व्यक्ति हरियाणा के किसी ढेढ़ माने जाने वाले इलाक़े से आये थे, ठीक हरियाणवी अन्दाज़ में हाफ़ स्लीव की शर्ट को भी अपनी बाँह की गुठलियों के ऊपर तक मोड़कर पहना करते, नाम था बजरंग, बाक़ी सब प्यार से इन्हें बजरंगी भैया कहा करते। इनसे कोई कुछ पूछता तो इन्हें उसका जवाब भी सवाल के रूप में देने में महारत हासिल थी।

एक छात्रा दिव्या, बिहार के किसी ठेठ देहाती इलाके से आयी थी। लेकिन छोटे शहर के बड़े अरमानों का असर उसमें साफ़ देखा जा सकता था। ऐसे तो वो अपने रहन–सहन, हाव–भाव, और पहनने ओढने के ढंग से मिस यूनिवर्स या फिर मिस वर्ल्ड या फिर मिस इंडिया या फिर कम–से–कम मिस हज़रतगंज या मिस पूर्वोत्तर या पश्चिमोत्तर का अहसास कराती रहती थीं। उसके चेहरे को थोड़ा–सा ग़ौर से देखकर यह कहा जा सकता था कि वो किसी छोटे–मोटे जगराते की सुष्मिता सेन से कम नहीं है। और इस समय अपने लिए अदद साथी की तलाश में है। उसके बारे में कहा जाता है कि वो हर साल एक नयी तस्वीर के साथ अपना करवा चौथ का व्रत खोलती है। और जैसे ही लोगों को यह बात पता चली विश्वविद्यालय में फ़ोटो खिंचवाने की होड़ लग गयी।

एक और छात्र बनारस से आये थे, आये क्या थे लाये गये थे। इनका नाम था–पुनीत। अब लाये गये थे से मतलब है कि जिस उमर में बच्चे पाजामे का नाड़ा बाँधना तक नहीं सीख पाते उस कच्ची उमर में इन्होंने अपने लिए एक प्रेयसी सुनीता का चुनाव किया था और इस चुनाव के बाद उन्होंने भीष्म प्रतिज्ञा भी कर डाली थी कि अपने जीवन के बाक़ी का हिस्सा ये अपनी प्रेयसी की सुरक्षा और उनकी देख–रेख में लगायेंगे। और फिर क्लास पहली से लेकर इस

विश्वविद्यालय तक पुनीत भाई और उनकी प्रेयसी का चोली–दामन का साथ रहा।

लेकिन कोई भी प्रेम–कहानी बिना अड़चनों के पूरी कहाँ होती है। दोनों ने जब बनारस के बाहर पढ़ने का प्लान किया तो प्रेयसी की रुचि के अनुरूप जगह के चुनाव के रूप में इसी विश्वविद्यालय का चयन किया गया, लेकिन यहाँ पर इनका एडमिशन हो गया टेलीविज़न और रेडियो विभाग और उनकी प्रेयसी को मिला लोक संचार विभाग।

सुनीता अपने नाम के अनुसार ही ख़ूबसूरत थी। उसकी आँखों की गहराई में डूबने का अरमान लिए न जाने कितने सपनों को अपना दिन और रात को जागने और सोने का टाइम टेबल बदलना पड़ा था। सुनीता अगर किसी को तिरछी नज़रों से एक बार देख ले तो मान लीजिए कि उसके प्राण निकलना तय हैं। कुल मिलाकर कहा जाये तो सुनीता का रूप और रंग कुछ–कुछ सरकारी नौकरी की तरह लगता था जिसकी तरफ़ हर उमर का नवयुवक टकटकी लगाये देखते रहता है। और जो रिटायर हो गये थे या होने वाले थे वो एक्सटेंशन की जुगाड़ में लगे रहते। तो कई लोग सुनीता को भी उसी एक्सटेंशन की जगह रखकर देखने लगे थे।

ऐसे ही एक दिन सुनीता की इन्हीं तिरछी नज़रों का शिकार हो गये हमारे अंजीव सर। मोबाइल कम्पनियाँ अपने ग्राहकों को लुभाने के लिए नये–नये ऑफर लेकर आ रही थीं। किसी पैक में वॉयस कॉलिंग ज़्यादा तो किसी में एसएमएस ज़्यादा। ऐसे में हर दिल अज़ीज़ सुनीता ने एक नया मोबाइल नोकिया 6600 ख़रीदा। हालाँकि बहुत सारे लोगों का मानना था कि यह ख़रीदा नहीं गया है बल्कि दिया गया है। और विश्वविद्यालयीन जगत के लोगों के बीच इस बात को जानने की अत्यन्त उत्सुकता हो गयी कि किसने दिया है जिसके कारण सब एक–दूसरे को जब भी देखते तो उनकी आँखों में सन्देह और शक जैसे अंश नज़र आने लगे।

यह इस दौर का सबसे एडवांस्ड माना जाने वाला मोबाइल था। क्योंकि पहली बार एमएमएस नामक बीमारी को भेजने और प्राप्त

करने की सुविधा हेतु इसी मोबाइल में एक टू पॉइंट ज़ीरो मेगा पिक्सल का कैमरा दिया गया था। इस दौर में अपने यादगार पलों को सहेजने के लिए जिस उद्देश्य के साथ इस मोबाइल का आविष्कार हुआ था उससे परे युवा प्रेमियों के जोड़ों के अन्तर्गत प्राकृतिक और अप्राकृतिक क्रियाकलापों को एमएमएस के माध्यम से दुनिया के सामने लाने का काम इसी मोबाइल के साथ हुआ।

सुनीता अपने नोकिया 6600 को एक धागे के सहारे बाँध कर अपने गले में लटकाकर जब चला करती तो छाती में लिपटी चुन्नी के बीच में दायें–बायें झूलता ये मोबाइल आशिक़ों के दिलो–दिमाग़ पर नाना प्रकार से प्रहार करता। कुछ मन–ही–मन विष्णु के मोहनी अवतार को महसूस करते तो कुछ को अचानक अपने कमरे की याद आने लगती।

ठीक ऐसे ही एक दिन अंजीव सर ने सुनीता के मोबाइल की ब्रह्माण्ड में प्रकृति द्वारा रचित सबसे सुन्दर रचनाओं से तुलना करते हुए कहा :

"क्या सुनीता जी, आपने सबको दिखाया हमें नहीं दिखाया....। आपका मोबाइल।"

अंजीव सर ने अपने द्विअर्थी संवाद में महारत की विशेषता का प्रदर्शन करते हुए कहा

"अरे नहीं, सर वो जन्मदिन में पापा ने गिफ़्ट किया है।"– सुनीता ने अंजीव सर की भावनाओं को समझकर और अपने बचाव की मुद्रा में आते हुए कहा।

"हमें दिखाइये तो कैसा है आपका मोबाइल?" –अपनी कुटिल मुस्कान चेहरे पर लाते हुए अंजीव सर ने कहा।

"ये देखिए...।" –सुनीता ने अपने गले में लटक रहे मोबाइल को डोरी से अलग करते हुए सर के हाथों में दे दिया।

"इससे कॉल कैसे लगता है?" –तमाम दुनियावी बातों के साथ मोबाइल को परख लेने के बाद अंजीव सर ने कहा।

"सर यहाँ से ऐसे नम्बर डायल करते हैं और इससे कॉल।" –सुनीता ने अंजीव सर की भावनाओं को दोबारा समझते हुए और उन्हें पूरा सम्मान देते हुए कहा।

"मैं खुद को लगाकर देखता हूँ फिर समझ आयेगा।" —और अंजीव सर ने सुनीता के मोबाइल से खुद के नम्बर से कॉल लगाकर सुनीता का नम्बर प्राप्त कर लिया।

"वाह बहुत बढ़िया फ़ोन है अब तुम जाओ, तुम्हारा इन्तज़ार कर रहे होंगे तुम्हारे दोस्त।"

अंजीव सर ने दोबारा अपना उद्देश्य स्पष्ट करते हुए कहा और मन–ही–मन किसी असाधारण वस्तु की प्राप्ति कर लेने का सन्तोष उनके चेहरे पर उभर आया।

असल में, अंजीव सर के इस पूरे काण्ड का पता तब चला जब पुनीत ने दूसरे दिन आधी रात को अंजीव सर के घर में उनके पिताजी और पत्नी के सामने कुछ अनचाहे और अनियन्ति शब्दों की सहायता से चिल्लाते हुए उन्हें यह ठीक तरह से समझाया कि कैसे सुनीता उसके जीवन का एकमात्र उद्देश्य है और वो यहाँ पढ़ने के लिए नहीं बल्कि सुनीता को अंजीव सर जैसे राक्षसों से बचाने के लिए आया है। और सुनीता को पाने के लिए वह छत्तीस करोड़ देवी–देवताओं को खुलेआम चुनौती दे सकता है।

पुनीत ने अंजीव सर को यह भी स्पष्ट कर दिया कि जिस तरह से उन्होंने सुनीता का नम्बर हासिल करके उसे जो मैसेज किया है, वह उसने अपने पास सुरक्षित करके रख लिया है। अगर दोबारा अंजीव सर ने सुनीता की तरफ़ अपने चश्मे से या उसके बग़ैर भी आँख उठाकर देखी तो कैसे वह उनका भविष्य ख़राब कर सकता है। क्योंकि वह एक सच्चा प्रेमी है और एक सच्चा प्रेमी अपने प्यार के लिए जान दे सकता है तो जान ले भी सकता है।

।। हरि अनन्त हरि कथा अनन्ता।।

एक छोटा–सा एसएसएमएस आपकी ज़िन्दगी ख़राब कर सकता है। अंजीव सर ने सुनीता को जो एसएमएस भेजा था वह भी छोटा–सा ही था। तो उस छोटे–से एमएम की पीछे की कहानी यह है कि, एक दिन पहले ही सुनीता के जाने के बाद सड़ेरिया ने अपने

दुखी मन से एक बड़ी लम्बी कविता अंजीव सर को सुनायी थी। जिसमें उन्होंने अपने उस दुख को व्यक्त किया था जिसके कारण सड़ेरिया सर को पिछले कई दिनों से अपने बिस्तर की सिलवटों ने परेशान कर रखा था। न जाने क्यों बहुत दिनों से उनका हृदय कविता–कविता कहे जा रहा था, इसलिए सड़ेरिया सर ने कविता को कविता की तरह ही मानकर एक कविता लिखी थी और अंजीव सर को सुनायी थी। लेकिन, परन्तु, किन्तु, चूँकि सड़ेरिया सर के मन में कविता को लेकर लम्बी–लम्बी भावनाएँ थीं तो फलस्वरूप कविता बहुत ही लम्बी लिखी गयी, जिसका भावार्थ बहुत ही कम शब्दों में समझकर प्रस्तुत कविता में कवि कहना चाह रहा है के आधार पर अंजीव सर ने उसे एक एसएमएस के रूप में सुनीता तक पहुँचा दिया था। अंजीव सर के सप्रसंग भावार्थ में सिर्फ़ इतना शामिल था कि–

दिल को मेरे कब तक जलाओगी,
ऐ मेरी चाँद कब नज़र आओगी।

तो आम बातों की तरह रात गयी बात गयी की तर्ज़ पर अंजीव सर इसे एक बुरा सपना मान रातोरात भूल भी गये। दूसरे दिन जैसे कुछ हुआ ही न हो वाली फ़ीलिंग के साथ विभाग में पहुँचते ही उन्होंने चपरासी से कहा कि आज का मौसम बहुत ही सुहावना है, और उन्हें इस सुहावने मौसम में बड़े सरजी के पास होना चाहिए। इसलिए पता करके आये कि बड़े सरजी क्या कर रहे हैं? अगर फ़्री हों तो मिलने की आज्ञा लेकर आ जायें।

लौटकर चपरासी ने बताया की बडे सरजी अपने उसी सोफ़े पर किसी गहरी चिन्ता में बैठे हुए हैं, और उन्होंने उनका अनुरोध स्वीकार कर तत्काल प्रस्तुत होने की बात कही है। बड़े सरजी के कक्ष में पहुँचते ही अंजीव सर सरसरी तौर पर चरण वन्दना करने जैसा कुछ अभिनय करके उनके सामने वाले सोफे पर बैठते ही पूछा–

"आज चिन्तित दिख रहे हैं कुछ गम्भीर मसला है क्या?"

"सच बतायी अब इ यूनिव्हर्सिटी में आ बे मन ना करत। एक समय रहल कि यही आवे के लिए हम 24 घण्टा तैयार राहत राहईल लेकिन अब आवे का मनवे न करत।"

"अरे बाबा! ऐसा क्या हो गया? सब ठीक तो है?"

"नहीं सब ठीक नहीं है अब तो बच्चे भी ऐसे आते हैं कि पूछो मत। सब के सब साले ख़ुद को बाप समझते हैं। मास्टरों की तो अब इज़्ज़त ही नहीं है।"

बात तो सही कह रहे हैं आप, अब ज़माना वैसा नहीं रहा जैसा हमारे वाला ज़माना था।

"अरे! सुनो अंजीव, चलो बाहर चलते हैं उधर, बाज़ार की तरफ़ आज हमारा मन नहीं लग रहा है और फिर विभाग में आजकल बहुत सारे कान हो गये हैं। पता नहीं, कैसे बात लीक हो जाती है!"– बड़े सरजी ने अपने ख़ुफिया तन्त्र के फ़ैल हो जाने की थोडी सी चिन्ता करते हुए कहा।

"चलिए मुझे भी आज बड़ा अजीब सा लग रहा है।"

और ऐसा ही कहते दोनों विश्वविद्यालय से थोड़ी दूर पर बग़ीचे की तरफ़ लगे बाज़ार की ओर चल पड़े। दोनों को विभाग से नीचे उतरते हुए सड़ेरिया सर ने देख लिया, हालाँकि देख तो दोनों ने भी सड़ेरिया को लिया था लेकिन दोनों ने सड़ेरिया को ठीक वैसे ही नज़रअन्दाज़ कर दिया, जैसे मार्च के आख़िरी महीने में आने वाले बजट में आमतौर पर मध्यमवर्गीय नौकरीपेशा लोगों को कर दिया जाता है। पर इस नज़रअन्दाज़ी का एक बड़ा कारण यह भी था कि बड़े सरजी को सड़ेरिया के अन्दर के साहित्यकार से चिढ़ होने लगी थी। उनका मानना था कि सड़ेरिया को शेर या फिर शायरी या फिर कविता लिखनी है, तो उन पर लिखी जा सकती है। बडे सर जी को इस बात का पूरा यक़ीन था कि एक या दो शेर या कविता या फिर शायरियाँ लिखने के बाद सड़ेरिया उनकी कीर्ति या फिर उनकी दयालुता या फिर उनके पराक्रम पर कविताएँ या महाकाव्य जैसा कुछ लिखेगा लेकिन सड़ेरिया सर ने ऐसा कुछ नहीं लिखा, जिससे बड़े सरजी की कीर्ति, पराक्रम, दयालुता, शौर्य और ना जाने क्या–क्या का लोगों को पता ही नहीं चल पा रहा था। इसलिए बड़े सरजी सड़ेरिया से नाराज़ थे। लेकिन स्थिति को पूरी तरह से भाँपते

हुए और किसी अनियोजित षड्यन्त्र के भय के दूरगामी परिणाम की आशंका से सड़ेरिया सर भी उनके साथ हो लिए।

विश्वविद्यालय से निकलते ही कुछ दूरी पर एक बाज़ार लगता है। वहीं ठाकुर की चाय–समोसे की दुकान है। अंजीव सर को आता देख ठाकुर ने जल्दी से छोटू को थाली में पड़े आधे समोसों को छुपाने के लिए कहा लेकिन तीनों ठाकुर की दुकान पर नहीं रुके, बल्कि आगे बढ़ गये। ठाकुर ने राहत की साँस ली।

ठाकुर की दुकान से लगी हुई कुछ पान की दुकानें थीं और उन्हीं पान की दुकानों से लगी कुछ और पान की दुकानें। और पहले वाले पान की दुकान से आख़िरी वाली पान की दुकान को देखने से ऐसा लगता जैसे मालगाड़ी के बहुत से डिब्बों को पटरी के बजाय यहाँ लाकर खड़ा कर दिया गया है। और आख़िरी पान की दुकान से लगी कुछ सब्ज़ियों की दुकानें थीं और उन्हीं सब्ज़ियों की दुकानों से लगी हुई मूँगफली बेचने वालों की दुकानें थीं।

सब्ज़ियों की दुकानें जहाँ ज़मीन पर थीं। मूँगफली बेचने वालों ने अपने लिए हाथ ठेले का इन्तज़ाम कर रखा था। इसी हाथ–ठेले के एक कोने में कच्ची और सिंकी हुई फल्लियाँ रखीं थीं। और दूसरे कोने में एक छोटा–सा सुलगता चुल्हा, जिस पर रखी एक कढ़ाहीनुमा किसी चीज़ पर गर्म रेत में फलियों को सेंका जाता। सिगड़ी के चारो कोनों से धुआँ निकलता रहता था। एक–दूसरे के किनारे से लगे इन फल्ली वालों के चूल्हों से निकलता धुआँ दूर से देखने पर लगता कि देश की अर्थव्यवस्था में असली योगदान तो इन्हीं भट्ठियों का है। शहर की भट्ठियाँ बिजली से चलती हैं पर इन चूल्हों में इनका ख़ून जलता है। ये भट्ठियाँ रात–दिन ना जल रही होतीं तो देश कब का ख़त्म हो चुका होता।

इन सभी दुकानों का भी बँटवारा ठीक विश्वविद्यालय के हायरकी की ही तर्ज़ पर बँटा हुआ था। पहले वाले पान की दुकान पर चपरासी से लेकर अकाउंट और क्लर्क वालों ने अपना क़ब्ज़ा जमा लिया था। तो उन्हीं पान की दुकानों की ओंट में छिपी हुई जगह को विद्यार्थियों

ने अपने क़ब्ज़े में ले रखा था। ऐसा इसलिए था कि जो ओट वाली दुकानें थीं उनमें एक लम्बी तारलीन बाँधकर छाँव बना दी गयी और ऐसा करने के पीछे एक कारण यह भी था कि इस छाँवनुमा आड़ से लौंडों के चिलम और चूना जैसे सारे शौक़ चला करते थे।

सब्ज़ी वालों और मूँगफली बेचने वालों की दुकानों पर इन दोनों वर्गों से ऊपर उठे हुए लोगों का क़ब्ज़ा था। जहाँ पर ये उच्चवर्गीय लोग शाम को या फिर जब उनका मन पढ़ाने का न हो रहा हो, तो यहाँ आकर सब्ज़ी ख़रीदने में अपना मन लगाया करते थे।

इन्हीं में एक मूँगफली वाले की दुकान की तरफ़ तीनों जाने लगे। तीनों को एक साथ आता देख उस मूँगफली वाले ने बग़ल के दूसरे मूँगफली वाले को देखकर कुछ अजीब तरह से अपने होंठों से *बुदबुदाया,* इसके उत्तर में सामने वाले ने भी उतने ही अजीब तरह से अपने होठों को *बुदबुदाकर, बुदबुदाने* का उत्तर दिया। और दोनों की *बुदबुदाहट* का परिणाम यह हुआ कि दोनों मुस्कुराने लगे। यानि कुल मिलाकर कहा जाये तो यह बुदबुदाहट संचार की उस शैली का प्रकार थी, जिसे अगर बड़े सरजी देख लेते तो सामाजिक संचार की एक नयी परिभाषा गढ़ ली जाती। लेकिन बड़े सरजी इस बुदबुदाने को नहीं देख पाये और देश किसी नयी सामाजिक संचार क्रान्ति से अछूता और अभागा रह गया।

"अब हमारा मन नहीं लगत इहा पे।" –एक बार फिर से बड़े सरजी ने अपनी इच्छा बतायी और इस तरह बतायी मानो यह उनकी अपनी अन्तिम इच्छा हो।

"हाँ अब वैसा माहौल नहीं रहा। सब बांगडू टाइप के लोग आ गये हैं यहाँ पर।"

अंजीव सर ने बड़े सरजी की बात का समर्थन करते हुए ढेर में पड़ी एक फल्ली को उठाया और तोड़कर उसके दानों को आत्मसात किया।

इस बीच सड़ेरिया सर ने अपनी जेब से अख़बार का एक टुकड़ा निकालकर उससे कुछ–कुछ पढ़ने लगे। और उस टुकड़े को पढ़ लेने के बाद दो–चार टुकड़े और निकाले और टुकडे को जोर से पढ़ा–

मैं शबको यूँ जलाने आया हूँ
तू शिर्फ मेरी है ये बताने आया हूँ।

सड़ेरिया सर को लगा कि इस तड़कते और बहुत ही ज़्यादा भड़कते शेर को सुनने के बाद बड़े सरजी और अंजीव सर उसकी तारीफ़ में दो–तीन नहीं तो एक शब्द ज़रूर कहेंगे। लेकिन उन्होंने देखा कि दोनों लोगों पर शेर के भड़कने का कोई असर नहीं हुआ। अगले पल ख़ुद को सँभालते हुए और बड़े सरजी के दुख में थोड़ा–सा अपना दुख मिलाते हुए सड़ेरिया सर ने कहा :

"क्लाश में तो अब पढ़ाने जाने का मन ही नहीं करता।"

"अब तो यहाँ वो लोग भी एडमिशन लेने लगे हैं जिनकी मूँछें तक ठीक से नहीं उगी हैं और ये लोग कक्षा में हमारे मूतने के तरीक़े तक में सवाल खडे करने लगे हैं।" –बड़े सरजी ने अपने दुख का एक पहाड़ फल्ली के ढेर में रखते हुए कहा और उस पहाड़ के एवज़ में ढेर से एक फल्ली को उठाया।

फल्ली के ढ़ेर से दो–तीन फल्लियों को देखने के बाद एक बड़ी सी फल्ली उठाते हुए और बड़े सरजी के दुःख को अपना दुःख मानते हुए सड़ेरिया ने कहा

"जिश लौंडे ने भी बड़े शरजी के मूतने पर शवाल खड़ा किया है वह निश्चित ही अज्ञानी, अशभ्य और लण्ट टाइप का लौंडा होगा। क्योंकि बड़े शरजी की मूतने की कला पर प्रश्न चिह्न उठाना एक बेहद ही निचले और छिछोरे श्तर का काम है।"

फल्ली थोड़ी कड़वी थी इसलिए ढ़ेर से इस बार बड़ी फल्ली के बजाय थोड़ा मध्यम साइज़ की एक और फल्ली उठाते हुए सड़ेरिया ने बड़े सरजी के मूतने के पराक्रम का उल्लेख करते हुए कहना जारी रखा–

"मूतना हर किशी के वश की बात नहीं है, मूतना भी एक कला है। लोग तो आज के दौर में कहीं भी खड़े हो जाते हैं और मूत देते हैं। लेकिन मैं इश बात का गवाह हूँ कि कैशे बड़े शरजी खड़े होकर नहीं बल्कि बैठकर मूतते हैं। और वहीं मूतते हैं जहाँ मूतने की अत्यधिक आवश्यकता हो।"

सड़ेरिया ने इस बात पर ज़ोर देते हुए कहा कि–

"बैठे–बैठे मूतते हुए शामने वाली दीवाल पर लगे कचरे के ढेर को अपनी पेशाब की धार से दीवाल से मुक्त कर देने की कला सिर्फ बड़े शरजी को ही आती है। ऐशे में अगर कोई उनके मूतने पर शवाल खड़ा करता है तो वह शच में अज्ञानी है, अक्षम्य है, अपराधी है।"

और बड़े शरजी के मूतने की प्रक्रिया के स्तुति गान के साथ–साथ वह यह बताना नहीं भूले कि–

"मैं यहाँ शिर्फ इशलिए हूँ कि बड़े शरजी हैं अभी तक। नहीं तो कब का इश विश्वविद्यालय को छोड़कर अपने पुश्तैनी गाँव में खेती करने चला गया होता।"

बड़े सरजी ने एक बार सड़ेरिया को ऊपर से नीचे की तरफ़ देखा और ऐसा देखा कि सड़ेरिया को भी यह समझ आ गया कि उसने अपनी हाइट से ज़्यादा ही बड़ी बात बोल दी है। लेकिन बड़े सरजी इस समय न सड़ेरिया की हाइट नापना चाहते थे और ना ही उनके दुख के पहाड़ के ऊपर रखे सड़ेरिया के पहाड़ का वज़न, इसलिए उन्होंने सड़ेरिया को मन–ही–मन किसी विचित्र माने जाने वाले नाम से सम्बोधन करके फल्ली के ढेर पर अपने दुखों का पहाड़ रखना जारी रखा :

"अब तो ऐसे–ऐसे लौंडे आने लगे हैं कि पूछो ही मत। न कोई शर्म है न कोई हया। सामने से ही लड़के और लड़कियाँ कमर में हाथ डाले निकल जाते हैं और मुड़कर भी नहीं देखते।"

हालाँकि बड़े सरजी को इस बात का दर्द ज़्यादा था कि अब उनके 'हाउ हाउ' कहने का प्रभाव ख़त्म होता जा रहा है। और एक दिन उनके इस विश्वविद्यालय से जाने के बाद 'हाउ हाउ' का अस्तित्व भी इस दुनिया से मिट जायेगा।

"देख लेना अगर माननीय ने मेरी बात नहीं मानी तो एक दिन इस विश्वविद्यालय का भी वही हाल होगा जो देश का है।" –बड़े सरजी ने अपने दुख का एक और पहाड़ फल्ली के ढेर में रखा और उसके एवज़ में ढेर से एक फल्ली उठा ली।

"सत्य वचन।"

अंजीव सर ने श्रद्धा से कहा और फल्ली के ढेर से इस बार एक नहीं दो फल्लियाँ उठा लीं। फल्ली बेचने वाले ने फिर से अपने होंठों को अजीब अन्दाज़ में मोड़ते हुए कुछ बुदबुदाया।

"मेरी बात लिखकर रख लो सुदीप देखना कैसे एक दिन इस विश्वविद्यालय की दशा और दिशा दोनों बदल जायेगी, यह विश्वविद्यालय गर्त में जा रहा है। पहले यह विश्वविद्यालय बिगड़ेगा और फिर इसका वर्तमान और फिर धीरे–धीरे इसका भविष्य भी बिगड़ जायेगा।" –बड़े सरजी ने अपने दुख का एक और पहाड़ फल्ली के ढेर में रखा।

सड़ेरिया सर का हाथ अचानक ही अपने शर्ट के जेब में चला गया और उन्होंने पेन निकाल लिया लेकिन उनके पास लिखने के लिए काग़ज़ नहीं था। उन्होंने अपनी जेब दो–चार बार टटोलते हुए उम्मीद से अंजीव सर की तरफ़ देखा लेकिन अंजीव सर इस भविष्यवाणी से उतना इत्तेफ़ाक़ नहीं रखते थे जितना मूँगफल्ली से, इसलिए उन्होंने कागज निकालने की कोई चेष्टा नहीं की। सड़ेरिया सर ने भी फिर न जाने क्या सोचकर पेन को वापिस अपनी शर्ट की जेब में रखते हुए फल्ली के ढेर से एक फल्ली और उठाते हुए कहा :

"शत्य वचन।"

"मुझे तो अभी तक याद है कि कैसे आपने पितामह की भूमिका निभायी है इस विश्वविद्यालय को वैश्विक पटल पर उभारने में। मैं तो आज भी उस ईंट को पहचान के बता सकता हूँ जिसे बड़े सरजी ने इस बिल्डिंग के निर्माण के समय रखी थी। आप न होते कोई भी माई का लाल इसे इस मुक़ाम तक नहीं पहुँचा सकता था। ये आजकल के मास्टर क्या जानें इनके त्याग और बलिदान के बारे में।"–

अंजीव सर ने फल्ली के ढेर से दो और फल्ली उठाने की कोशिश करते हुए कहा। लेकिन उसी पल उन्होंने फल्ली वाले के वो बुदबुदाते हुए होंठ देख लिए और अपने हाथ को पीछे कर लिया। लेकिन हाथ को पीछे करते हुए एक फल्ली उठा ही ली।

एक लम्बा खँखार लेकर थूक का एक बड़ा गुबार ज़मीन पर दे मारते हुए सड़ेरिया सर ने फल्ली वाले को पाँच रुपये की फल्ली पैक करने का आदेश देते हुए फल्ली के ढेर में रखे दुखों के पहाड़ के बग़ल से एक और फल्ली निकाल ली। और अंजीव सर के कथन पर बड़े ही भावों से धार्मिकता का तड़का लगाते हुए कहा :

"शत्य वचन।"

फल्ली सौ रुपये किलो है मास्टर जी। और उस पर लाने–जाने के पच्चीस रुपया अलग से लगते हैं। दस रुपये की फल्ली को तो आप लोग ऐसे ही खा गये हैं।

फल्ली वाले के इस आरोप को कि वो दस रुपये की फल्ली यूँ ही खा गये, तीनों ने आरोप की तरह नहीं लिया बल्कि बेस्वाद और सड़ चुकी फल्ली को बेचने का अनुरोध माना। और जैसा की नियमानुसार सरकारी कामों में अनुरोध को आमतौर पर अनसुना कर दिया जाता है उन्होंने भी अनसुना करके अपने दुःखों के पहाड़ को फल्ली के ढेर में रखने और पहाड़ के एवज़ में एक–एक फल्ली उठा लेने का कार्य अनवरत् रूप से जारी रखा।

फल्ली वाले ने तीनों की बातों को कभी न ख़त्म होने वाली बहस की ओर बढ़ता हुआ जानकर कहा, अगर बाबूजी लोग थोड़ा–सा आगे बढ़कर मैदान के पास पड़ी ख़ाली जगह पर दुखों की पहाड़ रख लेंगे तो वो भी कुछ कमा–खा लेगा। लेकिन उसके बुदबुदाने के असली मज़मून पर जायें तो यह कहा जा सकता है कि वह कहना चाह रहा है कि–

"यह देश चुनौतियों से उतना परेशान नहीं है जितना चूतियों से है।"

दास्तान-ए-शहर

विश्वविद्यालय शहर के बीचों–बीच स्थित है। एम.सी. नगर का मेट्रो स्टेशन का प्रवेश–द्वार इस विश्वविद्यालय के मुख्य दरवाज़े के लगभग सामने ही खुलता है। पान और तम्बाखू की पीक से अँटे दोनों के गेट को देखकर यह सहज ही अन्दाज़ा लगाया जा सकता है कि मुँह का उपयोग सिर्फ खाना खाने के लिए ही नहीं होता बल्कि आदमी अगर क्रान्तिकारी होने के साथ प्रयोगवादी भी हो तो मुँह को और भी कई तरह से उपयोग में लाया जा सकता है। गुटखे और पान की पीक से दोनों तरफ़ की दीवारों पर पीक–चित्रकारी के अद्भुत और नायाब उदाहरण मौजूद हैं।

विश्वविद्यालय की यह बिल्डिंग किसी पुराने सरकारी विभाग की कोई नौ मंज़िला इमारत है–शहर के बीचों–बीच सीना ताने। बाहर से देखने में कोई भी इस बात का अन्दाज़ा नहीं लगा सकता था कि ज़ेहनी तौर पर इमारत की नींव अन्दर से पूरी तरह खोखली हो चुकी है।

मेन रोड से लगा विश्वविद्यालय का बड़ा–सा लोहे का काला गेट, इस गेट के चक्के भी लोकतन्त्र के चौथे पाये कहे जाने वाली पत्रकारिता की तरह ही चरमरा गये हैं। जब भी गेट को बन्द करने या खोलने के लिए खींचा जाता एक अजीब–सी सिसकती हुई आवाज़ इसके पहियों से निकला करती।

सुनने वाले भले ही अपने कानों को बन्द कर अनसुना कर देते, लेकिन उन पहियों से निकलती विश्वविद्यालय के पतन की दास्ताँ

की आवाज़ें, उस इमारत के ईंटों में दर्ज हो जाया करती। ये वही ईंटें हैं जिसने विश्वविद्यालय को एक छोटे से पौधे से वटवृक्ष बनते देखा, जिनकी घटती उमर में न कितने सपने समाये हुए हैं, इस इमारत की दीवालों से गिरती परतों में से न जाने कितने अरमानो ने अपना दम तोड़ा था।

शुरू–शुरू में तो विश्वविद्यालय के साथ सबकुछ अच्छा था, इसकी स्थापना में देश के न जाने कितने शिक्षाविदों और शिक्षा शास्त्रियों का योगदान रहा, लेकिन जैसे–जैसे इसकी साख बढ़ती गयी वैसे–वैसे ही यह शिक्षा माफ़ियों के जाल में सिमटता, सिसकता, कराहता बस एक इमारत बनकर रह गया।

इस काले गेट को पार करते ही सामने नारद की एक विशाल मूर्ति स्वागत करने को खड़ी मिलती, चूँकि नारद अध्यात्म भारत में पहले पत्रकार कहे जाते हैं इसलिए इनका यहाँ होना प्रासंगिक ही है।

विश्वविद्यालय में इन्हीं नारद को आदर्श मानकर एक और नारद का जन्म हुआ था जिसने अपनी लम्बी और कई सालों की घोर तपस्या के बाद झुककर सलाम करने की योग्यता के बल पर विश्वविद्यालय में ही अदने–से कर्मचारी के रूप में एक कुर्सी पर कुण्डली मार ली। उसने असल मायनों में नारद के उस आध्यात्मिक रूप को वास्तविकता के धरातल पर ज़िन्दा कर दिया, और पूरे विश्वविद्यालय में कबाड़ी वाले *नारद मुनि* की उपाधि प्राप्त की।

कबाड़ी वाले नारद मुनि का असली नाम सुरेश उपाध्याय है, लेकिन इनकी ख़ास योग्यता में यह भी शामिल है कि ये किसी को भी, कुछ भी, कहीं भी बेच सकते हैं। फुटपाथ के किनारे पाँच सौ रुपये में मिलने वाले जींस पर ब्रांडेड कम्पनी का लोगो लगाकर, *"मेरे साले ने इंग्लैंड से भेजा है पूरा ब्रांडेड माल है"* ऐसा बोलकर हज़ार रुपये में चिपका देने से लेकर पाँच साल पुरानी सैकेंड हैंड कार को बस "दो साल *की तो है एकदम नयी जैसी"* बताकर किसी को भी ठिकाने लगा देने के हुनर के चलते ही इनका नाम कबाड़ी वाले नारद मुनि पड़ गया था।

इधर देश में टेलीविज़न एक नयी अँगडाई ले रहा था। स्टिंग ऑपरेशन नामक एक नयी विधा ने लोगों को टेलीविज़न के सामने बाँधकर रख दिया था। दनादन छोड़ना नहीं, पकड़ के रखना, ख़ुलासा, फिर बड़ा ख़ुलासा, और उसके बाद सबसे बड़ा ख़ुलासा से लेकर अब तक का सबसे बड़ा स्टिंग ऑपरेशन जैसी गगनभेदी गर्जनाएँ देश की नींव और देशवासियों की चूलें दोनों को हिलाने में कोई कसर नहीं छोड़ रही थीं।

इसका असर विश्वविद्यालय पर भी पड़ा। बड़े सरजी ने एक आदेश अपने कक्ष के बाहर चस्पाँ कर दिया कि उनसे मिलने आने वालों को अपना मोबाइल स्विच ऑफ़ करना होगा और इसकी रसीद काटने के लिए एक चपरासी की ड्यूटी कक्ष के बाहर लगा दी गयी। इस चपरासी का मुख्य काम यह तय करना था कि बड़े सरजी से मिलने आने वाला व्यक्ति कहीं ब्रह्मा या शिव का जासूस तो नहीं है। एकबारगी अंजीव सर भी इस बात से डर गये कि कहीं ये स्टिंग वाले उनके बैंक रिकॉर्ड सबके सामने न कर दें, और इस डर से वे हर घण्टे बैंक के रिसेप्शन में फ़ोन लगाने लगे।

और इन्हीं स्टिंग ऑपरेशनों को आदर्श मानते हुए कबाड़ी वाले नारद मुनि ने लोगों को उकसाकर उनकी आवाज़ को मोबाइल में संरक्षित अर्थात रिकॉर्ड करके उन त्रिदेव तक पहुँचाने से लेकर कौन–कौन, किस–किसके साथ उठ–बैठ रहा है, कौन आज टिफ़िन में क्या लेकर आया है और किसकी खिचड़ी में किसके घर का अचार खाया जा रहा है, तक की सारी ख़ुफ़िया जानकारी को इधर से उधर करना अपने प्रिय शग़लों में शामिल कर लिया था।

तो वहीं दूसरी तरफ़ अंजीव सर और बड़े सरजी मिलकर घण्टों नाना प्रकार के विषयों पर चर्चा किय करते रहते। उनके चर्चा के विषयों में प्रधानमन्त्री के विदेशी दौरों की समीक्षा से लेकर बवासीर होने के कारण ख़ून में आयी कमी को कैसे पूरा किया जाये और बवासीर को दूर करने के लिए कौन सी दवाई ली जानी चाहिए, तक के विषय शामिल हुआ करते थे।

कभी–कभी तो बड़े सरजी अंजीव सर की तारीफ़ करते हुए कहते कि गुप्त रोगों का जितना ज्ञान अंजीव सर को है उतना इस सृष्टि में किसी अन्य व्यक्ति को नहीं होगा। और बड़े सरजी की भावनाओं को दिल से स्वीकारते हुए अंजीव सर भी इस बात को बताना नहीं भूलते थे कि कैसे बड़े सरजी की चरण–रज पाकर उनका समूचा जीवन धन्य हो गया है।

लेकिन धन्यवाद और कृतज्ञता ज्ञापन की इस प्रक्रिया के बीच अंजीव सर अचानक ही अपना हाथ पास ही रखी मेज़ पर ज़ोर से मारते हुए यह जताना नहीं भूलते कि कैसे उनके आशीर्वाद को पाकर वो जल्द ही किसी विभाग का हैडिक यानि कि एचओडी का भार अपने सर पर लेने को तैयार हैं। और जब वो ऐसा कहते तो लगता मानो कहीं दूर आकाशवाणी हो रही हो कि दुख के दिन समाप्त होने वाले हैं। कंस के अत्याचारों से मुक्ति दिलाने के लिए उसका काल जन्म लेने ही वाला है। तक़रीबन हर रोज़ ठीक जब सूई के दोनों काँटे साढे दस बजाते तब से लेकर सूइयों के साढ़े पाँच बजाते इन्हीं का चर्चा–ए–आम रहता।

नारद की उस मूर्ति को पार करते ही शुरू होता एक ऐसा रेला जिसकी दीवारों के पीछे चल रही राजनीति को बेधना मुश्किल ही नहीं नामुमकिन था। इस विश्वविद्यालय में यूँ तो कई विभाग थे, कुछ विभाग तो सिर्फ़ इसलिए खोल दिये गये ताकि अपने चहेतों को ठिकाने लगाया जा सके। किताब चाहे कुछ भी कहती रहे उससे फ़र्क़ नहीं पड़ता।

आँख का देखा कितना सच होता है और दिमाग़ का सोचा कितना सही? कुछ सच वैसे नहीं होते जैसे वे होते लगते हैं। सूरज पूरब से निकलता होगा लेकिन इस विश्वविद्यालय के किसी भी विभाग पर प्रकृति का ये नियम बिल्कुल लागू नहीं होता। अब कोई पूछे कि क्यों लागू नहीं होता? तो उसका जवाब यही है कि लागू नहीं होता, तो नहीं होता।

सूरज पूरब से नहीं निकलता तो फिर कहाँ से निकलता है, तब इसका यह जवाब ये नहीं होगा कि वो फलानी दिशा से निकलता है।

लेकिन विश्वविद्यालय के कुछ विभागों को देखकर क्या ये समझा नहीं जा सकता कि इनमें सूरज कहाँ से निकलता होगा। तो बात ये है कि जनाब, वहाँ सूरज कभी निकलता ही नहीं। बरसों बरस तक। ये युग–युगान्तर से चली आ रही घटना नहीं है, ये सब कुछ बरसों में हुआ है। जब से विभागों को हाथ में लेने का कल्चर पनपा है तब से अँधेरे स्थायी हो गये हैं। सूरज वहाँ से पोटली उठाकर चलता बन और फिर उसने लौटने में भलाई नहीं समझी।

विश्वविद्यालय में कुछ ऐसे भी विभाग थे जिनके *हैडिक ऑफ़ द डिपार्टमेंट यानि एचओडी,* ने अपनी कई पीढ़ियों से उस विषय का ना तो ज्ञान लिया था, न ही उस विषय की कोई योग्यता उनके पास थी। फिर भी वो उस विभाग के *हैडिक* बने बैठे थे।

इन सब विभागों में सबसे ज़्यादा पहचाने जाने वाले विभागों में सबसे पहले तीसरे फ़्लोर पर था, टेलीविज़न और रेडियो विभाग जिसके हैडिक ऑफ़ द डिपार्टमेंट मतलब एचओडी थे हमारे सर्वप्रिय परम पूज्य–बड़े सरजी। जिन्हें आजीवन गुण्डा होने का वरदान स्वयं विष्णु ने दे रखा था। इसी विभाग में कार्यरत थे हमारे गठान उर्फ़ सड़ेरिया सर भी।

चूँकि टी.वी. और रेडियो इक्कीसवीं सदी के सबसे ज़्यादा ग्लैमराइज़ ऑप्शन थे तो सबसे पहले इसकी ही सीटें फुल हुआ करती थीं। मतलब बड़े सरजी का सीना छप्पन के बजाये एक सौ बाईस इंच फूला रहता, हालाँकि इस फुलाव की वजह से कई बार उनको साँस लेने में बहुत दर्द होता था, जिसका इलाज अक्सर गोकुल भैया के पास रखे पान पराग से कुछ दाने खाकर कर लिया करते थे (और जैसे वो दो दाने मुँह में अन्दर रस घोलने गलते थे *अरे! हमें क्या पता आप भी पान पराग के शौक़ीन हैं* वाली फ़ीलिंग के साथ ख़ुद को शम्मी कपूर से कमतर नहीं समझते)।

इसके बाद दूसरा विभाग आता लोक संचार का जो चौथे फ़्लोर पर था और इसके हैडिक ऑफ़ द डिपार्टमेंट यानि कि एचओडी थे अपने कामदेव के कलयुगी अवतार मनमोहना डॉ. अंजीव फ़ोकटा सर।

डॉक्टर इश्शशशशश, कहानी के इस हिस्से में आते–आते उन्होंने जैसे भी, मतलब जैसे भी पीएचडी. कर ही डाली। हालाँकि उनकी पी.एच.डी. करने के पीछे की मंश बस इतनी थी कि वो जिस जगह बैठे थे वहाँ से उनका ईगो सेटिस्फ़ाइड नहीं हो रहा था, अब उन्हें ऊपर जाना था, सातवें और आठवें मंज़िल से भी ऊपर, और ऊपर जहाँ से वे सूर्य देवता से कह सके कि *"कल से तुम्हारे आने की ज़रूरत नहीं है।"* इस सृष्टि को रोशनी अब हम प्रदान करेंगे और सूर्य देवता लगभग गिड़गिड़ाते हुए दोनों हाथों को जोड़कर उनसे अपने जीवनयापन के एकमात्र रोज़गार को न छीनने की गुहार लगाते।

विश्वविद्यालय की पूरी राजनीति के केन्द्र की धुरी यही दोनों डिपार्टमेंट हैं। इसके आलावा दूसरे फ़्लोर पर प्रिंट मीडिया नामक विभाग भी है लेकिन जैसा कि किसी ज़माने में अख़बारों में काम करने के एवज़ में मिलने वाली तनख़्वाह को लेकर किंवदन्तियाँ हैं ठीक वैसा हाल इस विभाग का भी था। सबसे आख़िरी में भरने वाला विभाग, लेकिन हक़ीक़त में पत्रकारिता नामक कारख़ाने के लिए सबसे ज़्यादा मज़दूर इसी विभाग से निकला करते हैं।

बाक़ी के तीन–चार और विभाग थे जिनके होने या ना होने का मतलब सिर्फ़ इस बात टिका हुआ था कि उनकी सातवें फ़्लोर के एलीटों अर्थात उच्च अकादमीय कलाकारों से कैसे पट रही है।

कलाकार इसलिए कि किसी भी विश्वविद्यालय में उसकी जड़ में मट्ठा डालना है या जल का अर्पण करना है इसका सीधा सम्बन्ध यहाँ पर ऐसे ही फ़्लोर से लिखी गयी पटकथाओं पर ही निर्भर करता है, जो सही मायनों में इस बात को साबित करते हैं कि लोकतन्त्र का चौथा पाया हमेशा पाँचवें, छठवें या सातवें पाये के नीचे ही होता है।

लोक संचार विभाग में डॉ. अंजीव सर, डॉ. माने डॉ., यह अघोषित रूप से पूरे विश्वविद्यालय में लागू है कि कोई भी अंजीव सर को बिना डॉ. के सम्बोधित न करें। तो डॉ. अंजीव फ़ोकटा सर के डिपार्टमेंट का हैडिक बनने से पहले एक असाधारण पुरुष इस विभाग का नेतृत्व करते थे। ग़ौर वर्ण, सरयूपाणि ब्राह्मण, एकदम दूध जैसा गोरा रंग कि मानो कोई

गाल पर चुटकी काट ले तो जगह नीली पड़ जाये, पाँच फ़ीट साढे छह इंच की हाइट, साढ़े छह इसलिए कि आधा इंच का हील वाला जूता पहने बिना तो वो अपने पैंट की ज़िप भी नहीं लगाते थे।

सुबह जब भी विभाग में आते शोले के गब्बर सिंह की याद आ जाती ठीक वैसे ही जूते को ज़मीन पर चिरमिराते चला करते। चेहरे में इतना तेज़ कि दूर से ही सामने वाले की आँखें चुँधिया जाये। लोगों के बीच मिस्टर फ़ैशनेबल के नाम से मशहूर श्री एक हज़ार आठ अजय चतुर्वेदी।

कहते हैं कि एक बार श्रीकृष्ण को माता यशोदा ने मिट्टी खाने की आदत से लाचार होकर पेड़ से बाँध दिया और कहीं चली गयी। कुछ समय बाद कृष्ण ने अपनी लीला दिखाते हुए उस पेड़ को ज़ोर से झटका दिया और पेड़ की शक्ल में किसी ऋषि–मुनि का श्राप झेल रहा कोई देवता टाइप का पुरुष श्राप से मुक्त हो गया और कृष्ण दोबारा मिट्टी खाने लगे। इत्ते में मैया आ गयी और कृष्ण को मुँह दिखाने को कहा, कन्हैया ने जैसे ही मुँह खोला मैया यशोदा के तो होश ही उड़ गये, वो क्या देखती हैं कि कन्हैया के मुँह में तो पूरा ब्रह्माण्ड है। सूरज, चाँद, तारे, पृथ्वी, आकाश, पूरा अन्तरिक्ष सब समाया हुआ है।

ठीक वैसे ही पूरा राजनीतिक ब्रह्माण्ड समाया हुआ रहता है हमारे अजय चतुर्वेदी सर के मुँह में। राजनीतिक जगत से ताल्लुक़ रखने वाले हर नेता और उस नेता से जुड़े लोगों के जन्मदिन और सालगिरह से लेकर उनके बेटी या बेटे का जन्मदिन तक इन्हें अपनी उँगुलियों पर याद था।

अजय सर की ख़ासियत थी कि उन्हें अखण्ड भारत देश के पच्चीस–पचास हज़ार नामी–गिरामी धोती छाप नेताओं से लेकर प्रदेश के कुरता–पज़ामा छाप एम.एल.ए.ओ. तक के नाम उनके सरनेमों के साथ मुखाग्र थे।

तो वो इन सरनेमों को अपने नाम के साथ जोड़कर एक क़िस्सा ज़रूर बताते, और जब ये क़िस्सा बताया जाता तो इस बात का ध्यान

ज़रूर रखा जाता कि क़िस्सा जब क़िस्से की दुनिया से बाहर निकले तो हक़ीक़त से उसका रिश्ता किलो, आधा किलो हो न हो तो कम से—कम पाव—भर तो हो ही।

और जिस तरह भारतीय उपमहाद्वीपीय राजनीति में इस बात को पूरी तरह से स्वीकार किया जाता है कि एक अच्छे राजनीतिक व्यक्ति के लिए सबसे ज़्यादा ज़रूरी होता है कि उसकी बातों में राजनीतिक व्यक्तियों का ज़िक्र ज़रूर हो। इसलिए इस शैली का उन पर पूरे एक किलो का प्रभाव था। और इस प्रभाव के चलते वो भी प्रभाव पैदा करने लगे थे।

जब भी वो इस प्रभाव से पैदा कोई क़िस्सा सुनाते तो सुनने वाले की दोनों आँखें अपना वास्तविक आकार छोड़कर कुछ—कुछ उल्लुओं की तरह हो जातीं। और सामने वाले का मुँह खुला का खुला रह जाता। यही कारण है कि जब भी किसी को कोई संकट होता वह सीधा भागकर इनके पास ही आता। अकादमिक अय्यारों की बात मानें तो समस्या चाहे जिसकी हो और चाहे जहाँ की हो, समाधान का एकमात्र केन्द्र अजय सर ही होते।

जितने बातों के धनी उससे कहीं ज़्यादा लिखने—पढ़ने के शौक़ीन लोगों को एक किताब भी याद हो जाती है तो उनका एक पैर ज़मीन में और एक पैर आसमान में होता है। फिर तो इनके नाम के साथ चतुर्वेदी ही लगा हुआ था। सोचिए, कहाँ—कहाँ नहीं होता होगा इनका पैर, लेकिन आपका जवाब बिल्कुल ग़लत है। असल में, आपकी सोच ही ग़लत है। इन्होंने अपने पैर को वर्सेटाइल बनाने के बजाय अंगद की तरह इस्तेमाल किया, जैसे अंगद ने रावण की लंका में जाकर भरी सभा में अपना एक पैर रख दिया था जिसे कोई भी नहीं उठा सका, ठीक वैसे ही अजय सर ने भी अपना पैर इस विश्वविद्यालय में जमाकर रख दिया था, लोक संचार विभाग की हेड वाली कुर्सी पर, और ऐसा जमाया कि फिर कोई उखाड़ नहीं सका।

लेकिन जितनी हसरत–भरी निगाहों से हमारे मनमोहना अर्थात डॉ. अंजीव सर अपने सेल्फ़ी वाले कैमरे से खींची गयी ख़ुद की तस्वीर को देखते थे उससे कहीं ज़्यादा ये अजय सर की उस हैडिक वाली कुर्सी को देखते थे। कहते हैं कि प्यार और युद्ध में सब कुछ जायज़ होता है, कुछ ऐसा ही प्यार इस हैडिक वाली कुर्सी से अंजीव सर को था। ऑफ़िस में आते–जाते वो एक बार बड़ी हसरत–भरी निगाहों से इस कुर्सी को देखा करते थे।

अंजीव सर जब भी विभाग के सामने से निकलते तो उस हैडिक वाली कुर्सी पर अजय सर को बैठे हुए ऐसे देखते जैसे शहरों में किसी रईस के घर का पामोलियन या अल्सेशियन आदमपोश गेट बाहर सड़क के किनारे पड़े हुए कूड़े के ढेर में बैठे हुए देहाती कुत्ते को देखता है। लेकिन मजाल है अलाउद्दीन ख़िलजी की तरह ही विभाग के इस तख़्त–ए–ताज पर उनकी बुरी नज़र के बारे में शहंशाह–ए–सल्तनत जलालुद्दीन उर्फ़ अजय सर को भनक तक लगी हो।

विश्वविद्यालयीन अय्यारों की मानें तो इस विश्वविद्यालय में एक साथ काम करने वालों के बीच एक अजीब–सा रिश्ता बन गया था कुछ–कुछ सास–बहू जैसा, दोनों रहते तो एक ही घर में लेकिन कब कौन किसको निपटा दे और कब किसकी कही बात का कहाँ और किस तरह उपयोग करे, यह ब्लैक होल वाले सिद्धान्त से भी ज़्यादा पेचीदा बात थी। और इसी पेचीदगी का सहारा लेकर अंजीव सर को इस मुक़ाम यानि विभाग का हैडिक बनने तक पहुँचने में मदद की–हमारे देश की बनाई गयी क़ानून व्यवस्था को हाथ में लेकर चलने वाले गठान उर्फ़ सड़ेरिया और कबाड़ी वाले नारद ने।

इस विश्वविद्यालय में तीन ग्रुप हैं। पहला ग्रुप, त्रिदेवों का ग्रुप कहलाता था। दूसरा ग्रुप, उन परजीवियों का था जो समय, हालात और सत्ता के हिसाब से ख़ुद को किसी दूसरे ग्रुप के साथ फ़िट किया करते थे। तीसरा ग्रुप, उन केंचुओं का हुआ करता था जो मिट्टी की नमी के हिसाब से पनपा करते थे। इनमें से ज़्यादातर वो लोग थे जो

न किसी को कुछ कहते थे न ही किसी के रास्ते में आने की कोशिश करते थे। चापलूसी नामक विधा में पारगंत ये लोग अपने फ़ायदे के लिए *'पिताजी हैं आप तो हमारे आप न होते तो हम पैदा नहीं होते'* के नारे के साथ कभी भी अपने गोत्र और सरनेम को बदलने के लिए तैयार रहते थे।

कहते हैं इस विश्वविद्यालय में कुछ को छोड़ दिया जाये तो बाक़ी के जितने भी कर्मचारी हुआ करते हैं वे यहाँ सिर्फ़ नौकरी करने आते थे, काम नहीं। *आओ बहन चुगली करें* वाले सिद्धान्त पर रोज़ाना सरकार और लोगों को बेवकूफ बनाते। ये लोग शाम को जब अपनी–अपनी कुर्सियों से अँगड़ाई लेते उठते तो इनके चेहरे की करिश्माई मुस्कान से साफ़ अन्दाज़ा लगाया जा सकता था कि विनाश की ओर बढ़ रही सृष्टि में एक और दिन कितनी मुश्किलों से काटा गया है।

मारे गये गुलफ़ाम उर्फ़
लंका काण्ड

चौमासों की लम्बी–लम्बी झमाझम और मूसलाधार बूँदों से शहर भर में हरियाली और कीचड़ बढ़ाते हुए अपने मन की कर लेने के बाद सावनी बादलों की पंचायत अब अपने अध्यक्षीय समापन की ओर बढ़ रही थी।

गर्मियों के मौसम में सफ़ेद दिखने वाले खम्भों और छज्जों पर चिकनी हरी शैवालों की परत से अलग रंगत उभरने लगी थी। ठण्ड ने हल्की–हल्की दस्तक देनी शुरू कर दी थी। बरसात में गड्ढों में भरे पानी में जलीय घास की दो–तीन पीढ़ियाँ यूनिवर्सिटी की राजनीति से बेख़बर जन्म से लेकर फूल आने तक की परिपक्वता के बाद गलकर खाद में बदल जाने तक की जीवन–यात्रा पूरी करने ही वाली थी। अस्पतालों में खाँसते, कराहते मरीज़ों की संख्या को देखकर कहा जा सकता था उनका काम पूरी ईमानदारी और लगन से चल रहा है। यूनिवर्सिटी के आस–पास के गड्ढों में भरा पानी यूनिवर्सिटी के लोगों के शारीरिक और मानसिक दोनों तरह के कचरे की आमद से अभी भी बदबू से मुक्त नहीं हो पाया था।

सड़क की तरफ़ कैम्पस की दीवार के बराबर बने हुए तलैयानुमा गड्ढों में जिन मेढ़कों ने बरसात के शुरू में अपनी गृहस्थी बसाने की सोची थी, वे पानी में भर रहे कचरे, केमिकल और पॉलिथीन की आमद से परेशान थे।

कुछ मेढ़कों ने अपने पुरखों से सुन रखा था कि पढ़े–लिखे लोग साफ़–सफ़ाई वाले होते हैं, पर्यावरण की फ़िक्र में दुबले हुआ करते हैं

लेकिन पानी से बाहर जब भी गर्दन निकालकर देखते तो कितने ही सूट–बूटधारी, किताबधारी, लैपटॉपधारी इन्सान थूकते–खँखारते और कचरा फेंकते उन गड्ढों के ऊपर से निकल जाते। किसी के पास इतना समय नहीं होता कि वो मेढ़कों की ख़ूबसूरती और पानी साफ़ रखने की बात करता।

उधर एक मेढ़की अपने बच्चों को लेकर फ़िक्रमन्द थी कि आख़िर क्यों शहर की चकाचौंध में जंगल के पोखर को छोड़कर शहर के गड्ढा में आ गयी। शहर आदमी के लेवल की ही चीज़ है।

दो–तीन महीनों में ही सड़क पार करने में सैकड़ों मेढ़क गाड़ियों ने कुचल दिये थे। सड़क पर चपटे पडे मेढ़कों की लम्बी शृंखला देखकर ऐसा लग रहा था कि मेढ़कों ने सामूहिक आत्मदाह किया हो और जानबूझकर गड्ढा के प्रति सरकार का ध्यान दिलाने के लिए गाडियों के टायर के नीचे आ गये हों। जिनकी याद में उनके परिवार के बाक़ी सदस्य बिना–दिन रात की परवाह किये तेज़ आवाज़ में रोने का कार्यक्रम अनवरत रूप से चला रहे थे।

शाम को फिर से बादल घिर आये थे हालाँकि ठण्ड ने हल्की–हल्की दस्तक देनी शुरू कर दी थी। बाहर बारिश रुक–रुक कर अपने होने का अहसास करवा रही थी और अन्दर सड़ेरिया और बड़े सरजी लगातार हीरो पर बरसे जा रहे थे। अब तो रोज़ाना हाल यह हो गया कि हीरो क्लास में होता तो इनके निशाने पर ज़रूर होता। हर वक़्त हीरो को रेडार पर खोजती इन दोनों की आँखों ने आये दिन किसी न किसी बहाने दिक़्क़तें पैदा करनी शुरू कर दी थीं।

हीरो के साथ होने वाली मुठभेड़ों के चलते विभाग का माहौल पूरी तरह से बदल गया था। हीरो अब हीरो नहीं रह गया था और बड़े सरजी अब बड़े सरजी नहीं रह गये थे। देश, देश नहीं रह गया था, दुनिया अब दुनिया नहीं रह गयी थी। हिन्दू कट्टर हिन्दू हो गया था, मुसलमान पाँच वक़्त का नमाज़ी पक्का मुसलमान हो गया था।

गाय अब गाय नहीं गऊ माता हो गयी थी। मस्जिदों के लाउडस्पीकर ज़्यादा ज़ोर से चीख़ने लगे थे। टी.वी. चैनल्स ने शाम

छह के बाद का समय चीखने–चिल्लाने वालों के लिए आरक्षित कर दिया था। चीन ने भारत को नीचा दिखाने के लिए पाकिस्तान को खुले आम सपोर्ट देना शुरू कर दिया था, सड़ेरिया ने हीरो को निपटाने के लिए हीरो के दुश्मनों को पैदा करना और उन्हें सपोर्ट करना शुरू कर दिया था।

क्लास में लड़के हँसने लगे थे और सड़ेरिया रोने लगा था। रोने के कई बहाने उसके पास थे जिनमें से एक था कि *मेरा पढ़ाने में नहीं लागे दिल दिल पर पड़ गयी क्या मुश्किल।* रोने के लिए बड़े सरजी का कन्धा है। भारत से निपटने के लिए पाकिस्तान के पास अमेरिका है। चीन और पाकिस्तान से निपटने के लिए भारत के पास संयुक्त राष्ट्र संघ है।

क्लास तो पहले भी कभी–कभार लगा करती थी। लेकिन अब जब भी क्लास लगती हीरो निशाने पर होता। क्लास के बाक़ी के लोग भी इस बात को बख़ूबी समझ गये थे कि क्लास के इस एलीट माहौल में एक अनफ़िट फँस गया है।

बड़े सरजी की क्लास लेने में तो वैसे ही बाक़ी लोगों को *आग का दरिया है और डूब के जाना है* जैसी फ़ील होती। जिस दिन हीरो क्लास में होता तो काण्ड होकर ही रहेगा ऐसा मान लिया जाता। तीन–चार महीने बीतने को थे लेकिन अभी तक क्लास का टाइम टेबल और विषय विशेषज्ञों के बारे में किसी को कुछ भी नहीं पता था। ऐसे में बड़े सरजी ने ही अभी तक कमान सँभाल रखी थी। शोध के उस विषय के अलावा अब उन्होंने एक क्लास और अपने नाम कर ली थी,–संचार की।

संचार बोले तो कम्युनिकेशन, कम्युनिकेशन बोले तो दो तरफ़ से होने वाला संवाद, लेकिन *दो तरफ़ से होने वाले प्रवाह को संचार कहते हैं* ऐसी परिभाषा बड़े सरजी ने कभी क़बूल नहीं थी। क्योंकि उनकी क्लास में संवाद सिर्फ एक तरफ़ से होता था। वो बोलते थे और बाक़ी लोग उसे शिरोधार्य करते।

लेकिन वो एक संचार की प्रक्रिया को बड़े ही शानदार ढंग से पढ़ाते और उस सिद्धान्त का नाम था–डिक्टेटरशिप थ्योरी। इस सिद्धान्त को पढ़ाते हुए उनकी भृकुटी हिटलर की तरह तन जाया करती थी। उत्तेजना में उनके मुँह से सफ़ेद झाग जैसा निकलने लगता और ऐसा लगने लगता मानो अभी तुरन्त फ़र्श पर लेट जायेंगे और नागिन डांस शुरू कर देंगे। लेकिन अपने लगभग ममी जैसे शरीर पर ज़बरदस्ती ज़ोर देते हुए ज़ोर–ज़ोर से हाथ को हवा में लहराते हुए वो बताते कि जिस परम्परा के चलते रूस और चीन जैसे पिछड़े हुए देश विकसित हो गये उस परम्परा को भारत में कुचल दिया गया। और उस परम्परा के कुचल दिये जाने के कारण ही देश की हालत अत्यन्त दयनीय है।

ऐसे ही एक दिन अपने शरीर को ज़बरदस्ती क्लास में ढकेलते हुए बड़े सरजी ने अचानक ही अवतार लिया–

"क्या पढ़ना है आज? निकालो सिलेबस।"– गले में एक लम्बा खँखार लेते हुए उन्होंने अपना आदेश सुनाया।

"कौनसा सिलेबस सर?" –एक छात्र ने बुद्धिमत्ता पेश करने की कोशिश करते हुए कहा।

"पहली बार क्लास आये हो क्या? शोध का सिलेबस निकालो"–

शोध शब्द आते ही बड़े सर जी के साथ–साथ सबकी नज़रें हीरो की तरफ़ उठीं–उधर ऊपर छत पर लगे चौड़े डैने वाले दोनों सीलिंग फैन भी शोध शब्द सुनकर रिरियाते हुए धीमे पड़ गये।

"नहीं शोध का नहीं संचार का सिलेबस निकालो"–हीरो को देखते हुए बड़े सरजी ने जैसे मन–ही–मन अपना श्राप वापिस लेना चाहा।

हीरो ने भी विषय बदल जाने के बाद एक लम्बी साँस लेते हुए ऊपर रिरिया रहे पंखे की तरफ़ देखा, पंखा वापिस अपनी तेज़ गति में घूमने लगा।

"सर, संचार के प्रकार के बारे में पढ़ना है।"–एक छात्र ने अपनी सारी शक्ति को बटोरते हुए बड़ी ही श्रद्धा भाव से कहा।

"हाँ तो संचार जो होता है वो दोनों तरफ़ से होता है। इसके चार प्रकार हैं। इन चारों प्रकारों में दो या दो व्यक्तियों से ज़्यादा के बीच भाषा, बोली, या इशारों से संचार होता है।"—और फिर उन्होंने संचार के वो चार प्रकार बताए जिनके बिना इस सृष्टि का निर्वहन होना सम्भव नहीं है। ऐसा बड़े सरजी मानते थे।

"अब किसी को कुछ पूछना हो तो बताओ?"

लगभग आधे घण्टे की क्लास में संचार के समाचार की व्याख्या करते हुए बीत जाने के बाद उन्होंने बड़ी ही हिक़ारत भरी नज़रों से सामने की तरफ़ देखते हुए कहा।

"सर"—हीरो की आवाज़ दूर से नेपथ्य में सुनायी दी।

हीरो ने ना चाहते हुए भी हाथ उठा दिये, एकबारगी तो हीरो को लगा कि ऐसा स्वयं सरस्वती ने किया है और इस प्रक्रिया को ठीक उसी तरह से अंजाम दिया गया है जैसे ब्रह्मा के आदेश पर कुम्भकर्ण की जीभ पर बैठकर सरस्वती ने कुम्भकर्ण के लिए छह महीने की नींद माँग ली थी। न चाहते हुए भी बड़े सरजी ने हीरो की तरफ़ भस्म कर देने वाली आँखों से देखा।

"सर, बस ये पूछना चाहता था कि उस संवाद को क्या कहेंगे? जिसमें एक आदमी शामिल हो लेकिन सामने की तरफ़ कोई ना हो जो बोल न सके, मान लो मनुष्य ही न हो लेकिन वो उस आदमी का हर कहा मान रहा हो।" —ऊपर दोनों पंखे इस बार बिना रिरियाते हुए धीमे पड़ने लगे।

"क्या बकवास है, ऐसा कोई संवाद हो ही नहीं सकता। मैंने न जाने कितनी किताबें लिख डाली हैं।"—बिना देर गँवाये बड़े सरजी ने लगभग लताड़ते हुए हीरो को डाँटा।

"सर—है न पालतू कुत्ता या बिल्ली या कोई भी जानवर जो बोल नहीं सकता पर अपने मालिक का कहा तो सब करता है। और संवाद भी करता है, वो कौन—सा संचार होगा?"—एकदम से चौड़े डैने वाले दोनों पंखों ने बिना रिरियाते हुए घूमना बन्द कर दिया। पूरी क्लास जोर से हँस पड़ी लेकिन बड़े सरजी के चेहरे को देखते हुए सबने अपने मुँह को हाथों से ज़बरदस्ती बन्द कर लिया।

"इस बारे में बाद में बात करेंगे।" कहते हुए बड़े सर जी कक्षा से निकल गये।

और एक तीर नहीं, उड़ता हुआ तीर हीरो के पिछवाड़े में जाकर लगा। हीरो को इस बात का पक्का यक़ीन हो गया था कि ब्रह्मा ने बड़े सरजी से बदला लेने के लिए उसका इस्तेमाल किया है। उसने मन–ही–मन सोच लिया था अभी जाकर बड़े सरजी के चरणों में नतमस्तक हो जाऊँगा और कहूँगा कि *ये उसकी जिह्वा से जो निकला है, उसके लिए उनके परम शत्रु ब्रह्मा ही ज़िम्मेदार हैं।*

हीरो सोच ही रहा था कि चपरासी ने आकर कहा ''चलो भाई, आपको बड़े सरजी ने बुलाया है।'' पूरी क्लास ने ऐसे देखा जैसे क़ैदी को फाँसी के लिए ले जाते हुए बाक़ी के क़ैदी देखते हैं। पीछे से किसी ने आवाज़ बदलकर गाने की पंक्तियों से हीरो को ताक़त देनी चाही–

सरफ़रोशी की तमन्ना अब हमारे दिल में है? देखना है ज़ोर कितना बाज़ू–ए–क़ातिल में है।

"क्या मिस्टर, क्या समझते हो तुम अपने आपको? समझ नहीं आ रहा है क्या अपनी होशियारी से बाज़ नहीं आओगे"–बड़े सर जी के कमरे में दाख़िल होते ही कानों में चपाट सुना दिया। आवाज़ इतनी तेज़ थी कि गन्ही महात्मा की तस्वीर के पीछे से छिपकली एकदम से चौंककर बाहर आयी और हीरो को दो सैकेंड तक ताकने के बाद माहौल की नज़ाकत को समझते हुए पास की खिड़की से होते दीवार की दूसरी तरफ़ निकल गयी।

"सर वो मैं, ऐसे ही पूछ बैठा। आपने कहा पूछने के लिए तो"...। –हीरो ने अपने चेहरे पर मासूमियत लाते हुए कहा।

"क्या यार तुमको शमझ नहीं आ रहा है कि क्लाश में बहश नहीं करते हैं।" सड़ेरिया सर ने बग़ल में अपनी उपस्थिति दर्ज कराते हुए कहा

"सर मैं बहस नहीं कर रहा था बस एक जिज्ञासा थी वही पूछा"–हीरो ने जस्टिफ़ाई किया।

"फिर से बहश।"–सड़ेरिया सर ने बात को और उलझाने के लिए कहा।

"क्या बहस–बहस लगा रखी है आपने। मैंने जो पूछा वो सही था। मैं यहाँ पढ़ने और अपनी जिज्ञासा शान्त करने आया हूँ। वही पूछा तो क्या ग़लत किया?"

"आपको क्लास की इस हरकत के लिए माफ़ी माँगनी चाहिए।"– बड़े सरजी ने फ़रमान सुनाया।

"क्यों? माफ़ी क्यों माँगना सर? ऐसी क्या ग़लती की मैंने? स्टूडेंट अपने प्रोफ़ेसर से मन में उठी जिज्ञासा के बारे में सवाल कर सकता है।"

"हाँ कर सकता है लेकिन वह जिज्ञासा नहीं थी, हमारी समझदारी का टेस्ट ले रहे थे आप"–बड़े सरजी ने फ़ैसला सुनाया।

"ऐसा आपको लगता होगा सर। मेरे मन में तो ऐसी कोई बात नहीं आयी– ऑबजेक्शन मीलार्ड।*"*

"हम ख़ूब जानते हैं, तुम्हारे मन में क्या–क्या बातें आती हैं। तुम्हारे मन में भी और तुम्हारे समाज के भी।"–आपसे तुम पर आते हुए बड़े सरजी ने ऐसा कहा मानो दफ़ा तीन सौ दो भी लग गयी है।

"मेरा समाज कौन सा सर?"– दफ़ा तीन सौ दो की धारा को गलत माना हीरो ने।

"मेरा मतलब तुम जैसे होशियार बनने वालों का"–ऑबजेक्शन ओवर रूल्ड बड़े सरजी ने कहना चाहा।

"नहीं, नहीं आपका मतलब कुछ और था सर। मेरे सवाल को समाज से जोड़ने की आपको ज़रूरत नहीं थी। सवाल पूछने के लिए ही क्लास लगवायी जाती है। सवाल नहीं होंगे तो क्लास का क्या मतलब रह जायेगा। मैं सॉरी क्यों बोलूँगा भला? मैंने कोई गलती नहीं की।" –हीरो कुलबुलाया।

"ग़लती क्यों नहीं की। भरी क्लाश में एक बेहूदा शवाल करना भी ग़लती ही होती है। पत्रकारिता का ये मतलब नहीं कि अपने गुरुओं के साथ अभद्रता से पेश आओ। शॉरी बोलना चाहिए तुमको।"– सड़ेरिया ने बड़े सर की तरफ़ देखते हुए कहा कि चार सौ बीस की धारा भी लगायी जानी चाहिए।

"कैसी बातें कर रहे हैं आप? क्या सवाल करना भी अभद्रता होने लगा अब"–ऑब्जेक्शन मी लॉर्ड।"

"तुमने शंचार के शम्बन्ध में जो शवाल किया वह अपने गुरु को नीचा दिखाने के लिए किया।–सड़ेरिया ने कहा कि तीन सौ छिहत्तर भी जोड़ा जाये।

"नहीं, ऐसा कभी नहीं करता मैं। मैं यहाँ पढ़कर डिग्री लेने आया हूँ किसी ख़ास तरीक़ों का प्रयोग करना मुझे नहीं आता।–''चश्मदीद झूठी गवाही दे रहा है मी लॉर्ड।''

"नहीं, तुम यहाँ सिर्फ राजनीति और गुण्डगर्दी करने आए हो–बड़े सरजी को अपना गुण्डाराज छिनता नज़र आ रहा था।

"आप सवाल पूछने को राजनीति बना रहे हैं"।– ऑबजेक्शन मीलॉर्ड।

"नहीं, हम अपने ख़िलाफ़ पूछे गये हर सवाल को अपने ख़िलाफ़ राजनीति ही मानते हैं। हम तुमसे वह सब मनवायेंगे जो डिपार्टमेंट का अदब और क़ायदा है"– धारा तीन सौ नब्बे बड़े सरजी ने ख़ुद ही लगा ली।

"नहीं मैं पढ़ाई के अलावा किसी क़ायदे को नहीं सीखूँगा। आप समझ लीजिए।–ऑब्जेक्शन मीलॉर्ड।"

"सुन लो मिस्टर हम यहाँ के हैड हैं और हम सिर्फ़ बोलते हैं। समझना और सुनना तुम्हारा काम है। अगर ऐसा नहीं कर पाओगे तो अपनी ही हथेली से अपना ही हाथ मरोड़ोगे"–बड़े सरजी ने लगभग धमकाते हुए कहा।

"मैं पत्रकारिता पढ़ने ही नहीं आया सर। मैं पत्रकारिता जानता भी हूँ। क्लास में आपको सवालों के जवाब देना आपकी ज़िम्मेदारी है, ड़्यूटी है" –हीरो घायल वाले सन्नी देओल के मूड में पहुँचने की स्थिति में था।

"जाओ यहाँ से, देख लेंगे तुमको भी और तुम्हारी जिज्ञासा को भी, देखते हैं, कैसे पास होके जाते हो?– सज़ा–ए–मौत, हेंग टिल डेथ।" बड़े सरजी ने फ़ैसला सुनाया।

"देखते हैं सर, कैसे फेल करते हैं आप भी।" –हीरो ने अपने आपको समेटते, मन–ही–मन सोचा कि *अब तेरी कहके ही लेगें।*

जैसे–तैसे दिन तो बीत रहा था लेकिन ख़तरा अभी टला नहीं था। क्योंकि अगली क्लास सड़ेरिया सर की ही थी। थोड़ी देर बाद ख़ुद को नॉर्मल करके हीरो जब वापिस क्लास में पहुँचा तो बाकी सबने उसे घेर लिया और उससे माहौल के बारे में पूछने लगे।

हीरो ने भी सबको सन्तुष्ट करते हुए बड़े सरजी के सगे सम्बन्धियों को दिल से याद किया और सबसे आख़िरी में अपनी बेंच पर जाकर बैठ गया। पढ़ने का मूड तो कब का ख़त्म हो चुका था लेकिन क्लास करना ज़रूरी था क्योंकि अटेंडेंस नामक एक दैत्य हमेशा सर पर हाथ रखे खड़ा रहता था। तो अगली क्लास में सड़ेरिया मुँह में रजनीगन्धा और हाथों में अपनी जादुई किताब लेकर अपनी कुटिल मुस्कान के साथ प्रकट हुए–

"आज क्या हो गया किलाश में?–पूरे मामले से अनजान बनते हुए उन्होंने सवाल दागा।

"कुछ नहीं सर बस बड़े सरजी से थोड़ा सा हॉट टॉक हो गया था।"–सतीश ने जबाव दिया।

"किससे हो गया था?"–एक बार फिर उनके चेहरे की झुर्रियाँ अपनी जगह से हिलती हुई थोडी और लम्बी हो गयी।

"और कौन होगा सर, अपना हीरो ही है।"–इस बार जवाब किसी और ने दिया।

"क्यों भाई? क्यों करते हो? जब जानते हो कि उनको ये शब पसन्द नहीं हैं।" –समझाइश का एक बेहतरीन उदाहरण पेश करते हुए उन्होंने कहा।

"क्या पसन्द नहीं है सर? ठीक तो पूछा उसने कोई गाली थोड़े न दी थी। एक सवाल ही तो उसने पूछ लिया, उसमें इतना नाराज़ होने वाली क्या बात है?–दिलावर भाई ने हीरो का साथ देते हुए कहा।

"अच्छा... इसका मतलब कुछ भी ऊटपटाँग पूछोगे?–शास्त्रों में *ढीठ होना शायद इसी को कहा जाता होगा।"*

"ऊटपटांग नहीं था सर, ठीक सवाल था।"—दिलावर भाई ने महाभारत की याद दिलाते हुए सड़ेरिया को ललकारा।

"और तो आप अब शाथ में खड़े हैं इनके, इश उमर में पढ़ने आये हैं तो शही तरीक़े से तो पढ़ो।"—सड़ेरिया ने अपने विश्वविख्यात धमकाने वाले अन्दाज़ से दिलावर भाई को परिचित करवाते हुए कहा।

"ठीक से ही तो पढ रहे हैं सर, आप धमका कैसे रहे हैं? ये कोई तरीक़ा नहीं है बात करने का—दिलावर भाई ने काउंटर किया।

"देखो मिश्टर इस यूनिवर्शिटी में शबशे बुजुर्ग हैं वो, शबशे बड़े, उनका शम्मान करो।"—सड़ेरिया सर ने माहौल की गम्भीरता को समझते हुए पासा पलटा।

"सम्मान तो कर रहे हैं सर। हमने कब उनका अपमान किया लेकिन सम्मान के नाम पर चुप रहने और कुछ भी सहने का कोई मतलब नहीं"—दिलावर भाई फिर से गरजे।

"हैं कौन आप इशशे पहले तो कभी किलाश में दिखे नहीं आप? बीच में पढ़ाई छोड़ दी थी या फिर पत्रकारिता का शौक़ चर्राया है इस उमर में?—सड़ेरिया ने बात पलटी।

"नहीं, डिग्री लेने आए हैं सर। डिग्री नहीं है पास में पत्रकार तो पहले से ही हैं।"—दिलावर भाई ने सड़ेरिया सर का साथ दिया।

"कैशे ले पाओगे ऐशे में डिग्री?—अचानक ही सड़ेरिया ने दिलावर को समझाइश के दूसरे तरीक़े से अवगत कराया।

"सर, छोड़िये इन सब बातों को कुछ पढाई हो जाये।"— एक और छात्र ने इस बीच अपनी उपस्थिति को अवगत कराते हुए बात छेड़ी लेकिन सड़ेरिया ने उसे ऐसे देखा जैसे सामने वाले ने उनकी इकलौती शर्ट उनसे माँग ली हो।

"हाँ तो दूसरी यूनिट शुरू करते हैं आज शे।"— सड़ेरिया ने अपनी जादुई किताब के बीच से कोई पन्ना निकालते हुए कहा।

"सर पहली यूनिट पढ़ना था हमको, दूसरी कैसे?—किसी ने सड़ेरिया की तरफ़ रहस्यमय नज़रों से देखते हुए कहा।

"अरे! मैंने पढ़ा दिया है, पूछ लो बाकी से। एक तो किलाश नहीं आते हो और ऊपर से बहश करते हो"—सड़ेरिया ने उस रहस्य को रहस्य बनाये रखते हुए कहा।

सबने एक दूसरे को ऐसे देखा मानो अभी तक पृथ्वी के इस रहस्य से पर्दा उठा ही नहीं था और वैज्ञानिकों की खोज अधूरी थी। मानव का विज्ञान अधूरा था। और इस धरती पर सबसे ज़्यादा रहस्यमय कोई चीज़ थी तो वो यही सड़ेरिया सर की क्लास थी। दूसरी यूनिट शुरू होती उससे पहले सड़ेरिया सर ने एक कन्या की तरफ़ बड़ी ही रहस्यमय मुस्कान के साथ देखा और उसकी ओर हाथों से इशारा करते हुए कहा—

"और मैडम, कल कहाँ घूम रही थीं आप न्यू मार्केट की तरफ?"

"सर थोड़ा काम से गये थे।" —कन्या ने बड़ी ही बेरहमी के साथ जवाब दिया।

"अच्छा, और वो कौन है जो शाथ में थे? भाई था क्या?"—सड़ेरिया सर ने रहस्य की एक दीवार और खड़ी करते हुए फिर से देखा।

"आप हॉस्टल में रहती हैं? या कहीं रूम लिया है?"—कन्या का जबाव आता उससे पहले ही सड़ेरिया ने दूसरा सवाल दागा।

"दो—तीन दिन पहले भी आप उस लड़के के शाथ लाइब्रेरी के बाहर थीं शायद।"

कन्या कुछ समझ पाये उससे पहले ही सड़ेरिया सर ने रहस्य की एक दीवार क्लास में खड़ी कर दी थी।

"क्या कहना चाह रहे हैं आप सर? इतनी बारीक़ी से मुझ पर नज़र रखे हुए हैं या फिर सब पर इतनी ही नज़र रहती है आपकी?—कन्या ने लगभग रहस्य बन चुके इस संवाद में सड़ेरिया पर ज़बरदस्त प्रहार किया।

"मेरी नज़र से कोई नहीं बच शकता, कौन कहाँ क्या—क्या कर रहा है, शब पता रहता है मेरे को। तुम यहाँ पढ़ने आयी हो और मेरा दायित्व बनता है कि तुम लोगों का ध्यान रखने का"—कन्या के

प्रहार से आहत सा महसूस करते हुए सड़ेरिया ने जवाबी कार्यवाही में हमला किया।

"इतना नज़र रखने की ज़रूरत नहीं है सर। यहाँ पापा–मम्मी ने पूरे विश्वास के साथ भेजा है और आपको किसने मेरा गार्जियन बना दिया जो ध्यान रखने लगे आप।"–कन्या का रूख़ पूरी तरह से सर्जिकल स्ट्राइक का था।

"एक तो लाल लिपिष्टिक लगाकर आती हो क्लाश में और ऊपर से बहश करती हो, तुम्हारे पापा ही मेरे को बोल गये थे ध्यान रखने का। लगता है तुम्हारे पापा को बताना पड़ेगा।"–कन्या के जवाबी हमलों से पूरी तरह से ज़मींदोज़ हो चुके सड़ेरिया ने अपने चिरपरिचित अन्दाज़ में कन्या को चमकाते हुए समझाना चाहा।

"सर, उन्होंने नहीं बोला था। आपने ज़बरदस्ती मेरे साथ उनको अपने केबिन में बुलाकर उनके सामने मेरा गार्जियन बनने का दायित्व ले लिया था।"

कन्या के इस जवाबी हमले ने ठीक एटम बम की तरह काम किया और सड़ेरिया को ज़मींदोज़ कर दिया।

इस लम्बी और कभी न ख़त्म होने वाली बहस ने हीरो के सुप्रीम कोर्ट काण्ड के बाद सड़ेरिया के लिए पॉइज़न का काम किया। सड़ेरिया सर को उम्मीद ही नहीं थी कि कन्या इस तरह से जवाबी हमला कर सकती है।

लेकिन इसी बीच क्लास ख़त्म होने की घण्टी ने सड़ेरिया की लगभग ख़त्म हो चुकी इज़्ज़त को थोड़ा–सा बचा लिया। सड़ेरिया ने पोडियम पर लदे–लदे ही फ़ैसला सुनाया कि एक किसी काग़ज़ में सबका नाम लिखकर उनके कक्ष में दे दिया जाये सबकी हाज़िरी लग जायेगी और चूँकि समय कम था इसलिए आगे की यूनिट की पढ़ाई कल होगी।

हीरो को अपने सर के ऊपर मँडराता ख़तरा थोड़ा कम लगने लगा था। उसने मन–ही–मन कन्या के साहस की प्रशंसा करते हुए आँखों ही आँखों में उसके लिए कृतज्ञता जतायी।

इस कन्या का नाम है–रोमा। रोमा शिमला से यहाँ आयी है। कहते हैं कि इस देश में हॉट फ़ैशन सबसे पहले अगर कहीं पहुँचता है तो वो यहाँ इन्हीं ठण्डे इलाक़ों में। तो इस परम्परा को रोमा ने भी बरक़रार रखा था। क्लास की सबसे फ़ैशनेबल मानी जाने वाली लड़की थी रोमा। एक से बढ़कर एक सेक्सी टॉप और उससे भी ज़्यादा जींस की एक पूरी की पूरी रेंज थी रोमा के पास जिसके चलते विश्वविद्यालय के आधे लड़के उसे चाय और कॉफ़ी के साथ–साथ सिनेमा के लिए पूछ चुके थे और आधे लड़कों ने उसे पिक एंड ड्रॉप का ज़िम्मा ले रखा था। और यही कारण है रोमा भी बड़े सरजी की रेडार में पहले दिन से ही थी।

यहाँ आने से पहले उसने ग्रेजुएशन भी पत्रकारिता से किया था और एकाध साल दिल्ली के किसी लोकल चैनल में रिपोर्टिंग भी की थी। उससे पता था कि यूँ अचानक बन जाने वाले गार्जियन का असली मतलब क्या है। उसे सड़ेरिया सर पर शक तो उसी दिन हो गया था जब सड़ेरिया सर ने एडमिशन वाले दिन रोमा और उसके पापा को अपने कक्ष के सामने पकड़ लिया था और कई बार मना करने के बाद भी रोमा के पापा से चपरासी को पैसा दिलवाकर चाय बुला ली थी।

हालाँकि सड़ेरिया सर का मन उस दिन समोसा भी खाने का था पर ठाकुर की दुकान में समोसा नहीं था। सो चपरासी चाय लेकर आ गया था और सड़ेरिया सर ने बाक़ी बचे हुए पैसे यह कहकर चपरासी की जेब से नहीं निकलने दिये कि कैंटीन से चाय लेकर आने के एवज़ में यह उसका इनाम है जिसे वह समोसा उपलब्ध हो जाने के बाद भुना सकता है।

सड़ेरिया की उस इनामी उद्घोषणा के बाद रोमा और उसके पापा ने एक–दूसरे को देखकर मुस्कुराया भी था, जिसे सड़ेरिया सर ने भी नोटिस किया लेकिन उसका असर सड़ेरिया सर पर उतना ही पड़ा जितना पिछले कई सालों से पड़ता आ रहा था।

रोमा के साथ हुई बहस का मामला यूँ तो क्लास में ही निपट जाना चाहिए था मगर ऐसा कैसे हो सकता था, सड़ेरिया को कोई ललकारे और चुपचाप निकल जाये। न, कभी नहीं। बात क्लास से निकलकर बड़े सरजी के सभागार में पहुँची और जब तक पहुँची तब तक उसका विषय बीती हुई शाम को 'न्यू मार्केट' में दिखायी दिये जाने से बदलकर लड़कों के साथ 'उन जगहों' पर जाने में तब्दील हो गयी जहाँ के स्मरण मात्र से स्त्री का सामाजिक बहिष्कार हो जाना चाहिए, ऐसा सड़ेरिया सर का मानना था।

इसके साथ ही सड़ेरिया सर ने बड़े सरजी को यह राज़ बताने में क़तई देर नहीं की कि रोमा कैसे क्लास के बजाय लाइब्रेरी के सामने किसी अनजान शख़्स के साथ बैठी हुई मिलती है। पूरी बात सुनने के बादे बड़े सरजी ने सड़ेरिया के सर पर हाथ रखते हुए उसे भयमुक्त हो जाने का आशीर्वाद देते हुए कहा :

।। यथा द्यौश्च पृथिवी च न बिभीतो न रिष्यतः।
एवा मे प्राण मा विभेः।।

अर्थात

जिस प्रकार आकाश एवं पृथ्वी न भयग्रस्त होते हैं और न इनका नाश होता है, उसी प्रकार हे मेरे प्राण! तुम भी भयमुक्त रहो।

सड़ेरिया सर ने इसे अपने जीवन का सबसे बड़ा सार माना और लगभग साष्टांग हो जाने की मुद्रा में बड़े सरजी के चरण–रज को माथे से लगाकर बग़ल में खड़े गोकुल भैया की तरफ़ मुस्कुराते हुए आँख मारकर देखा। गोकुल भैया ने भी मुँह में लबालब भरे पान और तम्बाकू के रस को गिरने से बचाते हुए मुँह को थोड़ा–सा ऊपर उठाकर लाल हो चुके दाँतों से खी–खी करके मन–ही–मन सड़ेरिया की सफलता पर बधाई दी। सड़ेरिया सर ने भी मन–ही–मन एक श्लोक को दुहराया :

न नर्मयुक्तं वचनं हिनस्तिन स्त्रीषु राजन् न विवाहकाले।
प्राणात्यये सर्व धनापहारे पंचानृतान्याहुर पातकानि।।

मज़ाक़ में, पत्नी के पास, विवाह के वक़्त, प्राण जाने का प्रसंग हो तब, और सब लुट जाने वाला हो तब इन पाँच अवसर पर झूठ बोलने से पाप नहीं लगता।

सड़ेरिया सर द्वारा दी गयी गुप्त जानकारी के आधार पर बड़े सरजी ने अपने ख़ुफ़िया विभाग के कुछ सीक्रेट एजेंटों को ख़तरे का संकेत देते हुए त्वरित गति से सक्रिय कर दिया था। और ये सीक्रेट एजेट रॉ और आई.बी. के अधिकारियों की तरह लाइब्रेरी और बग़िया के आस–पास थे। सब के सब रोमा की वो सारी जानकारियाँ जुटाने में लग गये थे, जिनकी ज़रूरत इस समय देश और बड़े सरजी को थी।

बड़े सरजी की आगे कार्यवाही इन्हीं सीक्रेट एजेंटों द्वारा दी गयी जानकारी पर निर्भर करती थी कि उन्हें कब और कैसे सड़ेरिया सर की लगभग लुट चुकी इज़्ज़त को वापिस लाने का इन्तज़ाम करना है।

और कुछ दिनों की मेहनत के बाद एक दिन शाम को एक गुप्तचर जिसका जींस लगभग अपने वास्तविक नीले रंग रूप को छोड़कर कुछ–कुछ काली मिट्टी के रंग की तरह हो गया था। जिसने कई दिनों तक बड़े सरजी के लिए सूचनाएँ जुटाने में सिर्फ़ दो समोसे और सिगरेट के कुछ पैकेटों में अपना दिन–रात बिताये थे। जिसके चेहरे पर खिचड़ी की तरह उग आयी दाढ़ी की वजह से उसका गेट–अप किसी क़र्ज़दार की तरह हो रखा था, ने दौड़कर एक साँस में तीन मंज़िलों को अपने तीन क़दमों में नापते हुए बड़े सरजी को गुप्त रूप से सूचना मुहैया कराई कि, रोमा ने बहुत छुपने की कोशिश की लेकिन आख़िरकार कैसे उस गुप्तचर ने उसे ठीक इसी समय लाइब्रेरी के सामने बनी बेंचनुमा चौखट पर पाकिस्तानी जासूस जैसे दिखने वाले बाहर के किसी पत्रकार टाइप के लड़के के साथ देश और विश्वविद्यालय की गुप्त सूचनाएँ शेयर करते हुए रंगे हाथों पकड़ लिया है।

और अगर बड़े सरजी की आज्ञा हो तो वह गुप्तचर अभी इस बात को देश की सुरक्षा और अस्मिता से जोड़ कोई बड़ा हंगामा खड़ा कर सकता है। लेकिन बड़े सरजी ने उसके काम की तारीफ़ करते हुए उसकी पीठ पर शाबाशी देते हुए कहा कि वह उसके द्वारा किये

इस कार्य से बेहद खुश हैं और इसके इनाम के स्वरूप उसे अगले सेमेस्टर में अच्छे नम्बरों से पास करा देने का आशीर्वाद भी दिया।

पर चूँकि ये उनका व्यक्तिगत मामला है और वो इसे खुद ही निपटायेंगे। बड़े सरजी ने तय कर लिया कि आज वो सड़ेरिया को उसकी इज़्ज़त वापिस दिलवाकर ही रहेंगे।

"पढ़ाई–लिखाई छोड़कर यहाँ लड़कों के साथ गप्पबाज़ी करती हैं आप?"

एकदम से रोमा और उस लड़के के सामने हवा में प्रकट होते ही बड़े सरजी ने धमकाते हुए रोमा से कहा।

"नहीं, नहीं सर अभी लाइब्रेरी से ही आयी हूँ।–अचानक बड़े सरजी को सामने देखकर हड़बड़ाते हुए रोमा ने कहा।

"बहुत शिकायतें आ रही हैं तुम्हारे नाम की, यहाँ पढ़ने–लिखने आयी हो या लड़कों से दोस्ती करने?"

बड़े सरजी ने दबाव का असर बनाये रखने के लिए अपने मुँह को थोड़ा और खोलने की कोशिश लेकिन अपने नये दाँतों के सेट के गिर जाने के डर से सिर्फ़ आवाज़ ही तेज़ कर पाये।

"ये तो इनका रोज़ का काम है शर"–न जाने कहाँ से सड़ेरिया ने अचानक प्रकट होकर अपने नाम और काम के अनुसार आग में डालडा मिले हुए घी को डाला।

"बाहर से लड़कों को कॉलेज में बुलवाकर नैन–मटक्का करती हो, बुलाओ, इसके पिताजी को कल ही लेटर भेजो इसके घर पर।"

बड़े सरजी का चेहरा पान पराग की तरह एकदम लाल होने को आया। दोनों भृकुटी समानान्तर रेखा का अपना मूल स्वरूप छोड़कर नब्बे अंश का कोण बनाने पर आमादा होने लगीं।

"नहीं सर, ऐसी कोई बात नहीं है। मैं जानती हूँ, इनको, इन्हें कुछ काम था इसलिए मिलने आ गये। पता नहीं कौन आपको गलत फीडबैक दिया है। सर, मैं ऐसी लड़की नहीं हूँ।" रोमा ने स्थिति स्पष्ट करते हुए सड़ेरिया की तरफ़ आग उगलने वाली निगाहों से देखा।

"कोई नाटक नहीं चलेगा तुम्हारा। अब तो तुम्हारे पिताजी से ही बात करेंगे।"

अपने गुस्से को सातवें आसमान से भी ऊपर अन्तरिक्ष में ले जाते हुए बड़े सरजी ने कहा।

बड़े सरजी सोच रहे थे कि अगर इस समय उनके हाथों में कमण्डल होता वो उसमें से पानी को अपनी हथेलियों में लेकर रोमा को सड़ेरिया की इज़्जत उतारने के लिए आजीवन पत्थर हो जाने का श्राप दे देते। लेकिन यह रोमा की ख़ुशक़िस्मती थी कि अब बड़े सरजी अपने हाथों में कमण्डल लेकर नहीं चलते और वो जीवन भर पत्थर होने के श्राप से बच गयी।

रोमा बार–बार अहल्या की तरह गिड़गिड़ाती रही कि न जाने किस इन्द्र ने उन्हें गलत सन्देशा दे दिया लेकिन बड़े सरजी ने गौतम ऋषि की तरह इस बात को सिरे से नकारते हुए उसके पिताजी को एक लेटर जारी करके बुलावा भिजवा ही दिया।

गोकुल भैया ने लेटर को ड्राफ़्ट करते समय इस बात का पूरा एहतियात रखा था कि पत्र में उल्लिखित शब्दों से बड़े सरजी का गुस्सा और लड़की द्वारा सड़ेरिया सर के किये गये अपमान को साफ़–साफ़ पढ़ा जा सके। इसके अलावा गोकुल भैया ने इस बात का भी ध्यान रखा कि लेटर रोमा के पिताजी को मिले तो पत्र पढ़ते ही उन्हें इस बात का अन्देशा हो जाये कि उनकी लड़की उनके मज़बूत हाथों से निकल गयी है और अब उसका लौटकर आना मुश्किल ही नहीं, नामुमकिन भी है।

कुल मिलाकर उस पत्र का निष्कर्ष यह था कि अगर उन्होंने पत्र मिलते ही बड़े सरजी के दरबार में आने की जल्द से जल्द जहमत नहीं उठायी तो हो सकता है कि रोमा के पिता होने के अधिकार से वो ख़ुद को वंचित कर लेंगे। और समाज में जीवन भर किसी को भी मुँह न दिखा पाने की ओर अग्रसर हो जायेंगे। और जब गोकुल भैया ने बड़े सरजी और सड़ेरिया को वो लेटर दिखाया तो उस पर विभाग की सील और उस सील के ऊपर अपने हस्ताक्षर करते हुए

बड़े सरजी ने बड़ी ही आत्मसन्तुष्टि से सड़ेरिया की तरफ़ देखा। सड़ेरिया ने अपने आपको भाग्यशाली बताते हुए मन–ही–मन जताने की कोशिश की :

"हे प्रभो आपकी लीला अपरम्पार है और इस दुनिया में कोई भी ऐसा माई का लाल पैदा नहीं हुआ है जो उनके तेज़ और बल के सामने टिक सके।"

आधी हक़ीक़त आधा फ़साना

रोज़ाना क्लास में होने वाले झिक–झिक से तंग आकर हीरो ने अपना अड्डा बग़िया में ही जमाना शुरू कर दिया था। बग़िया का सिरा जहाँ ख़त्म होता था वहाँ से मेट्रो का प्रवेश–द्वार कुछ ही दूरी पर था।

अक्सर कोई किताब लाइब्रेरी से इश्यू करवा के हीरो यहीं पर बैठ जाता। क्लास से तो उसे अब रोज़ाना ही भगा दिया जाता। उसने समय के सदुपयोग जैसे कई प्रवचनों को सुनने के बाद यह नतीजा निकाला कि किताब लेकर यहाँ बैठो और जब तक किताब ख़त्म न हो जाये तब तक बैठे रहो, हालाँकि इसके पीछे का एक कारण यहाँ आने वाले सीनियर्स को गुड मार्निंग, गुड नून और जय हिन्द कहने के साथ मिलने वाली चाय और चिलम भी थे। पैसे तो ज़्यादा होते नहीं थे इसलिए ये रास्ता ज़्यादा सुरक्षित था।

हीरो की आँखें जब किताबों से थक जातीं तो अक्सर सामने मेट्रो स्टेशन के द्वार की तरफ़ एकटक लगाकर आते–जाते लोगों को देखता रहता। ठीक ऐसे ही एक दिन उसकी नज़र एक पिंक सूट पर अटक गयी। पिंक सूट की हाइट यही कोई पाँच फुट तीन या चार इंच के आस–पास होगी। रेखा की तरह एक तरफ़ से थोड़े से खुले छोड़े हुए बाल उसकी बड़ी–बड़ी आँखों के साथ ग़ज़ब का सन्तुलन बना रहे थे। कानों में बड़े–बड़े झुमके, मेहरून रंग की डार्क लिपस्टिक, सुराही की तरह लम्बी गर्दन और मोतियों की तरह चमकते सफ़ेद दाँत। हीरो को लगा इस धरती पर कहीं सुन्दरता

है तो बस वहीं है। उसे इस बात का अहसास हो गया कि परियों की कहानियाँ झूठी नहीं हैं। परियाँ होती हैं और इस धरती पर मन बहलाने समय–समय पर आती भी हैं।

हीरो ने झटपट घड़ी की तरफ़ देखा। दोनों काँटे एक बज के बीस मिनट बता रहे थे। हीरो ने थोड़ा दिमाग़ लगाया कि इस समय मेट्रो किस तरफ़ से आ रही होगी। कुछ ख़ास स्टेशनों के नाम याद करते–करते उसने स्टेशनों के आस–पास की बस्तियों को भी टटोल लिया। और यह लगभग तय हो गया कि वह किस जगह से आती होगी। हीरो इस समय लगभग परियों के देश पहुँचने ही वाला था कि अचानक एक रौबदार आवाज़ ने उसको ज़मीन पर वापिस लाकर पटक दिया।

"क्या मियाँ? कहाँ गुम हो इतनी देर से?"–अपने राकेश सर थे।

"कुछ नहीं सर, बस यूँ ही कुछ सोच रहा था।"

अचानक से तन्द्रा भंग हुई, पिंक सूट की याद आयी, लेकिन तब तक पिंक सूट वाली परी शायद वापिस आसमान की तरफ़ चली गयी थी, क्योंकि आस–पास की धरती पर उसका कोई नामो–निशान नहीं दिख रहा था।

"आप कैसे हैं सर? बहुत दिन बाद मिले।"

थोड़ा देर और नहीं मिलते क्या बिगड़ जाता आपका। मन–ही–मन राकेश सर को कोसने वाले अन्दाज़ में हीरो ने अनमने ढंग से कहा।

"अरे यार लगता है तुमको मेरा आना ठीक नहीं लगा। कुछ गम्भीर सोच रहे थे"–राकेश सर ने दार्शनिक अन्दाज़ में कहा।

"अरे! नहीं, नहीं सर, कैसी बात कर रहे हैं आप?–एक झटके में लगा जैसे राकेश सर के पास मन की बात जानने की कोई गुप्त विद्या हो।

"चाय पियोगे।"

"हाँ सर।"

"छोटे, दो चाय और एक पारले जी का पैकेट लाना।" उँगलियों से दो चाय का इशारा करते हुए राकेश सर पास में बैठ गये।

छोटे ने दो चाय और पारले जी बिस्कुट का छोटा पैकेट राकेश सर के हाथों में थमाते हुए प्यार से पूछा–

"सर, सुट्टा लाऊँ क्या?"

"अबे, चाय के बाद लाना, सब एक साथ पियूँगा क्या?"–चाय में बिस्कुट का टुकड़ा डालकर राकेश सर ने अपना सवाल दागा।

"सुना है, आजकल तुम्हारी हालत छछूँदर जैसी हो गयी है। क्लास से भगा दिये जाते हो।"

दार्शनिक अन्दाज़ में राकेश सर ने चेहरे पर मुस्कुराहट लाते हुए कहा लेकिन इस दार्शनिकता के चक्कर में पारले जी का आधा टुकड़ा चाय में गोता लगाने लगा।

"सर, मुझे नहीं पता मैंने ऐसा क्या कर दिया! क्या ग़लत को गलत कहना इतना दुखदायी है?"–मानो किसी ने दुखती रग में हाथ रख दिया हो।

"तुमने अमरबेल का नाम सुना है?"–राकेश सर ने कहा।

"हाँ, सुना तो है पर देखा नहीं कभी"–हीरो ने कहा।

"अमरबेल पीले रंग की लम्बी–लम्बी रस्सी की तरह होती है अक्सर पेडों पर लदी हुई होती है। उसकी कोई जड़ नहीं होती और न ही पत्तियाँ, वो पेड़ों की टहनियों पर लिपटी होती है और उन्हीं पेड़ों को चूसती रहती है। ठीक उसी तरह ये विश्वविद्यालय है, ये विश्वविद्यालय उन्हीं अमरबेलों का अड्डा है। यहाँ परजीवियों का वास है। यहाँ जो भी है किसी न किसी बल्लम के सहारे है। तुम उनके ईगो को हर्ट करोगे तो वे तुम्हें छोड़ेंगे थोड़े न। यहाँ सालों से यही परम्परा चली आ रही है। तुम्हें स्वीकार करना पड़ेगा, अच्छा लगे या नहीं।"

"पर ये तो ग़लत है न सर, क्या ग़लत को सही करना इनका नैतिक कर्तव्य नहीं है? आख़िर आने वाली पीढ़ी को कुछ तो देकर जाना होगा। बुनियाद ही ग़लत होगी तो भविष्य कैसे सुरक्षित रहेगा?

राकेश सर ने इस बीच एक सिगरेट जला ली। सिगरेट जलाने के अन्दाज़ से लग रहा था कि वो फिर से कोई बौद्धिक टाइप की

बात करने जा रहे हैं। ज्ञान के अथाह सागर को फिर से मथा जायेगा ऐसा जानकर वही मकड़ी जो ऊपर पेड़ की डालियों में जाल बुन रही थी अब लटकते हुए वापिस ज़मीन की तरफ़ आ चुकी थी और अपने सभी पैरों को आपस में जोड़कर ध्यानपूर्वक राकेश सर को सुनने की मुद्रा में लटक गयी।

"कोई फ़र्क़ नहीं पड़ता है। वैसे भी इस इंडस्ट्री में जो कुछ भी होता है भाई–भतीजावाद है या फिर जाति का समीकरण और अगर दोनों न हो तो फिर क्षेत्रवाद काम करता है। सत्ता और सत्ता की दलाली करने वाले इन लोगों के लिए तुम केवल एक जन्तु हो, कोई फ़र्क़ नहीं पड़ता है इनको, ये परजीवी हैं जहाँ इनका फ़ायदा होगा वहीं तक ये साथ हैं तुम्हारे।"

राकेश सर ने एक कश में ही सिगरेट की पूरी आत्मा को खींचकर धुएँ में सारी फ़िक्र को उठाते हुए पूरे दार्शनिक अन्दाज़ में बोल डाला।

"मुझे किसी से कुछ नहीं चाहिए सर। मैं तो बस वही कर रहा हूँ जो सही है।" हीरो ने अपनी बेबसी का इज़हार किया।

"देखो बेट्टा!!! पहली बात तो अगर तुम उनके हिसाब से नहीं कर रहे हो तो वो बिल्कुल भी सही नहीं। वो हर चीज़ जो उनके खाँचे में फ़िट नहीं बैठती मान के चलो इस दुनिया में एग्ज़िस्ट ही नहीं करती। दूसरी बात, उनके लिए जो बन्दा थोड़ा भी ज्ञान से लबरेज है वो उनका शत्रु और जब वो ज्ञान उनके ज्ञान के सामने आये तो समझो परम शत्रु। वे चाहते तो हैं कि तुम बहुत बड़ा काम करो, बहुत बड़े आदमी बनो, ख़ूब सारी किताबें लिखो....लेकिन उनसे ज़्यादा नहीं।"

राकेश सर ने चाय में टूटकर गिर गये बिस्कुट के एक टुकड़े को दूसरे टुकड़े से निकालने की भरसक कोशिश की लेकिन जब बात नहीं बनी तो चाय की चुस्की लेते हुए ज्ञान की पाठशाला को अनवरत चालू रखा।

"देखो अपने विभाग में एक गेस्ट फ़ैकल्टी है–राममोहन। देखा है कभी। ग़ौर किया है उस पर कौन है वो?"

"हाँ सर, वो ही न जो चश्मा लगाकर चलते हैं और थोड़ा लंगड़ाते भी हैं?"

"हाँ, वही। तुमको पता है वो पिछले पाँच सालों से इसी विभाग में है। गेस्ट फ़ैकल्टी है। न नेट है और न ही पी.एच.डी.। पिछले पाँच सालों से नेट की परीक्षा में पास होने की पूरी कोशिश करता है, लेकिन हो नहीं पाता। ख़ैर, वो उससे कभी हो भी नहीं पायेगा। क्लास में वो सिर्फ़ वही पढ़ाता है जो उसने अब तक याद किया। वही लाइन वही शब्द और वही मात्राएँ, सेम टू सेम हर साल, मजाल है कि एक हिज्जे भी यहाँ से वहाँ हो जाये। लेकिन तुमको पता है हर साल सबसे पहले लेक्चर उसी को अलॉट होता है। क्यों जानते हो?"

"नहीं।"–जिज्ञासा–भरी नज़रों से राकेश सर की तरफ़ देखते हुए हीरो ने कहा।

"क्योंकि उसको पता है अपने बड़े सरजी रसगुल्ला के साथ और क्या–क्या पसन्द करते हैं।"–राकेश सर ने आँख मारते हुए मुस्कुराकर हीरो की तरफ़ देखा।

"ओह!–ऐसा"–हीरो ने समझ न आने पर भी ज़बरदस्ती समझदारी दिखाते हुए सिर को हाँ में घुमाया।

"ये सरकारी नौकरी पाने का पहला नियम है। तुमको हाथी के बारे में कितना भी पता हो लेकिन अगर तुम्हारे बॉस ने चिड़िया ही देखी हो तो, उससे चिड़िया के बारे में बात करो। अगर तुम्हारे बॉस ने कहा कि हाथी उड़ता है तो उससे कहो कि तुमने आज सुबह ही हाथी को अपने घर की छत पर से उड़ते हुए देखा है। उसे हाथी के बारे में बताओगे तो वो तुम्हारी चिड़िया उड़ा देगा।"–एक भयंकर वाली दानवीय हँसी के साथ राकेश सर ने हीरो को ताली देने के लिए अपना पंजा आगे बढ़ाया।

"क्या चूतियापा है सर? मतलब वो हमको हाथी के दो सींग होते हैं पढ़ाते रहें और हम वही सीखते रहें।"–पंजे में ज़ोर से थपकी देते हुए हीरो ने कहा।

"तो तुमको दिक़्क़त क्या है? अगर वो पढ़ा रहे हैं तो पढ़ो और लिखो भी यही। क्योंकि कॉपी भी यही चेक करने वाले हैं। इसलिए तुम्हें क्या आता है? इससे इन्हें कोई फ़र्क़ नहीं पड़ने वाला, बल्कि उन्हें जो पता है वो तुमने लिखा है या नहीं इस बात से फ़र्क़ पड़ेगा।" –राकेश सर ने सिगरेट का इशारा करते हुए छोटू को आवाज़ लगायी।

"अच्छा, तो फिर जो लोग यहाँ से निकलते हैं उनका क्या होता है?"

"क्या होगा, वही होता है जो मंज़ूर–ए–एडिटर होता है। और सबसे ज़्यादा अख़बार या चैनल का मालिक होता है। वैसे भी आजकल एडिटर, एडिटर कहाँ रह गये हैं? उनका हाल तो पुरानी फ़िल्मों के मुनीम की तरह हो गया है, जिसका काम है मालिक के लगाये गये पैसे का ध्यान रखना और रिकवरी पूरी करना। जिसने मालिक के लिए यह दलाली सीख ली वो उस्ताद नहीं और जमूरा तो हम सब हैं ही।"

"क्या सर कुछ भी। ऐसे थोड़े ना होता है। यहाँ तो आये दिन कोई न कोई यहाँ से जाने वाले सीनियर्स के सफलताओं के झण्डे गाड़ने की कहानियाँ सुनाता रहता है!"–हीरो को लगा कि उसने सही सवाल में फँसाया है अब।

"अच्छा! कितने सीनियर्स से मिले हो तुम इतने दिनों में? कभी दिल्ली गये हो उनसे मिलने?"

"नहीं, मैं नहीं गया कभी, न ही मिला किसी से।"

"देखो, वो सामने किराने की दुकान देख रहे हो, उसके बग़ल में जो दूध की डेयरी है उस आदमी से मिले हो कभी?"

"नहीं मिला तो नहीं पर सुना है थोड़ा–सा दिमाग़ इधर–उधर है उसका।"

"उसका नाम देवा है, यहीं कहीं से है आस–पास से, उसने कैमरा प्रोडक्शन का कोर्स किया है इसी विश्वविद्यालय से। देख रहे हो न उसकी हालत। मैं कहता हूँ जाओ, एक बार अपने सुपर सीनियर्स से मिलकर आओ, देखो कितनी रंगीन दुनिया है उनकी।"

"ख़ैर, चलो आज बहुत ज्ञान हो गया। अब प्रेशर बनने वाला है। चलो रूम पर आज तुमको मुर्गा खिलवाते हैं"–राकेश सर मेहमाननवाज़ी के लिए भी जाने जाते थे।

"नहीं सर, फिर, कभी, अभी ये किताब लाइब्रेरी में जमा करनी है। फिर कभी"–अफ़सोस के साथ हीरो ने कहा।

दोनों ने अपने–अपने रास्तों में बढ़ते हुए–एक दूसरे को बाय बोला और निकल गये। लेकिन इस वाक़ियें के बाद हीरो के दिलो–दिमाग़ को एक बार फिर से कई तरह के सवालों ने घेर लिया। निराशा से भरे हुए मन में अब और भी निराशा ने घर कर लिया था।

मन के हारे हार है मन के जीते जीत वाक्य को ध्येय बनाकर एक दिन हीरो ने बड़ी ही हिम्मत करके क्लास अटैंड करने का मन बनाया। क्लास उसे ऐसे देख रही थी जैसे गधे के सिर पर सींग देख लिया हो। सबकी नज़रें उस पर गड़ी जा रही थीं।

हीरो को ऐसा लगा कि उसके क्लास में आने से तीनों लोक में प्रसन्नता व्याप्त हो गयी है। समस्त नर–नारी, देवता, गन्धर्व, मुनि, सुर–असुर इत्यादि के बीच हर्ष का माहौल खिंच गया हो। पूरे ब्रह्माण्ड में उत्साह फैल गया हो। लोग ताल, थाल और गाल बजा–बजाकर अपने आपको लहूलुहान किये दे रहे हों। आकाश मार्ग से देवतागण पुष्प की वर्षा कर रहे हों। और ये सब देखकर इन्द्र का सिंहासन डोलने ही वाला था कि हीरो ने सबकी नज़रों से ख़ुद को बचाते हुए सबसे आख़िरी की बेंच के एक कोने में सशरीर अपने आपको धँसा लिया। और इतना धँसा लिया कि सिर्फ़ उसका सिर टेबल के ऊपर से नज़र आ रहा था। हीरो ने बाक़ी की तरफ़ ऐसे हाथ हिलाया मानो जंग में जाने वाला योद्धा अपने सगे–सम्बन्धियों से बिछुड़ते हुए हिलाता है।

क्लास किसकी थी और क्या पढ़ना है? हमेशा की तरह आज भी किसी को पता नहीं था। ऐसे मौक़ों की तरह किसी भी क्लास का जो हाल होता है वही इस क्लास का भी था। कुछ लड़के टेबल पर दोनों हाथों को रखे हुए थे और उन दोनों हाथों के सहारे अपने

सर को टेबल पर टिकाये हुए थे। और पॉवर नेप की उपयोगिता को सिद्ध कर रहे थे।

एक कन्या अपनी सुलझी ज़ुल्फ़ों को उलझाने के बाद फिर से सुलझाते हुए बग़ल वाली कन्या से इस बारे में बात कर रही थी कि कल की वोदका का असर आज भी उसके सिर पर चढ़ा हुआ है। और दो गिलास नीबू–पानी पीने के बाद भी उसका सर हैंगओवर की मर्यादा से बाहर ही नहीं आ रहा है। जिसके जवाब में बग़ल वाली कन्या ने कहा, "हैंगओवर का सबसे बड़ा कारण वोदका में पानी की मात्रा कम रखना है। अगर अगली बार वो वोदका में पानी को एक चौथाई से ज़्यादा मिलाकर पियेगी तो सुबह सर दर्द कम होगा।" इसके साथ ही बग़ल वाली कन्या ने बताया कि हर दो या तीन घूँट एक चौथाई पानी मिला हुआ वोदका पीने के बाद सिगरेट का एक कश भी लगा लिया जाये तो भी सुबह सर दर्द होने के चांसेस कम रहते हैं और अगर सिगरेट बड़ी गोल्ड फ़्लैक या क्लासिक माइल्ड हो तो फिर इससे फ़्रेश होने में भी दिक़्क़त नहीं आती है। और वो ठीक ऐसा ही हर रोज़ करती है इसलिए उसे आज तक कभी भी सुबह उठकर सर हैंग होने की शिकायत नहीं हुई है।

एक दो कन्याएँ इस बात पर बहस कर रही थीं कि फ़लाँ वाले टेलर ने उसका सूट तो बड़े ही अच्छे से सिला लेकिन गर्दन के नीचे वाले हिस्से को थोड़ा–सा टाइट कर दिया है। लेकिन इससे उसे एक फ़ायदा यह हो गया है कि गरदन के नीचे के इस छोटे हिस्से को बड़ा दिखाने के लिए उसे बाहरी किसी अन्य सामग्री की सहायता नहीं लेनी पड़ती और विश्वविद्यालय के कुछ लड़के अब उसे एक की बजाय दो बार पलट के देखने लगे हैं।

एक हिम्मती लड़का दूसरी हिम्मती लड़की के कन्धे पर अपना सिर कुछ इस तरह से टिकाये हुए था मानो दोनों के सिर के जुँओं के बीच मैत्री सम्बन्धों को स्थापित किया जा रहा हो। और जुँओं के बीच मैत्री सम्बन्धों को स्थापित करने के लिए उनके बीच मधुर सम्बन्धों का होना निहायत ही ज़रूरी है, इसलिए वो हिम्मती लड़का

बीच–बीच में कन्या की हथेलियों को अपने हाथ में लेकर उसे शरीर विज्ञान के कुछ गूढ़ रहस्य को समझा रहा था। जिसमें नाड़ी तन्त्र से लेकर हृदय के तेज़ धड़कने के कारणों का उल्लेख भी शामिल था। और तेज़ी से धड़कते हृदय की व्यथा को *"ऐसे न मुझे तुम देखो, सीने से लगा लूँगा, तुमको मैं चुरा लूँगा, तुमको. दिल में छुपा लूँगा"* वाली पंक्तियों से समझाने की कोशिश कर रहा था।

लेकिन शायद उसे अचानक बड़े सरजी का ख़याल आ गया होगा और इस डर को उस हिम्मती लड़के ने बड़ी हिम्मत से व्यक्त करते हुए कहा–*"तेरे दिल से ऐ दिलबर दिल मेरा कहता है, प्यार के दुश्मन हैं लोग, मुझे डर लगता रहता हैं।"* समझने की इस प्रक्रिया में उस हिम्मती लड़की ने भी पूरा साथ दिया और उस हिम्मती लड़के को कमज़ोर पड़ता देखकर उसने कुछ देर पहले ही सीखे गये नाड़ी तन्त्र विज्ञान में ज़ुल्फ़ों की महत्ता को स्पष्ट करते हुए हिम्मती लड़के के सर पर अपनी उँगलियों से ज़ुल्फ़ों का जायज़ा लेते हुए कहा– *"जाने जिगर जानेमन, मुझको है तेरी क़सम, तू जो मुझे न मिला, मर जाऊँगी मैं सनम।"*

नाड़ी विज्ञान के आलावा शायद उस हिम्मती लड़की को हस्त रेखा का थोड़ा बहुत ज्ञान पहले से ही रहा होगा क्योंकि अगले ही पल ज़ुल्फ़ों के बजाय उसने उस हिम्मती लड़के की हथेलियों को अपनी हथेलियों में लेकर उसकी हथेलियों की रेखाओं को पढ़ते हुए कहा–*"ओ रोकेगा हमको अब क्या ज़माना, मर के हमें है वादा निभाना।"* हिम्मती लड़के ने हस्त रेखा विज्ञान को नाड़ी तन्त्र विज्ञान से ज़्यादा असरकारक मानते हुए अपना पूरा ध्यान हस्त रेखा विज्ञान के अध्ययन में लगाने का ठानकर, हिम्मती लड़की की नाजुक हथेलियों को अपने दोनों हाथों के बीच लेकर वापिस जुँओं के मैत्री सम्बन्धों की स्थापना हेतु हिम्मती लड़की के काँधों पर सर रख दिया।

ठीक इसी समय जब दोनों हिम्मती लड़के और लड़की के जुँओं के बीच के मैत्री सम्बन्ध प्रगाढ़ रिश्ते में बदलने वाले थे, कि सड़ेरिया सर अचानक क्लास में आ गये। उनके साथ एक अन्य व्यक्ति थे।

जैसे ही वो क्लास में घुसे। घुसते ही उनकी नज़र दोनों हिम्मती लड़के और लड़की पर ठीक वैसे ही पड़ी जैसे वाल्मीकि ऋषि की नज़र आलिंगनबद्ध हंस के जोड़े पर पड़ी थी। और ठीक वाल्मीकि ऋषि की तरह उनके मुख से अचानक ही निकल पड़ा।

शोर को मैंने ख़ामोशी से मिला दिया,
जो मेरे दिल के ज़र्रे में था उशे नज़रों से गिरा दिया।

सड़ेरिया सर के अचानक आ जाने से दोनों हिम्मती लड़के और लड़की को *'प्यार का दुश्मन सारा ज़माना'* टाइप की फ़ीलिंग आयी और दोनों के सर के जुँओं ने हालात की गम्भीरता को भाँपते हुए मैत्री सम्बन्धों को थोड़े समय के लिए स्थगित कर दिया।

सड़ेरिया सर ने अपनी व्यथा को व्यक्त करने के बाद मन–ही–मन ही इस अप्रत्याशित घटना पर बाद में महाकाव्य लिखने का संकल्प लेकर साथ आये व्यक्ति से परिचय करवाया। परिचय में ज़्यादा कुछ नहीं था सिर्फ़ इतना कि साथ आये व्यक्ति किसी पुराने ज़माने के अख़बार के बहुत बड़े पत्रकार रहे हैं। कुछ समय तक टी.वी. में भी काम किया है। और अब शौक़िया तौर पर पत्रकारिता करते हैं। लेकिन अब उनका ज़्यादा ध्यान पत्रकारिता पढ़ने आये भावी पत्रकारों को पत्रकारिता पढ़ाने पर रहता है और चूँकि उन्हें लिखने का बहुत शौक़ है इसलिए वो सड़ेरिया सर के बहुत ही क़रीबी दोस्त हैं। और दोनों ने मिलकर ख़ूब लिखा है। और वो भी लिखते रहने के कारण ही यहाँ तक पहुँचे हैं। और इसी लिखते रहने का परिणाम है कि अब से विभाग में वो भी पढ़ाने के लिए नियुक्त हुए हैं। बहरहाल, इनका नाम साकेत चौबे है।

साकेत चौबे जी अपने नाम के ही तरह किसी पुराने ज़माने की खँडहर हो चुकी इमारत के बचे हुए अवशेष की तरह नज़र आ रहे थे। आँखों पर मोटी काँच का चश्मा, आधी पकी दाढ़ी और सर के आधे हिस्से में निकल आया चाँद, उनके हाथों से निकलती जवानी की ओर इशारा कर रहा था, जिसे उन्होंने काले रंग की डाई से बचाने की पुरज़ोर कोशिश की थी। लेकिन उनकी तमाम कोशिशें

नाकामयाब साबित हो रही थीं। सीधे तौर पर कहा जाये तो अपने जीवन की सत्तर प्रतिशत जवानी को ख़र्च करने के बाद वो अब डिस्चार्ज मोबाइल की तरह पावर सेविंग मोड़ पर चल रहे थे।

पान खाने की आदत के चलते होंठों पर प्राकृतिक चमड़ी के ऊपर लाल रंग की एक और परत ने अपना क़ब्ज़ा जमा रखा था। साकेत चौबे सर का परिचय कराने के बाद सड़ेरिया सर ने एक बार फिर से उस हिम्मती लड़की को देखा और महाकाव्य लिखने का संकल्प लेकर क्लास से बाहर चले गये।

"हाँ, तो मेरा नाम तो सर ने आप लोगों को बता ही दिया।"

"जी सर"

"तो अब से मैं भी आप लोगों की क्लास में एक लेक्चर लूँगा।"

"किस विषय को पढ़ायेंगे आप, सर?"

"अभी यह तय नहीं हुआ है कि मैं किस विषय को पढ़ाऊँगा। मुझे तो पत्रकारिता करते–करते इतने साल हो गये हैं कि कोई विषय मुझे दे दो मैं सब पढ़ा लूँगा।"

"सर, रेडियो प्रोडेक्शन का एक भी लेक्चर नहीं हुआ है अभी तक, वही पढ़ा दीजिए।

"अरे! पढा तो मैं रेडियो तो क्या टी.वी. भी दूँ लेकिन मेरा मन नहीं लगता रेडियो पढ़ाने में।"

"तो फिर क्या पढ़ाना चाहेंगे सर आप?"

"अरे! पढ़ाने में क्या रखा है मैं तो सब पढ़ा दूँगा जो बोलोगे वो सब।"

"तो आप स्क्रिप्ट राइटिंग पढ़ा दीजिए सर।"

"अच्छा, मैं न जाने कितने सालों से लिखता आ रहा हूँ। मैंने तो पता नहीं किस–किस विषय पर लिखा है। आज भी लिखता रहता हूँ। कभी कभी तो लगता है कि मेरा जन्म ही लिखने के लिए हुआ है।"

एक बार फिर से लिखने की महत्ता क्लास को नहीं सुननी थी क्योंकि सड़ेरिया सर पहली ही क्लास में लिखने के बारे में जागरूकता अभियान की अगुवाई कर चुके थे। बात कहीं आगे न बढ़

जाये इसलिए एक दुस्साहसी छात्र ने स्क्रिप्ट राइटिंग का सिलेबस साकेत सर के हाथों में थमा दिया।

सिलेबस को देखते हुए उन्होंने अपने दाहिने गाल और दाँत के बीच फँसे हुए पान को एक बार निकालकर पूरे मुँह की सैर करायी और फिर उसे बायें गाल और दाँत के बीच में फँसाते हुए अपने माथे पर उतर आये पसीने को पोंछते हुए कहा–

जब हम फ़लाना जगह पत्रकारिता करते थे तो ढिकाना हमारे सम्पादक महोदय हुआ करते थे। क्या सम्पादक महोदय थे, ऐसा सम्पादक युगों में पैदा होता है। प्रदेश में जब पत्रकारिता की शुरुआत भी नहीं हुई थी, तब से उनमें सम्पादक के गुण थे।

क्लास को ऐसा लगा मानो साकेत सर कहना चाह रहे हों कि पत्रकारिता की शुरुआत देश में हुई ही इसलिए है कि ढिकाना महोदय को सम्पादक बनना था। आगे उन्होंने ढिकाना सम्पादक महोदय के साथ अपने इस जन्म और पिछले कई जन्मों के सम्बन्धों की विस्तार से व्याख्या करते हुए अपना प्रवचन जारी रखा।

तो जब वो सम्पादक बने तो उन्होंने अपने लिए एक टीम को खोजना शुरू किया। और फिर एक दिन मेरे लिखे हुए लेख को पढ़कर उन्होंने मुझे तार देकर बुलाया। उस समय मैं अपने छोटे से गाँव में ही रहकर लिखा करता था। तो जैसे ही मुझे तार मिला मैं अपने लिखे हुए सारे लेखों को लेकर उनसे मिलने पहुँच गया। और जैसे ही ढ़िकाना महोदय ने मेरे लिए लिखे हुए लेखों को देखा उन्होंने ठान लिया कि उनकी कुर्सी पर अगला सम्पादक बनकर मैं ही बैठूँगा। और फिर उन्होंने मुझे अख़बार में सबसे आख़िरी की एक टेबल दे दी ताकि मैं खूब लिख सँकू और उनके साथ–साथ पूरी दुनिया मेरा लिखा हुआ पढ़ सके।

"सर, वो सिलेबस देखकर हमें भी कुछ पढ़ा दीजिए"–उसी हिम्मती लड़के ने अपने जुँओं के मैत्री सम्बन्धों के प्रति बढ़ती लालसा को इग्नोर करते हुए कहा।

अपने लिक्खाटपन और ढिकाना सम्पादक महोदय का वीर रस शैली में उल्लेख करते हुए साकेत सर ने बातों ही बातों के दौरान सिलेबस को टेबल के एक छोर पर रख दिया था। हिम्मती लड़के के पूछने पर उस सिलेबस को फिर से हाथों में लेते हुए साकेत सर ने पान को अपने बायें गाल की तरफ़ से दायें गाल की तरफ़ लाते हुए एक बार फिर से माथे पर आये पसीने को हाथों से पोंछा।

क्लास में आते ही उन्होंने भी दोनों हिम्मती लड़के और लड़की के नाड़ी, शरीर और हस्त रेखा के ज्ञान अर्जन की प्रक्रिया को देख लिया था। पढ़ाने की अर्ज़ी देते उसी लड़के की ओर देखते हुए साकेत सर ने कहा–

"हाँ, हाँ इसे पढ़ा देंगे। पढ़ाने को हम सारा सिलेबस अकेले पढ़ा सकते हैं। आख़िर हमने जीवन भर सिवाय लिखने के किया ही क्या है। लेकिन तुम्हारी तबीयत ख़राब है क्या? तुम्हारा चेहरा एकदम पीला पड़ गया है।"

"नहीं तो सर, मैं एकदम ठीक हूँ। कुछ भी नहीं हुआ है। हाँ, कुछ दिनों से शरीर थोड़ा–थोड़ा–सा गरम रहता है बस।"

"हाँ, कॉलेज पहुँच गये हो थोड़ी गरमी तो शरीर में आयेगी ही। लेकिन आजकल के लड़कों को देखकर बड़ा दुःख होता है। न शरीर में मांस होता है ना ही चाल में कोई ढंग और ना ही चेहरे पर कोई तेज़। हमें देखो, हमारे चेहरे पर आज भी उतना ही तेज़ है जितना तब था जब हम कॉलेज में पढ़ा करते थे और ख़ूब लिखा करते थे।

सबने साकेत सर के पिलपिला गये चेहरे की तरफ़ ग़ौर से देखा कुछ को साकेत सर का चेहरा खानदानी शिफ़ाख़ाने के पम्पलेट में बने हुए चेहरे जैसा लगा। जिसमें जवानी लौटाने के वादे, काम न होने पर पैसा वापिसी के दावे के साथ छपा रहता है। एक बार फिर से सिलेबस टेबल के आख़िरी छोर पर रखते हुए साकेत सर ने कहना जारी रखा–

आजकल नौजवान ना तो काजू खाते हैं, न किशमिश और ना ही पिस्ता या बादाम। हमारे ज़माने में तो हमारे गाँव में रोज़ ही भाँग घोंटी जाती थी जिसमें काजू, बादाम और पिस्ता भरपूर डाला

जाता था और यही हमारी तन्दुरुस्ती का राज़ है। आज भी उस काजू, बादाम, पिस्ता का असर बरक़रार है। आज भी दस जवानों पर अपनी जवानी भारी है। मेरे चेहरे को देखो और अपने चेहरे को देखो, कितना अन्तर है। ये सब जवानी को गलत ढग से बर्बाद करने का नतीजा है।

साकेत सर के इस व्याख्यान में अब क्लास को मज़ा आने लगा था। कन्याएँ एक तरफ़ जहाँ मुँह पर हाथ रखकर खीं–खीं वाली हँसी हँसते हुए बग़ल वाली को कोहनी से मार रही थीं। तो दूसरी तरफ़ लड़के एक–दूसरे को ऐसे देख रहे थे जैसे उनके चेहरे में जवानी को कितनी बार ग़लत ढंग से ख़र्च किया इस बात की जानकारी लिखी हो।

"तो फिर चेहरे की चमक को बनाये रखने के लिए क्या करना चाहिए सर?"

एक हाथ से अपने चेहरे के तेज़ को सर की नज़रों से छुपाते हुए एक छात्र ने पूछा और दूसरे हाथ से सामने वाले की पीठ पर एक मुक्का मार दिया।

अरे! चेहरे की चमक और लम्बे समय तक जवानी बरक़रार रहने का सीधा–सा सम्बन्ध ब्रह्मचर्य से है। जिसने भी अपनी जवानी के जोश को कंट्रोल कर लिया, समझो उसने अपना जीवन सुधार लिया। आजकल के नवयुवा एक तो बादाम, पिस्ता, काजू खाते नहीं हैं और फिर ऊपर से शास्त्रों में वर्णित पौष्टिक भाँग घोटा को छोड़कर बीड़ी, सिगरेट और शराब का सेवन करते हैं। पाश्चात्य संस्कृति की चपेट में आकर गन्दा सिनेमा देखने की लत पाल बैठते हैं और अपने यौवन का नाश करते रहते हैं। कैसे बचेगा उनका ब्रह्मचर्य? ब्रह्मचर्य का सीधा–सा सम्बन्ध वीर्य से है वीर्य का सीधा–सा सम्बन्ध चेहरे के तेज़ से। और अगर चेहरे के तेज़ को बचाना है तो। वीर्य को बचाना सबसे ज़्यादा ज़रूरी है। आजकल तो वीर्य को बचाने के लिए अस्पतालों में बैंक तक खुल गये हैं। जहाँ स्वस्थय वीर्य के लिए हज़ारों तो क्या लाखों रुपये दिये जाते हैं।

हालाँकि यह बात बोलते हुए उनके चेहरे पर लखपति न हो पाने का दुख साफ़ झलक रहा था।

साकेत सर कहना चाह रहे थे कि ब्रह्मचर्य और वीर्य के बीच सगे भाइयों जैसा सम्बन्ध है क्योंकि इनके बीच ख़ून का रिश्ता है। साकेत सर जिस तरह ब्रह्मचर्य पर बात कर रहे थे लग रहा था कि सृष्टि में चार नहीं पाँच वेद हैं, छह नहीं सात शास्त्र हैं, अठारह नहीं उन्नीस पुराण हैं और दो नहीं तीन महाकाव्य हैं। लेकिन म्लेच्छों ने भारतीयों को इस पाँचवें वेद, सातवें शास्त्र, उन्नीसवें पुराण और तीसरे महाकाव्य के ज्ञान से वंचित कर दिया है। जैसे हम ब्रह्मा के चौथे सर को नहीं देख पाते ठीक वैसे ही ब्रह्मचर्य और वीर्य के महत्त्व से विमुख हैं।

इससे पहले कि साकेत सर वीर्य की महत्ता और ब्रह्मचर्य की उपासना के सिद्धान्त और बचाव की व्याख्या कर पाते क्लास के ख़त्म होने की घण्टी ने सबका ध्यान अपनी ओर खींच लिया। साकेत सर जाते–जाते यह बताना नहीं भूले कि क्लास को जो भी पढ़ना है उन्हें बता दें वो सब कुछ पढ़ा सकते हैं। उन्हें किसी विषय को पढ़ाने में कोई दिक़्क़त नहीं है क्योंकि उन्हें लिखने का बहुत शौक़ है।

जीना इसी का नाम है...

राकेश सर की कई बातें दिलो–दिमाग़ में घूम रही थीं। हीरो ने भी सोचा कि चलो एक बार हज–मक्का से लेकर केदारनाथ और अमरनाथ की यात्रा कर ही ली जाये। और तय हुआ कि देश और पत्रकारिता दोनों की राजधानी दिल्ली का भ्रमण किया जाये। विश्वविद्यालय में आने वाले कई सीनियर्स बातों ही बातों में कई बार जूनियर्स को दिल्ली आने का न्यौता दे जाते थे। ऐसे ही एक सीनियर से बात करके हीरो ने दिल्ली की तरफ़ रुख़ किया।

निज़ामुद्दीन स्टेशन पर सीनियर उसे लेने आये। और सफ़र शुरू हुआ उस हब की तरफ़ जहाँ सारे पत्रकारों की क़िस्मत का फ़ैसला होता है। यानि कि नोएडा का वो हिस्सा जहाँ के हर एक कोने को एक न्यूज़ चैनल की भव्य और आलीशान बिल्डिंग ने अपना क़ब्ज़े में ले रखा है।

सीनियर ने बताया कि वहीं कहीं पास में कुछ और लोगों के साथ मिलकर उन्होंने फ़्लैट किराये पर ले रखा है। फ़्लैट पर पहुँचे सीनियर ने दरवाज़े का लॉक खोला और दोनों अन्दर दाख़िल हुए, लेकिन ऐसा लगा जैसे किसी ने मज़ाक़ किया हो, ये क्या कमरा शुरू होते ही ख़त्म।

हीरो ने सरसरी तौर पर चारों तरफ़ नज़र दौडायी। एक कोने में कचरे का लाट लगा पड़ा था। उसी कचरे की लाट के पास एक तरफ़ चाय पीने वाले मग में न जाने कितने सालों से इकट्ठी की गयी सिगरेट की ठूँठें यानि की फ़िल्टर से भरे पड़े थे।

मग में पड़े फ़िल्टर को देखकर लग रहा था कि कुछ सिगरेटों से तब तक धुआँ खींचा गया था जब तक उन सिगरेटों की आत्माएँ न कलप गयी हों।

दूसरी तरफ़ बियर और दारू नामक पेय पदार्थ की ना जाने कितनी ख़ाली बोतलें रखी हुई थीं। हीरो की नज़र उस पर पड़ते ही सर ने कहा कि यहाँ ये सब पार्टी चलती रहती है और धीरे से आँख मार दी। हीरो ने भी मुस्कुराते हुए कमरे का एक्स–रे करना जारी रखा।

ख़ाली बोतलों के उस पहाड़ से ही लगा हुआ था जूतों और चप्पलों का समन्दर और समन्दर की लहरों से छूता हुआ कुछ–कुछ बिस्तर जैसा बिछौना। कमरे की एक दीवाल से दूसरी दीवाल तक पहुँचने वाले इस बिछौने पर तीन और शरीर डले हुए थे।

इनमें से एक का शरीर लगभग एक टन के आस–पास रहा होगा जिसमें सबसे ज़्यादा वज़न, छाती और कमर के बीच के हिस्से का था। कमर से थोड़ा नीचे तक उतर आयी अंडरवियर से उसके पिछवाड़े का हिस्सा बड़ा ही अजीब दृश्य का निर्माण कर रहा था। पहली बार देखने में कुछ–कुछ हिप्पोपोटोमस हो जाने का भ्रम पैदा हो रहा था। इनका नाम ब्रजेन्द्र है।

दूसरे आदमी ने शायद बीती रात कुछ ज़्यादा ही देवताओं और दैत्यों के प्रिय पेय पदार्थ को सेवन किया होगा ऐसा जान पड़ा क्योंकि बग़ल में ही उसने उल्टी की हुई थी और उस पर लोट जाने का मोह वो नहीं छोड़ पा रहा था। लोग इनके सुरा–प्रेम को देखते हुए इन्हें प्रताप सोमरसी कहने लगे थे।

तीसरा आदमी कुछ–कुछ तपस्वी सा दिखाई दे रहा था, लगभग लट बन जाने के हालात में पहुँच चुके लम्बे–लम्बे बाल, गर्दन की सीमा–रेखा को पार करती लम्बी दाढ़ी, आधे नंगे बदन में जनेऊ डाले ऐसा प्रतीत हो रहा था, मानो लम्बी तपस्या के बाद उन्होंने समाधि ली हुई है। क्योंकि सीनियर ने कई बार उन्हें जगाने का प्रयत्न किया, हिलाया–डुलाया लेकिन मजाल है कि उनका शरीर यहाँ से वहाँ हुआ हो। इनका नाम धर्मेन्द्र है।

सर हीरो को इशारा करते हुए दूसरे कमरे की तरफ़ लेकर गये जो दो अन्य लोगों का था जिनमें से एक सर ख़ुद थे। उन्होंने बताया कि दूसरा रूममेट नाइट शिफ़्ट में गया है, 10 बजे तक आ जायेगा। बेड पर एक काले रंग के जैसी बेडशीट बिछी हुई थी जिसे पहली नज़र में ही देखकर बताया जा सकता है कि इसका असली रंग काला नहीं बल्कि नीला है। लेकिन पिछले कई युगों से मौसम और जलवायु की मार झेलते–झेलते उसमें यह परिवर्तन वांछनीय था। उन्हीं काले रंगों के बीच–बीच बने कुछ अजीब–से सफ़ेद धब्बे शरीर की प्राकृतिक माँग का पुरज़ोर समर्थन कर रहे थे। उसी पलँग के नीचे अख़बारों को ढेर लगा था जिसे कबाड़ी वाले को बेचे जाने की अत्यन्त आवश्यकता महसूस हो रही थी।,

"तुम बैठो मैं चाय बनाकर लाता हूँ।"–सर ने हीरो को थोड़ा सहज महसूस करवाते हुए बोला।

"जी.! सर ठीक है।"–उस लगभग कचराख़ाने में तब्दील हो चुके कमरे से रखी कुर्सी से अख़बार और कुछ बिना धुली हुई अंडरबयर को पास ही मेज़ पर रखते हुए हीरो ने कहा।

"ये लो।"–सर ने सिगरेट का पैकेट हीरों की तरफ़ बढ़ाया।

"नहीं सर... नहीं पीता।"

"अरे! एक सेमेस्टर बीतने को हो रहा है और तुम्हें अभी तक इसकी आदत नहीं हुई।"–सर ने आश्चर्य से हीरो की तरफ़ देखते हुए बोला।

"यहाँ तो इतना टेंशन होता है कि इसके बिना काम ही नहीं चलता"–सर ने एक सिगरेट को अपने होंठों से लगाकर धुएँ को छत की तरफ़ फेंककर एक लम्बी साँस लेते हुए दार्शनिक अन्दाज़ में बात कही।

"नहीं सर अभी तो बचे हुए हैं।"–हीरों ने मुस्कुराते हुए जवाबे दिया।

"ठीक है, बैठो में चाय लेकर आता हूँ।"

सर चाय बनाने के लिए किचन की तरफ़ गये। जाते–जाते उन्होंने धर्मेन्द्र सर के जाँघों में एक ज़ोरदार लात मारते हुए उन्हें चेताया कि अगर वो अब भी नहीं उठे तो वो उनके पिछवाड़े के गुप्त द्वार की दीवार को लाँघने में कोई देरी नहीं करेंगे। और इस कार्य को सम्पन्न करने के लिए उन्हें किसी तरह के तैलीय पदार्थ की आवश्यकता नहीं होगी। लेकिन धर्मेन्द्र सर ने उनकी इस बात को अपने पिछवाड़े से एक भयंकर आवाज़ को क्रान्तिकारी विस्फोट के साथ छोड़ते हुए सहजता से जता दिया कि *"कर लो जो करना है पर हम नहीं उठने वाले।"*

थोड़ी देर इन्तज़ार करने के बाद हीरो भी पीछे–पीछे किचन में पहुँच गया। किचन में घुसते ही हीरो चिल्लाने ही वाला था कि उसने बड़ी हिम्मत करके ख़ुद को ढाढस बँधाया और अपनी आवाज़ गले में ही दफ़न कर दी। किचन, किचन न होकर किसी संरक्षित पुरातत्विक साइट की तरह लग रहा था। सिंक में रखे बर्तनों को देखकर लग रहा था कि मानो उन पर सतजुग से पानी की बौछार नहीं पड़ी है। एकदम सूख चुकी दाल और सब्ज़ी के अवशेषों से बर्तनों पर कॉकरोच जैसे जीवों का अड्डा बन गया था।

चाय बनाने की केतली का जितना भार नहीं था उससे कहीं ज़्यादा भार उस केतली में जम चुकी चायपत्ती की परत का था। सर ने एक बार उस परत को हटाने की कोशिश की लेकिन असफलता हाथ लगते देखकर उसे सिर्फ़ पानी से धोकर चाय चढ़ा दी।

"किचन की हालात तो बहुत ख़राब है सर।"–हीरो ने किचन का जायज़ा लेते हुए कहा।

"हाँ यार, टाइम ही नहीं मिलता। किसी को कौन कहे?"–अपनी असमर्थता को जताते हुए सर ने कहा।

"बाई नहीं लगवा रखी है सर आपने?"–उपाय के रूप में एक ऑप्शन देते हुए हीरो ने कहा।

"कोई बाई टिकती ही नहीं है, पता नहीं क्यों एक हफ़्ते से ज़्यादा प्रताप जिस दिन घर में होता है उसके दूसरे दिन ही बाई काम छोड़कर चली जाती है।"

प्रताप की ओर इशारा करते हुए सर ने अपनी लाचारी और मजबूरी दोनों को एक साथ चेहरे के भावों में शामिल करते हुए कहा।

"क्यों ऐसा क्या हो जाता है?"–मासूम सी शक्ल बनाते हुए हीरो ने कहा।

"अरे, तुम्हें समझ नहीं आयेगा ये सब। लो चाय बन गयी पियो।"–सर ने पाँच कप में अलग–अलग चाय डालते हुए एक कप हीरो की तरफ़ बढ़ा दिया।

"अबे, उठ जाओ आलसियो कब तक सोते रहोगे? 10 बजने वाले हैं?"–सर ने तीनों मुर्दा शरीर पर जान डालने को कोशिश करते हुए तीनों के पिछवाड़े में एक–एक लात जमायी लेकिन मजाल है कि कोई टस–से–मस हुआ हो।

"प्रताप, उठ जा भाई अपनी हालात तो देख। पूरा बिस्तर गन्दा कर दिया, अब इसको कौन धोयेगा?"–

सर ने एक ज़ोरदार लात मारते हुए प्रताप को उठाने की एक और नाकाम कोशिश की, लेकिन प्रताप को न उठना था, न ही वो उठा।

"मर जाओ सालो, अब ख़ुद ही चाय बनाकर पीना।"–बाकी के कप की चाय को केतली में डालते हुए सर बड़बड़ाते रहे।

"यहाँ ज़िन्दगी बड़ी कठिन है।"– सर ने कमरे में बिछे बिस्तर पर कुण्डली मारते हुए एक सिगरेट जलाकर फिर से दार्शनिकता वाले अन्दाज़ में कहा।

"पर सर आप लोग तो बड़े चैनलों में काम करते हैं, अच्छा पैसा भी मिलता है फिर भी ऐसा क्यों बोल रहे हो?"–हीरो ने अपनी जिज्ञासा खोलते हुए कहा।

"सब कहने की बात है यार। चारों तरफ़ हाहाकार मचा हुआ है। कहने के तो चैनल में हैं, देश–दुनिया की सारी ख़बरें रखते हैं लेकिन ख़ुद के घर में क्या हो रहा है, पता नहीं चलता। पिछले दो महीनों से घर का हालचाल तक लेने की फ़ुर्सत नहीं मिली।"–सर ने अपनी विवशता को शब्दों में पिरोने की नाकाम–सी कोशिश की।

"इतना भी क्या काम और मजबूरी सर कि घर तक में फ़ोन नहीं कर पाते"–हीरो की जिज्ञासा लगातार बढ़ती जा रही थी।

"यार यहाँ चैनल में चार शिफ़्ट में काम होता है। सुबह की शिफ़्ट 10 बजे से शुरू होती है। यहाँ का ट्रैफ़िक इतना ज़्यादा होता है कि 10 बजे ऑफ़िस पहुँचने के लिए 9 बजे घर से निकलना पड़ता है। ऑफ़िस पहुँचते ही ख़बरों की रेलमपेल शुरू हो जाती है और कब 10–11 घण्टे बीत जाते हैं पता ही नहीं चलता।"–सर ने विवशता की किताब का दूसरा पन्ना खोला।

"पर सर शिफ्ट तो 8 घण्टे की होती है ज़्यादा से ज़्यादा!"–अचरज से हीरो ने सवाल दागा।

"होनी तो 8 घण्टों की चाहिए लेकिन बेटा यहाँ आने का टाइम होता है, जाने का नहीं। कोई सरकारी नौकरी थोड़ी न है कि टाइम से आओ न आओ, जाने का टाइम फ़िक्स हो।"–सर के चेहरे को देखकर लगा कि दार्शनिकता वाला भाव उभरकर बाहर आने की कोशिश में लगा हो।

"मैं कुछ समझा नहीं सर?"

"कहने को तो ये नौकरी ग्लैमर और पैसा से भरी पड़ी है लेकिन उनके लिए जो ऊपर की कुर्सी में बैठे हैं। यहाँ जिसको जितना पैसा मिलता है उसे उसकी उतनी ही क़ीमत चुकानी होती है।"–सर के चेहरे को दार्शनिकता वाले भाव ने अब पूरी तरह से अपने क़ब्ज़े में ले लिया था।

"तो क्या आप लोगों को पैसा कम मिलता है या आप लोग उसकी क़ीमत नहीं चुका पा रहे?"–थोडी दार्शनिकता वाला भाव हीरो के चेहरे में भी आया।

"ये एक चक्रव्यूह। है यहाँ आप आसानी से घुस तो सकते हो लेकिन इससे बाहर जाना नामुमकिन जैसा है। देखो न संजय दत्त को भी ज़मानत मिल गयी लेकिन दिन–भर खपने के बाद भी छुट्टी लेने से डर लगता है कि कहीं लौटकर आने पर नौकरी रहेगी या नहीं। अब तो मेरी माँ कहने लगी है कि बेटा संजय दत्त को भी छुट्टी

मिल गयी है तू ऐसा कौन सा काम करता है कि तेरे को साल–साल भर में छुट्टी नहीं मिलती, कम–से–कम एक साल में एक बार तो घर आ जाया कर।"–आँखों में अचानक ही आ गयी नमी को पोंछते हुए सर ने कहा।

"तो कम–से–एक फ़ोन तो कर लिया करिए माता जी को सर दिन में।"–हीरो ने दार्शनिकता वाले अन्दाज़ में समझाइश वाला उपाय बताया।

"यहाँ फ़ोन पर किसी रांग नम्बर वाले का भी मिस कॉल आता है तो उसको कॉल बैक करके पूछता हूँ कि कहीं न जाने कौन–सी ख़बर के लिए किसी ने मिस कॉल दिया हो, लेकिन जब किसी का सेव नम्बर से कॉल आता है, तो इग्नोर करना पड़ता है। बाद में कॉल करने को सोचकर न जाने कितनी बार माँ और पिताजी का फ़ोन नहीं ले पाता, लेकिन वो बाद वाला समय कभी नहीं आता, कभी भी नहीं आता।"–सर ने लगभग रुआँसे होने की स्थिति में ख़ुद को सँभालते हुए कहा।

"ऑफ़िस में 10 –11 घण्टे काम करने के बाद कहाँ इतनी ताक़त बचती है कि घर आकर किसी से बात की जाये। फिर तो बस बिस्तर दिखता है। घर पहुँचते–पहुँचते शरीर दर्द से इतना लाचार हो जाता है, नींद के सिवा कोई और चारा नहीं बचता।"

ऐसा लगा मानो सर लम्बे समय से किसी से यह कहना चाह रहे हों और आज उन्हें कहने का मौक़ा मिला है।

"और खाने का क्या इन्तज़ाम करते हैं फिर ऐसे में और आप लोगों की सोशल लाइफ़? सुना है आप यूनिवर्सिटी में नाटकों में ख़ूब भाग लिया करते थे?"

"इस फ़्लैट का किराया 25 हज़ार रुपये है, बिजली का बिल अलग से। ऐसे में हम 5 लोग मिलकर इसका किराया देते हैं। कुछ लोगों की रात में शिफ़्ट होती है, कुछ की दिन में। जो पहले आता है वो दाल–भात बना लेता है सबके लिए या फिर बाहर से ऑर्डर कर लेते हैं। वैसे ये एन.सी.आर. है यार, यहाँ रात को दो तीन बजे

तक पराँठे और सब्ज़ी मिलती है। उसी से पेट भरने लायक़ काम हो जाता है।" –एक लम्बी साँस छोड़ते हुए सर ने अपनी व्यथा सुनायी।

"और रही बात सोशल लाइफ़ की तो टी.वी. पर स्क्रिप्ट बनाते–बनाते इतने नाटक झेल लिए हैं कि असलियत में रंगमंच से डर लगने लगा है। यहाँ कल की नौकरी का पता नहीं है, आज अगर ऑफ़िस की मशीन ने आपके अँगूठे की एंट्री कर ली तो समझ जाओ आपकी आज की नौकरी बच गयी, यहाँ किसी को नहीं पता होता कि वो कल नौकरी पर आ पायेगा भी कि नहीं। पिछले तीन साल से जिस सैलरी में आया था उसी सैलरी में काम कर रहा हूँ। इंक्रीमेंट के नाम पर बस लॉलीपॉप दे देते हैं। उमर सी लम्बी सड़कों पे चलते–चलते जूते फट जाते हैं, कहने को सफ़र है लेकिन मंज़िल तक पहुँचते–पहुँचते कुछ कर दिखाने के जज़्बात कफ़न ओढ़ सो जाते हैं...उसूल, हौसला, हुनर, बाज़ारों में कौड़ियों के दाम बिक जाते हैं, चाटुकार, जूते जी हुजूरी करने वाले अपने संस्कार भूल जाते हैं, जिसके एवज में चंद सिक्कों की बख्शीश पाते हैं। ईमानदारी का नशा करने वाले किसी शराब की दुकान के बाहर लड़खड़ाते हुए गटर में पड़े–पड़े इन्क़लाब ज़िन्दाबाद के नारे लगाते हैं.....!! बस सब अपनी आज की नौकरी बचाने की जुगत में लगे रहते हैं। ऐसे में काहे की सोशल लाइफ़ और काहे का रंगमंच?"

जितनी साँस उन्होंने इससे पहले छोड़ी थी, ख़त्म होती सिगरेट के एक आख़िरी कश के धुएँ के साथ वापिस अपने फेफ़ड़ों में डालकर उसी दार्शनिकता वाले अन्दाज़ में सर ने अपनी लाइन ख़त्म की। ऐसा लगा मानो कहना चाह रहे हों कि *'बाबू मोशाय हम सब रंगमंच की कठपुतलियाँ हैं और उसकी डोर ऊपर वाले के हाथों में है।'*

"मेरी छोड़ो, तुम बताओ, सुना है तुमने डिपार्टमेंट में बड़े झण्डे गाड़ रखे हैं। सड़ेरिया और बड़े सरजी ने तुम्हारे नाम की सुपारी दे रखी है।"

सर ने गेंद हीरो के पाले में डालते हुए एक और सिगरेट जन्म और मृत्यु से मुक्ति दिलाने के लिए सुलगा ली।

"अरे नहीं सर, पता नहीं कैसे होता गया, मैं तो बस यूँ ही पूछ बैठा अज्ञानता में बस। उन्होंने ही दिल से लगा रखा है, मैं परेशान हो गया हूँ। जब देखो तब दोनों मिलकर लपेटने की कोशिश करते रहते हैं।"–हीरो ने अपनी व्यथा सुनाई।

"अभी कुछ नहीं हुआ है। आगे देखो क्या–क्या नहीं होता तुम्हारे साथ, मेरे पास राकेश का फ़ोन आया था उसने सब बताया, अब तुम एक काम सबसे पहले करो जितनी जल्दी हो सके वहाँ से भागो, नहीं तो वो जो सड़ेरिया है न, तुमको इतनी जगह से डसेगा कि तुम अन्दाज़ा भी नहीं लगा पाओगे कि तुम्हारे शरीर में सबसे ज़्यादा छेद किसके बनाये हुए हैं। ये सड़ेरिया और बड़े सरजी की आदत है जिसने भी उनके ईगो को हर्ट किया है उसको जीने नहीं दिया है।"–सर ने सीनियर होने का फ़र्ज़ अदा करते हुए चेतावनी के साथ डिस्क्लेमर के जैसा कुछ पेश किया।

"देखेंगे सर लेकिन यह तो समझ आ गया है कुछ तो गड़बड़ कर ही ली है मैंने।"–हीरो ने अनजाने में ही सही अपनी ग़लती का अहसास करते हुए कहा।

"पर इतना भी नहीं है यहाँ अगर कुछ करने का जज़्बा है तो रास्ते बहुत हैं लेकिन अगर सिर्फ़ जज़्बा है तो कुछ नहीं होता। उस जज़्बे को भुनाने के लिए गॉडफ़ादर चाहिए। यहाँ सब अपने लिए गॉडफ़ादर की तलाश में रहते हैं। जिसको गॉडफ़ादर मिल गया समझो उसकी नैया पार और जिसको किसी ने गोद नहीं लिया तो समझो वो जीवन–भर उसी अवस्था में रहेगा जिस अवस्था में यहाँ पैदा हुआ है। इसलिए इस इंडस्ट्री में सक्सेज होना है तो पितामह पहले बनाना, नौकरी बाद में ढूँढ़ना।"–ढुड्डी तक जल चुकी सिगरेट का एक आख़िरी कश खींचते हुए सर ने दार्शनिकता का एक और शानदार उदाहरण पेश किया।

"सर, क्या आज मैं आपके साथ आपका चैनल देखने जा सकता हूँ।"– हीरो ने अपने प्रवास के असली मुद्दे पर आते हुए अपनी महत्वाकांक्षा बतायी।

"हाँ चलो मैं तो भूल ही गया था तैयार भी होना है।"–

और ऐसा कहकर वो खूँटी पर टँगे कपड़ों के अम्बार में से सबसे कम गन्दी शर्ट और पैंट को खोजने लगे।

गॉडफादर वाली बात हीरो के दिल में घर कर गयी। उसे ठीक इस समय अपने सरकारी स्कूल के नन्दू मास्टर की याद आ गयी, जो ग्यारहवीं और बारहवीं को रसायन शास्त्र पढ़ाते थे। स्कूल की पहली ही क्लास में बड़े ज़ोर से चिल्ला–चिल्लाकर कहते कि–

"अच्छा साइंस लेकर पढ़ने आये हो। क्या सोचकर साइंस लिया है। डॉक्टर बनोगे या इंजीनियर? देखो वो नागेन्द्र को जिसने बायोलॉजी ली थी क्या कर रहा है, आटा चक्की की दुकान खोल बैठा है। आज तक यहाँ से कोई इंजीनियर नहीं बन पाया है और न ही डॉक्टर। भविष्य ख़राब मत करो अपना। आर्ट्स लो और शिक्षाकर्मी बनकर सुख का जीवन काटो।"

शाम की गाड़ी से वापसी का टिकट करवाकर हीरो को लगा कि सही में कोई गलती तो नहीं कर दी। दिल्ली में मीडिया की गलियों के हालतों को देखने के बाद हीरो को असलियत समझ आ गयी थी। बयालीस इंच के रंगीन स्क्रीन के पीछे का काला सच उसके ज़ेहन में एक तूफ़ान बनकर मचल रहा था।

दिल्ली और दिल्ली की गलियों में भटकने के बाद हीरो ने एक बार और मन को मज़बूत किया और क्लास में जाने की कोशिशों में लग गया। कुछ ही दिनों में सेमेस्टर एग्ज़ाम होने वाले थे और बाक़ी सब नोट्स के जुगाड़ में इधर से उधर भटक रहे थे।

लड़के पक्ष वाले सीनियर्स नामक देवताओं को *पिपरमेंट वाली सिगरेट और व्हिस्की नामक पेय पदार्थ के क्वाटर की भेंट देकर* नोट्स के जुगाड़ में थे। और लड़की पक्ष वालों के लिए अचानक ही कुछ सीनियर्स उनके सपनों के उन राजकुमारों के रूप में तब्दील होने लगे थे जिन्हें वो अक्सर घोडें पर बैठकर अपने हाथों में नोट्स से लेकर क्वेश्चन पेपर तक को पकड़कर आते हुए देखा करती थीं। तो लड़की पक्ष वाले ये काम अपनी तिरछी आँखों और क़ातिल टाइप की मुस्कुराहट से करवा रही थीं।

दो सीनियर्स के बीच तो इस बात को लेकर दंगे की स्थिति बन गयी थी कि फ़लाँ वाली ने जब उससे नोट्स की माँग कर रखी थी और उसने आसमान और धरती, एक करके फ़लाँ वाली को नोट्स देने का वादा कर दिया था, तो फिर दूसरे को बीच में कूदने की क्या ज़रूरत थी। दूसरे वाले सीनियर्स ने भी भगवान को साक्षी मानकर यह बताने में कसर नहीं छोड़ी कि कैसे वो यह बात नहीं जानता था कि फ़लाँ वाली ने उससे नोट्स माँगे थे पर अब चूँकि उसने नोट्स दे दिये हैं तो पहले वाले को अपनी हार स्वीकार कर के पीछे हट जाना चाहिए, यही युद्ध का नियम है। और अगर पहले वाला सीनियर उसकी इस भावना को नहीं समझता तो फिर उसे युद्ध में ललकारने के अलावा कोई और चारा नहीं बचता। और चूँकि वो एक ऐसे ख़ानदान से आता है जहाँ ख़ून–ख़राबा रोज़ की बात है इसलिए उसे पहले वाले सीनियर को हमेशा के लिए सुला देने में कोई दिक़्क़त नहीं होगी।

और इस समझाइश के बाद पहले वाले सीनियर को यह बताते हुए क़तई अफ़सोस नहीं हुआ कि उसके चाचाओं और मामाओं पर उत्तर–प्रदेश के न जाने कितने थानों में क़त्ल के केस चल रहे हैं पर चूँकि वो दोस्ती की इज़्ज़त करता है, इसलिए इस मसले को छोड़ रहा है।

लेकिन अगर दूसरे सीनियर ने कभी भी उस फ़लाँ लड़की को दुख पहुँचाया या तकलीफ़ दी तो वो ये दोस्ती की इज्जत करना भूल जायेगा। और फिर दोनों एक–दूसरे की माँ, बहनों, चाचियों, मामियों और यहाँ तक कि पड़ोसनों के साथ अपने–अपने अवैध सम्बन्धों की व्याख्या करते हुए एक–दूसरे की जीवन भर सूरत ना देखने की विद्याक़सम खाकर एक–दूसरे की ओर पीठ करके अपनी–अपनी सिगरेट पीने में व्यस्त हो गये।

सब कहीं न कहीं से किसी भी तरह से नोट्स नामक अध्ययन सामग्री का जुगाड़ करके सेमेस्टर एग्जाम की तैयारियों में डूब गये।

एग्जाम के दिन जैसे ही सारे लोग क्लिास में पहुँचे तो उनका स्वागत सड़ेरिया सर ने किया। सबको एक साथ मुस्कुराते हुए उन्होंने अपनी–अपनी जगह बैठ जाने का आदेश देकर कॉपियाँ थमा दीं। और फिर अपने मोबाइल में स्नैक वाला गेम खेलने में व्यस्त हो गये। ठीक यही स्थिति बाक़ी के पेपरों में भी रही। और कुछ दिन बाद एग्जाम की इस मैराथन से फ़्री होकर सबने चैन की साँस ली। बारी थी रिजल्ट की।

जिस तरह की क्लास की बसावट थी परीक्षा का रिजल्ट भी ठीक वैसा ही आया। पहली नम्बर पर पहली बेंच पर बैठने वाले एलीट क्लास की लड़कियाँ थीं। दूसरे और तीसरे नम्बर पर दूसरे और तीसरे बेंच पर बैठने वाले लड़कों और लड़कियों का नम्बर था। आख़िरी से पहले दूसरे तीसरे चौथे और गिनती के बढ़ते नम्बरों के हिसाब से ठीक बेंच के पीछे बैठने वाले लड़कों के नम्बर थे।

लेकिन इस रिजल्ट में एक चौंकाने वाली बात थी कि हीरो का नम्बर सबसे ऊपर वाली लिस्ट में था। बाकी के लोगों ने एक बार नहीं तीन–चार बार चैक किया लेकिन नम्बर हीरो के सबसे ज़्यादा थे। यह बात जितनी क्लास में नहीं पचा पा रही थी उससे कहीं ज़्यादा इस रिजल्ट का असर सड़ेरिया और बड़े सरजी पर हो रहा था।

बड़े सरजी ने गुप्त माध्यमों से एग्जाम की कॉपियाँ दो नहीं तीन बार चैक करवायीं लेकिन रिजल्ट में कोई आंशिक सुधार ना करवा पाने के चलते उन्होंने बड़ी ही निराशा भरी नज़रों से सड़ेरिया की तरफ़ देखा। सड़ेरिया ने भी मन–ही–मन उन्हें ढाढस बँधाते हुए अपनी आँखों को शर्मिन्दगी से झुकाकर मानो अपनी गलती स्वीकार कर ली थी। हालाँकि अपने शीश को बड़े सरजी के चरण–कमल से तक़रीबन एक बालिश्त ऊपर तक झुकाकर उन्होंने यह ऐलान किया कि *"इसका कुछ तो करना होगा"*। और इस ध्येय वाक्य के साथ बड़े सरजी की आँखें ठीक वैसे ही गहन चिन्तन में खो गयीं जैसे कृष्ण द्वारा पूतना वध की ख़बर आने पर कंस की आँखें अगले निमित्त की खोज में खो गयी थीं।

अगले कुछ दिनों तक क्लास का माहौल तो ठीकठाक रहा लेकिन हीरो इस बात को समझ चुका था कि ये तूफ़ान से पहले की शान्ति है और कुछ बड़ा होने वाला है। क्योंकि इस बीच सड़ेरिया सर ने अपनी प्रकृति के अनुरूप अपने और बाक़ी विभागों से भी उन छात्रों का चुनाव करने की पहल ठीक वैसे ही कर रहे थे जैसा वो पिछले कई सालों से करते आ रहे थे।

उसी क़िस्सागो ने एक दिन गाँजे के नशे में यह राज़ की बात खोलते हुए बताया था कि सड़ेरिया सर जिन छात्रों का चुनाव करते हैं उनमें जाति और नीति का इतना ज़हर घोलते हैं कि आने वाले समय में वे छात्र उनके हथियार के रूप में काम करते हैं। इन छात्रों से नारेबाजी से लेकर आरटीआई लगवाने के सारे धन्धों को अंजाम दिया जाता था। साथ ही अगर किसी के ख़िलाफ़ कोई थाने–कचहरी वाला मामला हो तो वो इन्हीं छात्रों को आगे किया करते हैं।

उसी क़िस्सागो ने हीरो को यह बताने में तनिक भी देर नहीं की कि सड़ेरिया अपने कुछ चुने हुए योद्धाओं को उसके पीछे लगा चुका है और अब हीरो को बहुत ही सतर्क रहना चाहिए। अब हीरो का थोड़ा समझ आया कि कैसे दूसरे डिपार्टमेंट का एक लड़का एक दिन अचानक ही उससे भिड़ने को आतुर है। हीरो कुछ दिनों से उस लड़के को सड़ेरिया सर के केबिन में ही बैठा हुआ पाता। लेकिन ख़तरा इससे कहीं ज़्यादा बड़ा था।

समय तेज़ी से पंख लगाकर उड़ता ही जा रहा था। और लगभग दो साल होने को आ रहे थे। पढ़ाई–लिखाई और लड़ाई के बीच न जाने कब वो समय भी आ गया जब कॉलेज की चुहलबाज़ी के बीच कैरियर को लेकर भी थोड़ी, सी चर्चा आम से ख़ास होती जा रही थी। लेकिन इस बीच एक घटना ने सबका ध्यान अपनी ओर मोड़ा।

दूसरे साल के ख़त्म होते–होते वैश्विक मन्दी की आहट देश में सुनाई दे रही थी। बड़े सरजी के केबिन में अंजीव सर, सुदीप सर और इन्हीं के कुछ और बिरादरी के लोगों के बीच इस मन्दी की बड़ी चर्चा थी।

चर्चा का दौर शुरू होते ही बड़े सरजी को अपने ज्योतिषीय ज्ञान के सन्दर्भ में यह बताते हुए बड़ा गर्व हो रहा था कि कैसे उन्होंने इस सरकार के बनने के बाद जब प्रधानमन्त्री का नाम सुना तो उन्हें पता था कि देश की हालत ख़राब होने वाली है। यह जो प्रधानमन्त्री है यह किसी काम का नहीं और अब देश को दोबारा गुलाम होने से कोई रोक नहीं सकता। क्योंकि इस देश में अब राजनीति को समझने और करने वाले नहीं बचे हैं। उनके इस व्याख्यान में सड़ेरिया सर और अंजीव सर भी उतनी ही सहमति से यह जताना नहीं भूल रहे थे कि कैसे उन्होंने नयी सरकार के गठन के साथ मन्त्रिमण्डल के लिए कुछ नामों के सुझाव दिये थे जिनको नज़रअन्दाज़ करने का परिणाम आज देश और सरकार दोनों भुगत रहे हैं।

हालाँकि अंजीव सर ने इस बीच में बड़े सरजी को यह याद दिलाया कि समोसा अभी तक नहीं आया और अंजीव सर ने खुसफुसाहट के साथ में यह बताने में भी कसर नहीं छोड़ी कि कैसे ऑफ़िस का नया चपरासी जब भी समोसे लेने जाता है तो दो समोसे वहीं खाकर आता है और दो अपनी बीवी के लिए लेकर आता है। जिसे वह विभाग के बिल में जुड़वाकर आता है। अंजीव सर की गम्भीर बात को बड़े सरजी ने अपने दिमाग़ में नोट करते हुए अंजीव सर को आँखों ही आँखों में यशस्वी रहने का वरदान भी दे डाला।

मन्दी का असर अब देश में भी दिखने लगा था। लोग निकाले जा रहे थे। नौकरियाँ संकट में थीं, किसका कौन–सा दिन आख़िरी दिन हो जाये किसी को नहीं पता था। इस मन्दी का संकट मीडिया उद्योग पर भी पड़ा। एक दुखद ख़बर के साथ विश्वविद्यालय में ख़बर आयी कि एक सीनियर ने नौकरी जाने और काम न मिलने की वजह से आत्महत्या कर ली।

मन्दी ने रंगीन टेलीविज़न की चकाचौंध के इस मुखौटे को उतार फेंका, मीडिया की असली हक़ीक़त अब सबके सामने थी, मन्दी की मार के आगे मीडिया के सारे तन्त्र फ़ेल हो गये, आठ घण्टे की नौकरी अठारह–अठारह घण्टों की शिफ़्ट में और बीस लोगों का काम

कब चार कन्धों पर सिमट आया, पता ही नहीं चला। दहाई और सैकड़ा के अंकों पर पत्रकारों को निकाला जा रहा था। यह एकमात्र ऐसा उद्योग है जिसमें रोज़ नया उत्पाद (प्रोडक्शन) तैयार होता है, रोज़ वह उत्पाद बिकता भी है और तो और पिछले दिन की तुलना में ज़्यादा दामों पर, लेकिन इसके श्रमिकों (पत्रकारों) को मिलने वाले वेतन पर शंका हमेशा बनने लगी, एक–दो, तीन नहीं बल्कि छह–छह महीनों तक तनख़्वाह मिलना मुश्किल हो गया। और अगर कोई गलती से पैसा माँग भी ले तो नौकरी से निकाला जाने लगा।

बड़े पैमाने पर न्यूज़ चैनल्स मन्दी की चपेट में आकर बन्द हो रहे थे, पहली बार लोगों ने मीडिया के इस बेबस और रंगहीन चेहरे को देखा, और इसी दौर में मीडिया के माथे कई बेगुनाहों के क़त्ल के दाग़ भी लगे, कई पत्रकारों को मुफ़लिसी के इस दौर से उबरने के लिए आत्महत्या तक का सहारा लेना पड़ा। मीडिया एक प्रश्न की तरह मूक खड़ा हुआ था। किसी के पास कोई जवाब नहीं था।

शाम को जब हीरो का मन इस बात से बिल्कुल ऊब गया तो उसने बग़ीचे की तरफ़ जाने का मन बनाया। बग़ीचे में पहले से ही राकेश सर सिगरेट के लम्बे–लम्बे कश खींचते हुए बैठे मिल गये। हीरो को अपनी तरफ़ आते देख राकेश सर ने दूर से ही हाथ उठाकर अपने पास बुला लिया–

"कहाँ हो बबुआ? कैसा चल रहा है सब कुछ?, बड़े गम्भीर नज़र आ रहे हो, क्या हुआ? फिर से सड़ेरिया ने उँगली कर दी क्या?"

"नहीं सर, वो तो अब मेरी बलि लेकर ही रहेगा यह तय हो गया। लेकिन आपने सुना कैसे मन्दी की चपेट में आकर एक सीनियर ने आत्महत्या कर ली। मैं तो जब से दिल्ली के हाल देखकर आया हूँ कुछ समझ नहीं आ रहा कि क्या करूँ?"

"सुनो मीडिया के हाल तो ऐसे ही रहेंगे अब, मालिकों को भी इस मन्दी में समझ आ गया कि दस का काम चार से कैसे लेना है। पैसा भी अब उसे ही मिलेगा जो उनकी शर्तों पर काम करेगा।"

"तो फिर क्या किया जाये सर? भविष्य थोड़ा अन्धकारमय लग रहा है।"

"यार, तुम तो पढ़ने, लिखने वाले लड़के हो कहाँ नौकरी–वौकरी के चक्कर में पड़े हो, नेट का एग्जाम क्यों नहीं देते? एक बार अगर एकेडमिक में आ गये तो पूरी लाइफ़ सेटल। और फिर अगर यहीं नौकरी मिल गयी इसी विश्वविद्यालय में, तो सारे बदले भी लेना इन तीनों लोगों से। और वैसे भी शिक्षक होना हमारे देश में एक सम्मान का काम है। देखो आजकल कितना फ़ैशन में है–शिक्षक बनना। मेरे गाँव में तो मेरे साथ के सारे लड़कों ने बारहवीं पास ही इसलिए किया है कि शिक्षाकर्मी की परीक्षा पास करके शिक्षक बन सकें। और जो नक़ल करके भी पास नहीं हो पाये उन्होंने उसी लड़की से शादी की जो शिक्षक है। गाँव में इंजीनियर लड़के की इतनी इज़्ज़त नहीं है जितनी की शिक्षाकर्मी लड़के की है। आजकल आसमान में पत्थर मारो तो वो या तो किसी की छत में गिरता है या फिर किसी बेरोज़गार इंजीनियर के सर पर। शिक्षक लड़का मिलना नसीब का खेल है। शिक्षकों की मौज होती है बेट्टा। जब मन चाहा पढ़ाया, जो मन चाहा पढ़ाया और अगर ना पढ़ने का मन हो और न पढ़ाने का तो भी कोई बात नहीं क्लास में जाकर नैतिकता की बात करो। अपनी ज़िन्दगी की कहानी सुनाओ या फिर योग निद्रा कैसे की जाती है इस बारे में प्रैक्टिकल क्लास लो।"

हीरो को राकेश सर की बात बड़ी जँची, पिछले दो सालों में हीरो को एक बात तो समझ आ गयी थी कि किसी न्यूज़ चैनल या अख़बार में दिन–रात काम करने और ख़ुद को खपाने से ज़्यादा अच्छा है कि एकेडमिक जैसी किसी चीज़ पर ध्यान दिया जाये लेकिन अभी एग्जाम का आख़िरी पड़ाव पूरा करना बाक़ी था।

।।समय बड़ा बलवान।।

हत्या

प्री-प्रोडक्शन

बड़ी हिम्मत करके हीरो ने नेट की परीक्षा दी और पहले ही प्रयास में उसने नेट की परीक्षा पास भी कर ली। लेकिन अब सवाल था कि नौकरी कैसे पायी जाये। इसी प्रयास में हीरो ने पूर्व छात्र होने के नाते ख़ुद को यह दिलासा दिया कि चलो, अब तो परीक्षा पास कर ली है। अब विश्वविद्यालय में नौकरी भी कर ली जायेगी। लेकिन यह कहने में जितना आसान था उससे कहीं ज़्यादा इसे धरातल में लाना।

हीरो का नेट निकालना भी बड़े सरजी और सड़ेरिया के लिए एक भयंकर अपमान का विषय था। हीरो की नेट परीक्षा निकलने की ख़बर सुनते ही बड़े सरजी के कक्ष में एक गुप्त मीटिंग की व्यवस्था की गयी। जिसकी अध्यक्षता स्वयं बड़े सरजी कर रहे थे। अध्यक्षीय प्रभार को अनुमोदन करने के लिए उन्होंने सड़ेरिया और अंजीव सर को बुलवा लिया था और समर्थन करने के लिए गोकुल भैया पान के कुछ पैकेट लेकर उपस्थित थे। चपरासी को भेजकर समोसे का ख़ास इन्तज़ाम भी किया गया।

इस मीटिंग में सभी के चेहरे की सूइयों ने लगभग बारह की दशा बना रखी थी। एक लम्बी आहरूपी साँस को छोड़ते हुए बड़े सरजी ने सड़ेरिया की तरफ़ दृष्टिपात करते हुए कहा–

"यार सुदीप, तुम तो कह रहे थे कि उसको पास ही नहीं होने देंगे। अब तो वो तुम्हारा कम्पटीटर बन गया। देखना, अब वो पढ़ाने के लिए यहीं आयेगा।"–भविष्य की रूपरेखा पर एक नज़र डालते हुए बड़े सरजी ने कहा।

बड़े सरजी को सबसे ज़्यादा चिन्ता इस बात की थी कैसे आख़िर कोई उनकी लंका में घुसकर सब कुछ तहस–नहस करके निकल गया और निकल क्या गया वापिस उन्हीं के बीच आने की तैयारियों में लगा है। उन्हें इस बात की चिन्ता खाये जा रही थी कि आख़िर उसके दुश्मन का सर अब भी उसके काँधों पर कैसे टिका हुआ है और विश्वविद्यालय का एकमात्र गुण्डा होने के बाद भी वो उसके मुँह से ख़ून की उल्टियाँ नहीं करवा पाये। हीरो के इस आत्मघाती कृत्य के पीछे उन्हें अपने सबसे बड़े प्रतिद्वन्द्वी ब्रह्मा की चाल साफ़ दिखाई दे रही थी।

"हाँ शर अपन ने तो पूरी कोशिश की पर रुका नहीं वो।"–सड़ेरिया सर की आवाज़ में हताशा पूरी तरह से हावी थी।

"अरे बाबा तुम्हारे रहते ऐसा कैसे हो गया?"–अंजीव सर ने सड़ेरिया की दुखती रग पे हाथ रखते हुए कहा।

"सर पढ़ने–लिखने वाला लड़का तो है वो।"–गोकुल भैया ने प्रजातान्त्रिक देश में रहने के कारण एक मानवतावादी दृष्टिकोण अपनाते हुए कहा।

"अरे! 'भोसड़ी के'! घण्टा पढ़ने–लिखने वाला लड़का है, एक नम्बर का चालू है। पता नहीं कैसे कर लिया उसने? अरे! मैंने ख़ुद राम मोहन पढ़ाया है। पाँच बार नेट की परीक्षा दे चुका है, निकला एक बार भी नहीं और उसने एक बार में ही निकाल लिया। और तुम बड़ा साथ दे रहे हो उसका गोकुल, नौकरी प्यारी है या नहीं तुमको अपनी?–गोकुल भैया का मानवतावादी दृष्टिकोण बड़े सरजी को बिल्कुल भी पसन्द नहीं आया।

"अरे! नहीं सर, कैसी बात कर रहे हैं आप? आप तो अन्नदाता हैं, रक्षक हैं मेरे, पिताजी के बाद आप ही तो मेरे पालक हैं। ये लीजिए आप पान खाइए।"–स्थिति की गम्भीरता को भाँपते हुए गोकुल भैया ने दोनों हथेलियों में पान को रखकर तश्तरी की तरह बड़े सरजी के सामने पेश किया।

"हाँ। ठीक है, ठीक है। सोच–समझकर बोला करो।"—बड़े सरजी ने पान की आहुति स्वीकार करते हुए गोकुल भैया को श्राप देने का इरादा कैंसिल करते हुए कहा।

"पहली बात तो आने नहीं देंगे और आ गया तो दिखाते हैं कि शरकारी काम कैशा होता है। इतना उलझायेंगे कि दम तोड़ देगा।"—

सड़ेरिया सर ने अपनी आसुरिक शक्तियों पर भरोसा जताते हुए तम्बाकू के अमृत समान सलाइवा से लबालब भरे अपने मुँह को ऊपर की ओर उठाकर ज़ोर से हँसते हुए बड़े सरजी को यक़ीन दिलाया हालाँकि इस हँसने की पूरी प्रक्रिया में उन्होंने इस बात का ध्यान रखा था कि मुँह से अमृत छलक न पड़े।

मन–ही–मन बड़े सरजी ने सड़ेरिया सर की तरफ़ उम्मीद से देखा। उन्हें पूरा भरोसा था कि सड़ेरिया अब भले ही ख़ुद मिट जाये लेकिन उनका सपना टूटने नहीं देगा। उन्हें भरोसा था कि क्षत्रिय न होने के बावजूद सड़ेरिया अपनी जिह्वा पर कभी दाग़ नहीं लगने देगा और अपने लगभग क्षत्रिय हो जाने के गुणधर्म को पूरी तरह से निभायेगा, उन्होंने सड़ेरिया सर की तरफ़ ठीक उम्मीद से भरी नज़रों को देखते हुए कहा—

स्वधर्ममपि चावेक्ष्य न विकम्पितुमर्हसि।
धर्मयाद्धि युद्धाच्छ्रेयोऽन्यत्क्षत्रियस्य न विद्यते।।

अर्थात अपने ख़ुद के धर्म से तुम्हें हिलना नहीं चाहिए क्योंकि न्याय के लिए किये गये युद्ध से बढ़कर एक क्षत्रिय के लिए कुछ नहीं है।

अपनी सारी शक्तियों पर ज़ोर लगाने और श्लोक का अर्थ समझ न पाने के बाद भी सड़ेरिया सर ने बड़ी ही श्रद्धा के साथ बड़े सरजी के अंग–विशेष तक झुककर चरण–रज की प्राप्ति की। हालाँकि ख़ुद के सम्मान में कहे गये श्लोक को सुनकर उनका मन तो बड़े सरजी को साष्टांग करने का हो रहा था लेकिन किसी अज्ञात कारण के चलते बीती रात से ही उनके कमर में बहुत तेज़ दर्द था जिसके बढ़ जाने की आशंका के चलते उन्हें यह विचार त्यागने पड़े।

प्रोडक्शन

इसे हीरो का सौभाग्य कहा जाये या उसकी नियति कि नेट की परीक्षा पास करने के कुछ महीनों बाद ही विश्वविद्यालय में पढ़ाने के लिए नौकरी का सुअवसर आया। इस विज्ञापन का आना हीरो को अपनी क़िस्मत का खुलता दरवाज़ा लगा। क्योंकि कई सालों बाद पहली बार विश्वविद्यालय में विज्ञापन और उसके बाद साक्षात्कार जैसी विधा के बाद नौकरी के लिए आवेदन बुलाये जा रहे थे। इससे पहले जितने भी लोग यहाँ आये या लाये गये उनके क़िस्सों को सुनने के बाद वो तमाम तरह के ख़याल दिमाग़ में आते थे जिससे इस बात को बल मिलता था कि *अजगर करे न चाकरी पंछी करे न काम, दास मलूका कह गये सबके दाता राम।*

हालाँकि इस भर्ती के विज्ञापन के आने के बाद से ही बड़े सरजी, सड़ेरिया सर और अंजीव सर के दिलो–दिमाग़ में न जाने कितनी तरह के भयंकर झंझावात आ–जा रहे थे। सबसे अधिक भयभीत सड़ेरिया सर थे। तो आख़िर एक इंटरव्यू के बाद नये रंगरूटों के साथ–साथ हमारे हीरो का सिलेक्शन हो ही गया। और इस पर एक कमाल की बात यह हुई कि हीरो को जिस विभाग में भेजा गया वह था–टेलीविज़न और रेडियो विभाग यानि हमारे बड़े सरजी का इलाक़ा। हालाँकि हीरो को रोकने के लिए तीनों देवताओं ने अपनी उन सारी क्षमताओं का उपयोग किया जिसके लिए वो विख्यात ही नहीं कुख्यात भी थे, पर होनी को कौन रोक सकता है!

हीरो ने अपनी ज्वाइनिंग विभाग में दे ही डाली। जहाँ एक तरफ़ विभाग के रचयिता, स्वामी इसे अपनी हार मान रहे थे, हीरो इसे सिर्फ़ अपने लिए एक शुरुआत मान रहा था। उसका सपना इस विश्वविद्यालय में ही नहीं बल्कि इससे इतर बाहरी दुनिया में भी अपने पंख फैलाकर उड़ने का था। लेकिन वह यह भूल गया कि जिस विश्वविद्यालय में वह काम कर रहा है उसके टेरिस के ऊपर से भी जब कोई पंछी उड़ता हुआ गुज़रता है तो वह भी अपने एक पंख को ही काम में लेता है और दूसरे पंख से वह किसी मूलभूत और अवश्य वस्तु को ढँककर उड़ता है क्योंकि उसे पता होता है, कि जिस जगह के ऊपर से वह उड़ रहा है, वह कोई मामूली बिल्डिंग नहीं अपने आप में एक ब्लैक होल है। कब, कहाँ, कौन, क्या मार दे कोई नहीं जानता।

विभाग की गुटबन्दी की गाथा किसी से नहीं छिपी थी। त्रिदेव मिलकर किसी का कुछ भी, मतलब कुछ भी उखाड़ सकते थे। उनका यह मानना ही नहीं बल्कि इस बात पर पूरा यक़ीन था कि इसी गुटबन्दी के चलते सनातन काल से भारतीय राज–व्यवस्था का परिवर्तन सम्भव हो सका था। यह गुटबन्दी वैसी ही थी जैसे झूठ को सत्य बन जाने से किसी माई के लाल का न रोक पाना था, जैसे ईश्वर एक है, लेकिन उसके रास्ते अलग–अलग है को झुठलाना था, जैसे अभिमन्यु के लिए कौरवों का व्यूह था। और इसी गुटबाज़ी की प्रशंसा और इससे होने वाली हानि और लाभ का वर्णन तो स्वयं भगवान कृष्ण ने अर्जुन को भी गीता में बताया था, यह वही गुटबाज़ी थी।

ज्वाइनिंग के दिन हीरो को सड़ेरिया सर ने ऐसे देखा मानो उसकी आँखों से कोई प्रलय वाली किरणें निकलेंगी और हीरो को तुरन्त भस्म कर देंगी। हीरो ने भी उसे ठीक वैसा ही देखा जैसे कहना चाह रहा हो कि, *हम तो आ गये कर ले अब जो करना है।*

न चाहते हुए भी हीरो को विभाग में क्लास देनी पड़ी यह बात बड़े सरजी से किसी भी तरह से सही नहीं जा रही थी। रह–रह कर उनके दिलो–दिमाग़ पर हीरो को देखकर मिरगी के जैसा ही कुछ–कुछ दौरा–सा पड़ने लगा।

दिन में एक बार होने वाली गुप्त मन्त्रणाएं अब एक बार के बजाय तीन–चार और कभी–कभी तो पूरे दिन में सिमट गयीं। समोसे और चाय का बिल भी उतना ही तेज़ी से बढ़ने लगा। इसकी सबसे ज़्यादा चिन्ता गोकुल भैया को थी। उन्होंने एक दिन बड़े सरजी को इस बात की ताकीद की कोशिश भी की कि कैसे उनकी गुप्त वार्ताओं की वजह विभाग अकाउंट वाले साहब की निगाहों में चढ़ने लगा है।

ये वही अकाउंट वाले साहब थे जिनकी औक़ात बड़े सरजी की दृष्टि में राशन की दुकानों में छोटे–मोटे घपले करने वाले सेल्समैन की थी। चूँकि अकाउंट वाले साहब की नियुक्ति से पहले विश्वविद्यालय में विभागों के लिए पैसों के आवंटन के दौरान बड़े सरजी की राय सबसे पहले ली जाती थी और रुपयों का आवंटन भी लगभग उन्हीं के दिशा–निर्देशों के अनुसार होता था, जिसका सिलसिला अकाउंट वाले साहब के आ जाने के बाद बन्द हो गया था इसलिए अकाउंट वाले साहब, बड़े सरजी के हिसाब से ब्रह्मा के द्वारा भेजा हुआ गुप्तचर ही था। और चूँकि वो ब्रह्मा से नफ़रत करते थे तो उनका अकाउंट वाले साहब से भी नफ़रत करना जायज़ था।

बड़े सरजी ने गोकुल भैया के इस ध्यानाकर्षण प्रस्ताव को सहर्ष स्वीकार किया और कहा कि इसके लिए कोई रास्ता निकाला जाये। इसके लिए बड़े सरजी ने अपने कमरे में सोफ़ेनुमा सिंहासन में पालथी मार के बैठने के बाद एक लम्बी साँस लेते हुए अपनी दोनों आँखों को बन्द करके अपने पैंट के नीचे की तरफ़ से अपना हाथ अन्दर घुसाते हुए घुटनों के पास के बालों को सहलाने लगे। अकादमीय क़िस्सों की मानें तो बड़े सरजी इस तरह की मुद्रा तभी धारण करते थे जब उनके सामने कोई बड़ी भारी विपत्ति आ जाती थी। हालाँकि विश्वविद्यालयीन अय्यारों का मानना था कि ऐसा वो तभी करते थे जब किसी को निपटाने की प्रक्रिया की शुरुआत करनी हो।

थोड़ी देर तक इस मुद्रा में रहने के बाद बड़े सरजी ने कहा कि कल से विभाग में सिलेबस को दुरुस्त करने का कार्य सम्पन्न किया जायेगा और इस कार्य हेतु गोकुल भैया को जितनी अग्रिम राशि की

ज़रूरत जान पड़ती है उसे वह अकाउंट वाले साहब से ले सकता है। साथ ही साथ उन्होंने इस कार्य की ज़िम्मेदारी अंजीव सर और सहायता के लिए सड़ेरिया सर को अपने पीरियड में एक–एक क्लास कम करने का आदेश भी दे दिया ताकि इस कार्य का ज़्यादा बोझ उन पर न पड़े।

हीरो के साथ दो–चार और लोग इस विभाग में पढ़ाने आये थे। इन्हीं में से एक थे–अशोक। अपनी उमर की आधी इनिंग खेल चुके अशोक का अपना ही हिसाब–किताब था। और जैसा कि कहा जाता है कि ऐसे प्राणी जिनका बड़े सरजी द्वारा रचित इस दुनिया में अलग हिसाब–किताब रहता है, वैसे प्राणियों का बड़े सरजी से भी हिसाब–किताब अलग होने लगता है।

तो हुआ यूँ कि एक दिन सुबह सुबह अशोक ने बड़े सरजी के सामने आते ही उनके अंग–विशेष तक झुककर–चरण रज प्राप्त करने वाली परम्परा का निर्वहन नहीं किया। हालाँकि कबाड़ी वाले नारद मुनि ने बड़े सरजी की आज्ञा से अशोक को समझाते हुए सतर्क किया कि चूँकि वो अभी–अभी विभाग में आये हैं और उन्हें इस परम्परा के बारे में ज्ञान नहीं है, इसलिए उनकी मनोदशा को ध्यान में रखकर आज तो बड़े सरजी ने किसी तरह के श्राप के बारे में नहीं सोचा, लेकिन अगर अशोक ने इस परम्परा का निर्वाह सुचारु रूप से प्रारम्भ नहीं किया तो उसके परिणाम भयंकर भी आ सकते हैं। कबाड़ी वाले नारद मुनि के लम्बे–चौड़े व्याख्यान, समझाइश और प्रवचन के बाद अशोक ने सिर्फ़ एक ही बार अपने हाथों को एक विशेष मुद्रा में मोड़ते हुए कहा–

"घण्टा"।

और ठीक हीरो की तरह अशोक भी बड़े सरजी के लिए एक असहनीय और मार डालने योग्य कीड़े के रूप में परिवर्तित हो गया।

बड़े सरजी इन दिनों कुछ ज़्यादा ही गुस्से में रहने लगे। इस गुस्से की वजह से शास्त्रों में वर्णित हाड़–मांस का उनका शरीर हाड़–मांस का न रहकर भट्ठी में तब्दील हो गया था।

और शरीर के भट्ठी में तब्दील हो जाने की वजह से उनके अन्दर से साँय–साँय की हवा उनके नक़ली दाँतों के सेट की मज़बूत दीवारों को तोड़कर बाहर आने लगी थी।

उनके शरीर के भट्ठी में तब्दील होने और मुँह से साँय–साँय की हवा निकलने के कई कारण थे, लेकिन उनमें से एक कारण यह भी था कि विश्वविद्यालय में नये रंगरूटों के आ जाने से छात्रों को जो झुण्ड उनकी तरफ़ आया करता था, अब वो कई छोटे–छोटे झुण्डों में बँट गया था। इससे एक सबसे बड़ा नुक़सान जो हुआ वह यह था कि बड़े सरजी की धमकाने की प्रक्रिया में कुछ–कुछ स्पीड ब्रेकर आने लगे।

इससे पहले एक ही बड़ा झुण्ड हुआ करता था, तो एक ही बार एक ही छात्र के ज़ोर से 'हाउ–हाउ' कहने से सारे आदमज़ातों तक आवाज़ पहुँच ज़ाती थी। पर अब सब बिखरे–बिखरे रहते तो बारी–बारी से सबके पास जाकर 'हाउ–हाउ' कहना पड़ता था। लेकिन इस प्रक्रिया में बड़ा समय लगता और बार–बार 'हाउ–हाउ' कहने की वजह से 'हाउ–हाउ' शब्द का प्रभाव भी कम होता जा रहा था।

ऐसे में कबाड़ी वाले नारद ने बड़े सरजी को बताया कि भर्ती किये गये नये रंगरूटों में एक उनके आजीवन इकलौता गुण्डा होने के सत्व को चुनौती देने की कोशिश कर रहा है। और उस वीर पुरुष का नाम अशोक है। बड़े सरजी के लिए यह एकदम असहनीय बात थी। उन्होंने कबाड़ी वाले नारद मुनि की पीठ को थपथपाते हुए उनके चिंरजीवी होने से लेकर उनके यश की गाथा के चारों दिशाओं में पल्लवित, प्रकाशित, प्रफुल्लित और बिना किसी व्यवधान के पीएच.डी. हो जाने तक आशीर्वाद दे डाला।

इस घटना के दूसरे दिन विभाग में एक परमाणु बम फूटने जैसी घटना घटी। जिस तरह सामान्य तौर पर घटना घटने के बाद, घटना के मूल स्वरूप से छेड़खानी होना हमारे देश की एक सामान्य घटना है, ठीक उसी तर्ज़ पर यह घटना भी उड़ती–उड़ती सबकी ज़बान

पर एक पत्र के रूप में पहुँची। हालाँकि पत्र की असली शक्ल किसी ने नहीं देखी पर पत्र का सारांश सबके पास मौजूद था। तो उस सारांश के हिसाब से ऊपर सातवें आसमान में एक पत्र माननीय के पास पहुँचा था जिसमें इस बात का उल्लेख किया गया था कि अशोक मूलतः चारित्रिक रूप में पक्की लँगोट वाला आदमी नहीं है। और उसे विद्यार्थियों में लड़कों से ज़्यादा मोह है। और मोह के चलते वह विभाग के लिए ख़तरनाक तो है ही विश्वविद्यालय के लिए भी कलंक के रूप में देखा जा सकता है।

इस पत्र के सारांश के मूल भाव को समझकर सातवें माले से अशोक को आगामी आदेश के लिए घर पर रहकर अपनी लँगोट को टाइट करने का पत्र थमा दिया गया। हालाँकि अशोक ने इस पत्र को उसकी छवि ख़राब करने का एक षड्यन्त्र बताया और वो इस बात के लिए भी तैयार हो गया कि माननीय चाहें तो बड़े सरजी के सामने देख सकते हैं कि वो लँगोट नहीं बल्कि रूपा का फ़्रेन्ची वाला अंडरवियर पहनते हैं। लेकिन बड़े सरजी ने इस बात को मानने से साफ़ इनकार करते हुए इसके पीछे दो तर्क दिये कि अगर वो रूपा का फ़्रेन्ची वाला अंडरवियर पहनता है तो फिर रूपा क्या पहनती होगी? और दूसरा कि जिस तरह से बिना मूँछों वाला आदमी, आदमी नहीं होता और उस पर विश्वास नहीं किया जा सकता उसी तरह अशोक पर भी विश्वास नहीं किया जा सकता।

इधर हीरो का कोई परचा विश्वविद्यालय के बाहर की दुनिया यानी अन्तरराष्ट्रीय कहे जाने वाले किसी जर्नल में छप गया। जिसकी चर्चा करते हुए उसने अंजीव सर को बताया कि कैसे उसका एक पचा किसी प्रतिष्ठित जर्नल में छप गया है। अंजीव सर ने बड़े ही अचरज के साथ हीरो को देखते हुए पूछा :

"क्या तुमको परचा लिखना आता है? वो भी अंग्रेजी में।"– अपनी बड़ी आँखों को और बड़ा करते हुए अंजीव सर ने पूछा।

"सर, ये देखिए, यह छपा है"–हाथ में रखे प्रिंटआउट को अंजीव सर को दिखाते हुए हीरो ने कहा।

"हम्मम।"–जर्नल में हीरो के नाम का परचा देखकर अंजीव सर ने एक लम्बी साँस ली और हीरो की तरफ़ एक उम्मीद से देखा।

"सर! अब एक किताब पर काम कर रहा हूँ।"– हीरो ने उत्साह में कहा।

"अच्छा!"–अंजीव सर की आँखों में किसी चीज़ की उम्मीदों की मात्रा में थोड़ा और बढ़ोतरी हुई।

"हाँ सर ये देखिए कुछ लोगों के आर्टिकल बुलवा लिए हैं मैंने।"

"मुझे तुमसे यही उम्मीद थी। जब तुम्हारा इस विभाग में आने का हो रहा था तो कोई नहीं लाना चाह रहा था, पर मैंने तुम्हारी तरफ़दारी की थी। बड़े सरजी और सड़ेरिया की चलती तो तुम्हें तो सिलेक्ट ही नहीं होने देते। वो तो तुम मेरे प्रिय छात्र रहे हो इसलिए मैंने तरफ़दारी की थी।"–अचानक ही हृदय परिवर्तन की अपनी मंशा को प्रकट करते हुए अंजीव सर ने कहा।

"अच्छा, मुझे ये बात नहीं पता थी सर, आपका धन्यवाद।"–हीरो ने काफ़ी जोर लगाकर इस हृदय परिवर्तन के मूल उद्देश्य की खोजबीन करनी चाही लेकिन असफल रहा।

"अरे! तुम योग्य हो तुम्हें तो इसका सम्मान मिलना ही चाहिए।" –अंजीव सर ने अपना एक अलग ही रूप व्यक्त करते हुए कहा।

"जी, थैंक्स सर।"–हीरो ने भी कृतज्ञता दिखायी।

"अच्छा सुनो, कब तक आने वाली है ये किताब?"–अंजीव सर ने थोड़ा मुद्दे की तरफ़ आते हुए पूछा।

"बस सर, एक या दो महीने में।"– हीरो का दिमाग़ अब थोड़ा साफ़ काम करने लगा था।

"दो एडिटर तो हो सकते हैं न एक किताब के?"– अंजीव सर ने दूसरा गियर डाला।

"हाँ हो सकते हैं सर।"–हीरो के उत्तर दिया।

"तो एक काम करो देखो ऐसा है कि मैंने तुम्हारी इस डिपार्टमेंट के लिए अनुशंसा की थी, तो मेरा नाम भी डाल देना अपने नाम के साथ"–असली मुद्दे पर आते हुए अंजीव सर ने कहा।

"हैं! सर मैंने बहुत मेहनत की है इसके लिए। बहुत पैसा ख़र्च हो रहा है। डाल तो दूँगा पर क्या थोड़ी मदद कर पायेंगे आप?"

हीरो जानता था कि पैसा देने के नाम पर अंजीव सर का कौन सा हिस्सा काम करता है और कौन सा नहीं।

"अरे काहे का पैसा? कौन सा पैसा लगना है छपाई तो ऐसे ही हो जाती है और अगर मैं न रहूँ तो तुम्हारा विभाग में रहना मुश्किल हो जायेगा। तुम जानते हो कि सड़ेरिया और बड़े सरजी तुम्हें पसन्द नहीं करते हैं शुरू से, तो अगर यहाँ नौकरी करनी है तो चुपचाप काम कर दिया करो। मेरा नाम डाल देना।" –अंजीव सर लगभग धमकाते हुए कहा।

"सर, वो तो नहीं हो पायेगा। मैं इतनी मेहनत कर रहा हूँ फिर आप कोई मदद भी करने को तैयार नहीं हैं, कैसे हो पायेगा? सब मुझे ही करना है तो फिर किसी और का नाम क्यों डालूँ"–हीरो ने अपनी मंशा साफ़ करते हुए कहा।

"ज्यादा चूतियापा न करो, हमें सब पता है कैसे क्या करते हो, तुम जानते नहीं हो कि कितनी पॉवर है यहाँ पर?"–अपने असली रूप में आते हुए अंजीव सर ने हीरो को धमकाया।

"सर। गाली काहे दे रहे हैं? अच्छे से बात नहीं कर सकते तो कम–से–कम बात तो अच्छे तरीक़े से तो करिए।"

"जाओ यहाँ से। देखते हैं अगली बार कैसे आते हो विभाग में।"–अंजीव सर ने अपनी असली वाले रंग को ओढ़ते हुए कहा।

"ठीक है जो होगा देखेंगे" –हीरो ने मन–ही–मन अपनी क़िस्मत को कोसते हुए कहा और चला गया।

और विश्वविद्यालय की परम्परा के अनुसार इस वाक़िये ने एक बार फिर से हीरो की आधी खुली क़िस्मत की खिड़की को दोबारा से बन्द करने में कोई कसर नहीं छोड़ी। और जैसे कि किसी विदेशी मूल की किताब में कहीं यह उल्लेखित है कि इस ब्रह्माण्ड में प्रत्येक अणु और परमाणु एक दूसरे की ऊर्जा को स्थानान्तरित करते हैं ठीक उसी स्थानान्तरित ऊर्जा की तरह यह बात भी विश्वविद्यालय के प्रत्येक अणुओं और परमाणुओं के बीच से स्थानान्तरित होते हुए

आम से ख़ास बन गयी थी। अगले दस मिनट में यह वार्तालाप पूरे विश्वविद्यालय में चर्चा का केन्द्र बन गया।

अब चूँकि पढ़ने–पढ़ाने का माहौल हीरो की तरफ़ से पूरी तरह बन गया था तो ज़ाहिर है विद्यार्थियों ने हीरो के आस–पास झुण्ड बनाना शुरू कर दिया था। वो भीड़ जो कभी बड़े सरजी, अंजीव सर और सड़ेरिया सर की तरफ़ जाया करती थी डायवर्ज़न के बाद हीरो की तरफ़ आने लगी।

इसका सबसे ज़्यादा बुरा असर अंजीव सर को हुआ। अंजीव सर की आदत थी कि वो क्लास में कम और अपनी टेबल पर कक्षाएँ ज़्यादा लिया करते थे। और अगर उनमें विपरीत लिंग के प्राणियों की संख्या ज़्यादा हो तो फिर कब कैमरे की लैंस और आँखों के सौन्दर्य की तुलना करने बैठते उन्हें ख़ुद पता नहीं होता। कई–कई बार तो वह यह बताना भी नहीं भूलते थे कि उन्हें एक शॉर्ट फ़िल्म बनानी है– आँखों की विभिन्न मुद्राओं के ऊपर और उसके लिए उन्हें एक सुन्दर कन्या, जिसकी आँखें हिरणों की तरह चंचल हों और जिसे देखते ही डूब जाने का मन होने लगे, की आवश्यकता है। लेकिन कई शताब्दियों की कोशिश के बाद भी उन्हें यह समझने में कठिनाई हो रही थी कि इसके बाद कोई भी ऐसी सुन्दर कन्या जिसके आँखों में हिरणों की चंचलता हो और जिसमें किसी को भी डुबोने का हुनर हो, उन्हें क्योंकर नहीं मिलती।

और एक दिन उन्होंने नोटिस किया कि उनके आस–पास से कन्याओं की संख्या में भारी कमी होती जा रही है। इस गम्भीर समस्या के कारण को खोजने, इसके निदान की प्राप्ति के लिए कुरुक्षेत्र के युद्ध की तैयारियों के लिए बड़े सरजी के पास पहुँच गये।

बड़े सरजी के साथ सड़ेरिया सर पहले से ही मौजूद थे। अंजीव सर के आते ही बड़े सरजी ने गोकुल भैया को आदेश देते हुए कहा कि जब तक उनकी मन्त्रणा ख़त्म न हो जाये कोई इस दरवाज़े को पार नहीं करना चाहिए और साथ ही यह बताना नहीं भूले कि चूँकि आज यह मन्त्रणा लम्बी चलने वाली है इसलिए अग्रिम ली

गयी राशि से समोसे और चाय के साथ रसगुल्ला भी दुगुनी मात्रा में बुलवाकर रख लिया जाये। आदेश की प्राप्ति के बाद गोकुल भैया ने आगामी आदेश तक कमरे का बाहर का दरवाज़ा बन्द करके वहाँ एक बॉडीगार्ड टाइप के चपरासी की ड्यूटी लगाकर वो समोसे और रसगुल्ले की व्यवस्था के लिए चले गये।

जिस चपरासी की ड्यूटी बड़े सरजी के कक्ष के सामने दफ़ा थी, उसके रंग–रूप से लेकर उसके बाहरी ढाँचे में अचानक से ही भारी बदलाव दिखाई देने लगा। चपरासी की आँखों में अचानक ही कुछ–कुछ सफ़ेद–सा नज़र आने लगा था, साधारण तौर पर देखने वाले इसे मोतियाबिन्द कह देते, लेकिन जिस तेज़ी से चपरासी अपनी नज़रों को कक्ष के सामने से गुज़र रहे आदमज़ातों को ऊपर से नीचे तक देख रहा था उससे प्रतीत होने लगा कि वह मोतियाबिन्द नहीं बल्कि स्कैनर का लेंस है।

चपरासी ने कक्ष के बाहर अपनी कुर्सी को इस तरह से लगाया जैसे बताना चाह रहा हो कि अब देश और दुनिया में चपरासियों का ही राज हो गया है। इस समय उसके चेहरे पर उभर आयी मानवीय गरिमा की लकीरें इस बात को साबित करने पर उतारू थीं कि विभाग का खेवन्नहार अब अपनी गद्दी पर बैठ गया है। उसके चेहरे की भाव को बड़े ग़ौर से देखने पर पता चल रहा था कि कैसे एक पल में इस देश के भीतर का आदमी बाहर और बाहर का आदमी भीतर हो जाता है।

पीछे की जेब में रखी कंघी को निकालकर अपने तेल से चुपड़े बालों को एक बार क़रीने से सजाते हुए चपरासी ने सामने खड़े एक छात्र को बुलाकर उससे पेन माँगा और उसे अपने शर्ट की जेब में खोंच लिया और छात्र को यह कहकर वहाँ से भगा दिया *ख़बरदार जो यहाँ से आगे जाने की कोशिश की देखते नहीं मीटिंग चल रही है।*

लगभग आधा दिन गुज़र जाने के बाद अचानक से बड़े सरजी का दरवाज़ा खुला और खिले चेहरे लिए हुए अंजीव सर और सड़ेरिया सर बाहर की तरफ़ निकले। उनके चेहरे को देखकर साफ़ कहा जा

सकता था कि उस बैठक में से कोई ऐसा उपाय निकला है जिससे आने वाले समय में कोई बड़ा कार्य सिद्ध होने वाला है।

तीनों देवताओं का रूप अब कुछ–कुछ उन गिद्धों और भेड़ियों की तरह हो गया था जो अपने दुश्मन को दूर से कपड़ों तक से भी पहचान लेते हैं और तब तक डकार नहीं लेते जब अपने दुश्मन के ख़ून की एक–एक बूँद न पी जायें। और इसके बाद भी ख़ुद को शाकाहारी बताने में उन्हें कोई गुरेज़ नहीं होती। इधर इस पूरी वाक़िये से बेख़ौफ़ हीरो क्लास में कुछ सपने बुन रहा था।

पोस्ट-प्रोडक्शन

विश्वविद्यालय के कुछ विभाग जीव विज्ञान विभाग की प्रयोगशालाओं में रखे अनेक तरह के जीव–जन्तुओं के फ़ॉर्मेलीन की चौड़ी बोतलों में डूबे उन स्पेशीमैन की तरह होते हैं, जो बरसों–बरस एक ही जगह पर रखे रहते हैं। न उनकी अवस्था में परिवर्तन होता है और न ही स्थिति में। दूसरे लफ़्ज़ों में कहें तो अपने कभी भी न बदलने वाले डी.एन.ए. की तर्ज़ पर लगभग महीने–भर बाद ही एक दिन अचानक विभाग का टाइम टेबल बदल दिया गया।

हीरो को कुछ नयी क्लास सौंप दी गयी और नये टाइम टेबल पर उसी दिन से काम करने का आदेश बड़े सरजी की तरफ़ से आया। हीरो को जो नयी क्लास दी गयी उसमें पहले सड़ेरिया सर पढ़ाया करते थे।

आदेश पूर्ति करने गये हीरो ने क्लास से ख़ुद का परिचय करवाया। और क्लास को पढ़ाने के लिए सिलेबस खोलते हुए कहा, "कहाँ से पढ़ना है बताओ।" तभी एक विचित्र और चलती गाड़ी के टायर में कील ठोंक देने जैसी चतुराई से लैस एक अति सयाने छात्र ने बड़ी ही लापरवाही के साथ कहा–

"कहाँ से पढ़ना है। ये तो आप बतायेंगे!"

हीरो की निगाह जो अभी तक भूमि के समकोण में सिलेबस की किताब के पन्नों की लहरों पर सधी अन्दाज़ में तैर रही थी उसमें छात्र की आवाज़ का कंकड़ तेज़ी से लगा और लहरों की लय भंग होती चली गयी। हीरो ने इस बेतुके–से प्रत्युत्तर करने वाले छात्र की तरफ़ माथे पर एक रेखा डालते हुए देखा–

"हाँ लेकिन इससे पहले जो टीचर पढ़ाते थे, उन्होंने कुछ तो पढ़ाया होगा?"

"हाँ पढ़ाया तो है पर आपको क्या, आप नये सिरे से पढ़ाओ न"

छात्र किसी ऑटोमैटिक खिलौने में प्रोग्राम की गयी रिकॉर्डेड वॉयस की तरह बोल रहा था। उसके होंठ हिल रहे थे, लेकिन चेहरे पर कोई भाव नहीं था। सिवाय उस कुटिलता के जो उसकी आँखों में मौजूद थी। बग़ल में बैठे छात्रों से इशारों ही इशारों में मिल रही शह इसमें ज़रूर शामिल थी। असल में, वो सही ढंग से काम कर रहे कम्प्यूटर प्रोग्राम में कहीं से घुस आये उस बग की तरह बर्ताव कर रहा था जो पूरे प्रोग्राम को नष्ट कर देता है। उसका काम पढ़ना नहीं था बल्कि पढ़ाई नाम की चीज़ को विश्वविद्यालय नाम के सिस्टम से डिलीट कर देना था। हीरो के माथे की रेखा अब एक से बढ़कर पाँच हो गयी थी।–

"ये पढ़ाओ क्या होता है महाशय? मैं तुम्हारा टीचर हूँ। कुछ तो सम्मान–लिहाज़ रखा करो। और कम–से–कम मेरा नहीं तो इस दायित्व का सम्मान करो, जिसे मैं निभा रहा हूँ।"

"हाँ तो, मैंने ऐसा क्या ग़लत बोल दिया प्रभु? जितनी औक़ात है उतना ही सम्मान मिलेगा ना।"

ऐसा कहते ही छात्र ने अन्य छात्रों की तरफ़ देखा जो प्रोफ़ेसर नाम के किसी भी कॉन्सेप्ट का महत्व नकारते हुए हल्के–से मुस्कुरा रहे थे। गोया पहले ही तय करके आये हों कि न तो पढ़ेंगे और न ही टीचर को पढ़ाने देंगे।

"क्या बदतमीज़ी है ये? क्या क्लास में ऐसे बात करते हैं टीचर से?"

"अरे! ऐसा क्या कह दिया मैंने? ठीक तरीक़े से ही तो बात की है। हम पैसा देते हैं तो तुमको तनख़्वाह मिलती है। यूनिवर्सिटी तुमसे नहीं हम जैसे स्टुडेंट और उनकी फ़ीस से चल रही है।"

कक्षा में बैठा एक अन्य छात्र जो कुर्सी पर भी पालथी मारने के अन्दाज़ में बैठा था। एक छात्र आगे वाले छात्र की टीशर्ट के अन्दर कमर की तरफ़ फूँक मार रहा था। उसकी बग़ल का छात्र मोबाइल

की स्क्रीन को देखकर हँस रहा था। हीरो ने कक्षा में इस तरह की बदतमीज़ी की उम्मीद बिल्कुल न की थी। मूड़ बेहद ख़राब कर दिया था छात्र ने। माथा, रेखाओं की बन्दिश छोड़कर सिर में भर आयी गर्माहट का सहयात्री हो चला था। लेकिन तब भी आपा खोने पर पूरा नियन्त्रण बनाये रखा था हीरो ने। आख़िर प्रोफ़ेसर को किस तरह निपटना है वह जानता था। सन्तुलित व सधी आवाज़ में हीरो ने कहा–

"लगता है तुम्हें कुछ ज़्यादा ही समझ आ रही है क्या? मैं इस बदतमीज़ी को किसी भी रूप में सहन नहीं कर सकता। चलो क्लास से बाहर, ऐसे कैसे क्लास में कोई बात कर सकता है?"

हीरो ने व्यवहार में सख़्ती दिखाते हुए उसको क्लास से बाहर कर दिया, थोड़ी देर बाद प्यून क्लास में आकर हीरो को बड़े सरजी के दरबार में पहुँचने का न्यौता दे गया।

बड़े सर जी के कक्ष में दाख़िल होते ही हीरो ने देखा कि एक तरफ़ वो लड़का और सड़ेरिया, बड़े सरजी के बग़ल में बैठे हैं। लड़के ने हीरो पर जातिगत गाली देने और ग़लत पढ़ाने के साथ–साथ ठीक वैसे ही इल्ज़ाम लगाये थे, जैसे मामूली कहासुनी हो जाने पर पड़ोसी थाने में एक–दूसरे के ख़िलाफ़ रिपोर्ट में दर्ज करवाते हैं।

बाक़ायदा एक पत्र लिखकर इन आरोपों पर एक कड़ी कार्रवाई करने की माँग छात्र ने की थी और चूँकि वो दलित और वंचित वर्ग से आता है इसलिए हीरो को नौकरी से निकाल देने की अनुशंसा भी कर दी थी।

इस पत्र की प्राप्ति के बाद बड़े सरजी ने इस घटना की तुलना इमरजेंसी के हालातों से करते हुए तत्काल प्रभाव से एक कमेटी का गठन करके मामले की जाँच को प्रस्तुत करने के लिए दो दिन का समय दिया।

इस कमेटी में उन्होंने सड़ेरिया को प्रमुख न्यायाधीश नियुक्त किया। सड़ेरिया को मुख्य न्यायाधीश नियुक्त करने के पीछे बड़े सरजी का मानना था कि सड़ेरिया को भारतीय न्याय व्यवस्था का

भयंकर वाला ज्ञान है और उस ज्ञान के कारण वो जो भी जाँच करेंगे वह निश्चय ही बिना किसी भेदभाव और पूर्वग्रह से मुक्त होगी। उन्हें उम्मीद ही नहीं बल्कि पूरा यक़ीन था कि सड़ेरिया इस ज़िम्मेदारी को पूरी निष्पक्षता से निभायेंगे।

सड़ेरिया जिस तरह से उस छात्र के कन्धों पर हाथ रखकर उसे सान्त्वना दे रहे थे उससे हीरो को समझ में आ गया कि आख़िर ये खेल क्यों खेला गया। और इस टाइम टेबल के बदले जाने के पीछे का राज़ क्या था, और आख़िर में इस खेल के क्या परिणाम निकलने वाले थे।

आमतौर पर देश में जब कमेटियाँ बनायी जाती हैं तो उनसे उम्मीदें की जाती हैं कि वो अपना काम तब तक प्रस्तुत करेंगी जब तक उनका कार्यकाल ख़त्म होने को होगा और चूँकि जाँच में नाना प्रकार के व्यवधान आये इसलिए आगामी आदेश तक बढ़ जाने वाली अवधि के बाद पुख़्ता प्रतिवेदन रखे जायेंगे। लेकिन इस कमेटी को दो दिन के लिए गठन होने के बाद जाँच उसी एक दिन में ही पूरी कर ली गयी और रिजल्ट के रूप में निकाला गया–

"चूँकि वो एक छात्र है और ख़ासकर उस छात्र के चेहरे को मासूमियत ने क़ब्ज़े में ले रखा है, इसके साथ ही चूँकि छात्र का काम बहस करना ही होता है इसलिए इस पूरी घटना की ज़िम्मेदारी हीरो पर डाली जाती है कि उन्हें क्लास में एक ज़िम्मेदार व्यक्ति की तरह पेश आना चाहिए था जोकि उनके द्वारा नहीं आया गया। इसलिए उनके ट्रांसफ़र की अनुशंसा की जाती है।"

इस पूरी विवेचना के बाद निकले रिजल्ट ने एक तरफ़ जहाँ बड़े सरजी के ईगो को सेटिस्फ़ाइड और सड़ेरिया के कलेजे को ठण्डक दी थी, वहीं हीरो के पतन की दास्ताँ की इबारत भी लिख दी गयी थी। लेकिन बड़े सरजी और सड़ेरिया को नहीं पता था कि जिस छात्र की मदद लेकर उन्होंने इस खेल की नींव रखी थी वहाँ से उन्होंने एक ऐसे भस्मासुर को पैदा कर दिया था जो आने वाले दिनों में बड़े सरजी के सर पर भी हाथ रखने वाला था।

ख़ैर, कमेटी के आये इस फ़ैसले के बाद हीरो ने इस फ़ैसले का विरोध ऊपर सातवें आसमान पर करने का फ़ैसला किया यानि कि विश्वविद्यालय के माननीय अर्थात कुलपति के पास।

हीरो माननीय के पास जाता उससे पहले वहाँ का मैनेजमेंट सँभालने के लिए अंजीव सर को दूत बनाकर बड़े सरजी ने भेज दिया। अंजीव सर लम्बे समय से ऐसे किसी मौक़े की तलाश में थे जहाँ से वो हीरो द्वारा ठुकराये गये उनके प्रॉपोजल का बदला ले सके। यह वही मौक़ा था।

अंजीव सर की यह एक ख़ासियत थी कि वे कभी भी सामने से वार नहीं करते थे, जब भी वार किया तो पीछे से। जिसका प्रमाण उनके द्वारा समय–समय पर ली जाने वाली नर–बलियों से सिद्ध हो जाता था। अब बारी हीरो की थी।

हीरो अपनी बात लेकर ऊपर सातवें आसमान पर गया लेकिन अंजीव सर वहाँ पहले से ही मोर्चा सँभाले हुए थे। हीरो के वहाँ पहुँचने से पहले ही अंजीव सर ने माननीय को इस बात का भरोसा दिला दिया था कि जो घटना घटी है वह असल में माननीय के द्वारा रचे गये नियमों के बिल्कुल ख़िलाफ़ रची गयी है। और हीरो ने उन तमाम नियमों को ताक़ में रखकर माननीय का अपमान किया है। इस बात के साथ ही अंजीव सर ने कुछ गवाहों के हवाले से यह बात भी रखवा दी जो नियम हीरो ने तोड़े हैं, यह उसी का परिणाम है कि कक्षा और विश्वविद्यालय दोनों के मान को अपमानित किया गया है। और देखते ही देखते यह घटना मामूली विवाद से विश्वविद्यालय के अनुशासन, त्याग, प्राण और प्रतिष्ठा के अपमान में तब्दील हो गयी।

अंजीव सर गोएबल्स के नियमों का इतनी तन्मयता के साथ उपयोग किया कि माननीय को यह बात समझते देर नहीं लगी कि अभी–अभी जो घटना कक्षा के भीतर घटी है उसका वैश्विक स्तर पर व्यापक प्रभाव पड़ने वाला है और भारत देश की छवि वैश्विक स्तर पर यू.एन. के सामने धूमिल हो सकती है। हालाँकि उन्हें इस बात का पूरा अन्दाज़ा हो गया था कि अंजीव सर न सिर्फ़ एक अच्छे कहानीकार हैं

बल्कि समय आने पर उनसे किसी भी तरह के ड्रामे का निर्देशन भी करवाया जा सकता है। कुल मिलाकर अंजीव सर ने इतना रायता फैलाया कि माननीय ने हीरो की बात सुनने से साफ़ मना कर दिया।

हीरो की सुनवाई न हो पाने और उसकी गुज़ारिश को बिना सुने ही ख़ारिज हो जाने की ख़ुशी अंजीव सर की आँखों से होते हुए उनके होंठों तक पहुँच रही थी। हीरो के जाने के बाद अंजीव सर ने इसे भारतीय प्रजातन्त्र की एक ऐतिहासिक जीत बताते हुए माननीय को यह बताने में तनिक भी देर नहीं कि कैसे उन्होंने भारतवर्ष की इज़्ज़त बचा ली है।

लेकिन अंजीव सर ने हीरो के लिए मुश्किलों के द्वार खोल दिये थे। और इसे निपटाने की पूरी प्रक्रिया पर आग में घी डालने का काम कर रहे थे–सड़ेरिया सर। मामला इस बात पर आकर ख़त्म हुआ कि हीरो को बिना किसी सज़ा के नहीं जाने दिया सकता है। चूँकि लोक संचार विभाग के हैडिक यानि कि एच.ओ.डी. अब अंजीव सर बन चुके थे इसलिए सज़ा के तौर पर उसे अंजीव सर के डिपार्टमेंट में भेजा जाये ताकि हीरो को सबक़ मिल सके। और एक झटके में हीरो का तबादला कर दिया गया। हीरो ने भी सोचा कि चलो कम–से–कम बड़े सरजी और सड़ेरिया की काली परछाईं से दूर रहेंगे कुछ सकारात्मक काम होगा, इसलिए उसने भी चुपचाप सर झुकाकर आदेश मान लिया।

लेकिन यहाँ तो हालात आसमान से गिरे और ख़जूर पर अटके वाले होने वाले थे। असल में, दूसरों के लिए गड्ढा खोदने वालों के लिए गड्ढा खोदना एक कला है, और ठीक ज़िस तरह गीता में लिखा है कि आत्मा शरीर को धारण किये है ठीक उसी तरह वे इसे अपने डी.एन.ए में आत्मसात किये होते हैं। यह उनके लिए रिवाज़ है, कला है, नशा है, उनके खाना पचाने की प्रक्रिया है। दूसरों के लिए गड्ढा खोदने वाले ये लोग दिन–भर में जब तक किसी को अपने खोदे हुए गड्ढे में गिरा नहीं लेते इनके पेट से खट्टी डकार आती रहती हैं। इनके लिए यही क़ायम चूर्ण है, यही भास्कर लवण है।

लगभग एक हफ़्ते की क्लास के बाद अचानक से हीरो को अंजीव सर का बुलावा आता है। अंजीव सर का कक्ष युद्ध के लिए तैयार बेस कैम्प में पूरी तरह तब्दील हो चुका था। एक तरफ़ कबाड़ी वाले नारद मुनि सेनापति की भूमिका में हमेशा खड़े मिलते तो दूसरी तरफ़ सड़ेरिया सर मुख्य सलाहकार के रूप में। दोनों की भूमिका में अंजीव सर ख़ुद को किसी महाराजा से कमतर नहीं समझ रहे थे।

जैसा कि महाराजों की जगत विदित आदत असंख्य रानियों को अपने हरम में पाले रहने की होती है ठीक उसी तर्ज़ पर उन्होंने एक सुकन्या अपने लिए आरक्षित कर रखी थी। हालाँकि पूरा विश्वविद्यालय अंजीव सर के नारी–प्रेम से विदित था, इसलिए किसी को कोई ख़ासा अचरज नहीं हुआ। अंजीव सर ने एक बार फिर से यह मान लिया था कि अब उनके प्रेम की तलाश ख़त्म हो गयी है। क्योंकि ये जो सुकन्या है उसमें उन्हें उनका कई जन्मों का प्रेम दिखाई देने लगा था। अकादमीय अय्यारों की बात मानें तो उस सुकन्या को बंगाल का काला जादू आता था जिसके दम पर उन्होंने अंजीव सर को अपने मोह–पाश में बाँध रखा था।

लेकिन उसी क़िस्सागो ने एक दिन गाँजे के नशे में बताया कि काले जादू की बात सरासर झूठी है क्योंकि अंजीव सर को वश में करने के लिए किसी तरह के काले जादू की आवश्यकता नहीं है। इसके लिए सिर्फ़ एक नारी का होना आवश्यक है। तो कक्ष में दाख़िल होते ही हीरो को एक बार फिर से आडे हाथों लेते हुए अंजीव सर ने कहा :

"आपकी बहुत शिकायतें मिल रही हैं।"–और ऐसा उन्होंने सड़ेरिया की तरफ़ देखकर अपनी एक आँख को प्रकाश की गति से बन्द करके खोलते हुए कहा।

"अच्छा, यहाँ भी शिलशिला शुरू हो गया"–सड़ेरिया ने अपनी चिरपरिचित मायावी मुस्कुराहट अपने चेहरे पर लाते हुए कहा।

"कैसी शिकायत सर? मैंने ऐसा क्या कर दिया?"–हीरो ने माहौल को भाँपते हुए जानने की कोशिश की।

"आप क्लास में अंग्रेज़ी के शब्दों का ज़्यादा प्रयोग करते हैं।"–एक बेहद ही गम्भीर मुद्रा बनाते हुए अंजीव सर ने ज़ोरदार आवाज़ में कहा।

"मैं तो दोनों भाषाओं में पढ़ाता हूँ सर। ताकि किसी को कोई दिक़्क़त ना हो।"

"नहीं–बच्चों ने शिकायत की है कि तुम अंग्रेज़ी ज़्यादा प्रयोग करते हो उन्हें कुछ समझ नहीं आता।"–सड़ेरिया की तरफ़ देखते हुए अंजीव सर मुस्कुरा दिये।

"यहाँ अंग्रेज़ी–वंग्रेज़ी नहीं चलेगी। हिन्दी हमारी मातृभाषा है। उसी में पढ़ाओ"। –सड़ेरिया ने मोर्चा खोलते हुए हीरो को अंग्रेज़ों की तरह दुश्मन मान लिया था।

"सर मुझे तो किसी स्टूडेंट ने नहीं कहा कि उन्हें किसी तरह को कोई दिक़्क़त है भाषा को लेकर।"

"अच्छा! तो क्या मैं झूठ बोल रहा हूँ?"–अंजीव सर ने गेंद को अपने पाले में आते हुए देखकर बचाव वाला वाक्य घोंपा।

"मैंने ऐसा कब कहा आपको!"

"देखो अपने बारे में सोचो ज़रा। तुमको इस विश्वविद्यालय में मैं लेकर आया हूँ। मेरे से बहस मत करो। ऐसी शिकायत आती रही तो ये तुम्हारे लिए ठीक नहीं होगा।"–

"और क्या ठीक नहीं होगा सर? कर तो रहे हो आप लोग, जो कर सकते हो। और मुझे आप लेकर नहीं आये हो। मैं अपनी क़ाबिलियत से आया हूँ। और कौन हैं जो शिकायत कर रहे हैं? चलिए क्लास में और पूछिए मेरे सामने।"

"ठीक है, ठीक है, देखते हैं वो भी कर देंगे तुम्हारे लिए।"–अंजीव सर ने अपनी जान फँसते देख निकलने की कोशिश की।

"नहीं, अभी चलिए अभी पूछते हैं उसमें क्या है–कौन सही है और कौन ग़लत, अभी हो जायेगा।"–हीरो ने भी पूरी दमदारी से अपनी बात रखी।

"मेरा काम तुम्हें चेताना था। तुम देख लो अपने हिसाब से बाक़ी अगली बार से नहीं आ पाओगे यहाँ पर पढ़ाने के लिए ऐसा ही रहा अगर तो।"

हमेशा की तरह धमकी भरे स्वर में अंजीव सर ने हीरो को वार्निंग दे डाली।

"अरे यार अब सर कह रहे हैं, तो ठीक ही कह रहे होंगे न। तुम मान लो कि गलती हो गयी है सर को सॉरी बोल दो और निपटा लेते हैं आपस में।" –दोनों पक्षों के बीच शान्ति स्थापित कराने की कोशिश करते हुए कबाड़ी वाले नारद मुनि ने हीरो को समझाइश दी।

"मैंने ऐसे कौनसी ग़लती कर दी है सर जो आप लोग लगातार मुझे परेशान और प्रताड़ित करते रहते हैं। मेरी एक छोटी–सी गलती थी कि मैंने सुदीप सर और बड़े सरजी को कभी कोई जवाब दे दिया तो आप लोग इतना परेशान करेंगे क्या? उस बात को एक ज़माना हो गया। मैं अपना काम कर रहा हूँ, आप अपना काम करिए सर। अब जाऊँ मैं अपनी क्लास है"–हीरो ने भी अपनी मंशा साफ़ ज़ाहिर करते हुए कहा।

"अब आप जा सकते हैं।"–अंजीव सर ने कहा।

अग्नि-परीक्षा

समय बड़ा खिलाड़ी होता है। वो सपने जिन्हें देखकर अपने लिए कोई एक रास्ता तय करते हैं, वो हाईवे की तरह समतल और तेज़ होगा या फिर पगडण्डी की तरह ऊबड़–खाबड़ यह समय ही तय करता है।

हीरो को नहीं पता था कि उसके जीवन में चिपक गये इन जोंकों से वह ख़ुद को कैसे बचाये। आये दिन होने वाली बहस और *नौकरी से हटवा दूँगा* से *लेकर देखते हैं, इस साल कैसे पढ़ा पाता है* का डर हीरो को अपने जीवन में हावी होते नज़र आने लगे। हीरो के लिए अब एक ही रास्ता था कि या तो वो इन देवों का स्वामित्व स्वीकार कर ले और ता–उमर अपनी ही लाश को अपने काँधों पर ढोता फिरे या फिर इस जगह से निकल किसी और आसमान में अपना बसेरा ढूँढ़े।

एक तरफ़ सरकारी नौकरियों में कीड़ों की तरह लोगों का हुजूम बढ़ता ही जा रहा है। जहाँ कुछ समय पहले तक पाँच–दस लोग ही साक्षात्कार जैसी जगहों पर पहुँचते थे वहीं अब सैकड़ों की तादाद में लोगों की सिफ़ारिशें पहुँचने लगीं। नौकरियों के लिए योग्यता का पैमाना डिग्री नहीं, सिफ़ारिशें हो गयी हैं। और फिर पत्रकारिता तो ऐसा क्षेत्र है जहाँ की दुनिया मुट्ठी भर लोगों से घिरी हुई है। यही मुट्ठी–भर लोग दूसरे की क़िस्मत को बनाने और बिगाड़ने का खेल खेलते और अपनी–अपनी कन्दराओं में छुपे रहते।

हीरो को यह बात तो समझ आ गयी थी उसका यहाँ से निबाह हो पाना अब मुश्किल होता जा रहा है। ऐसे में एक ही ऑप्शन बचता है कि इस विश्वविद्यालय के अलावा भी दूसरी जगहों पर नौकरी के लिए जुगाड़ करना होगा।

इस जुगाड़ शब्द की महिमा देश में अपरम्पार है। प्राचीन काल से देश में जुगाड़ से ही सब कुछ चल रहा था। त्रेता युग में इसी जुगाड़ के सहारे ही सुग्रीव ने बाली को ठिकाने लगवाया था तो जुगाड़ से ही लक्ष्मण जी को होश में लाया गया। यह वही जुगाड़ है जिसकी भूरि–भूरि प्रशंसा द्वापर में श्रीकृष्ण ने की है। और इसी जुगाड़ के चलते कलयुग में लोगों ने अपनी–अपनी बचा रखी है। असल में, जुगाड़ ही आविष्कार की जननी है।

देश के हर कोने मे इसी जुगाड़ का राज है। बच्चे के एडमिशन से लेकर नौकरी तक मे सब कुछ जुगाड़ से ही चलता है। यह वही जुगाड़ है जिसके चलते घोटाले और घपले करने वाले लोग सम्मान पाते हैं। यही वह जुगाड़ है जिसके चलते राजनीति में सेटिंग की जाती है और सेटिंग करने वाला राजनीति करने लगता है।

यह वही जुगाड़ है जिसकी नींव समाजशास्त्र और फ़िलॉसफ़ी में मास्टर करने के बाद भी बड़े सरजी को टेलीविज़न में प्रोफ़ेसर बना देती है। यह वही जुगाड़ है जिसके चलते किसी दूसरे की मेहनत में ज़बरदस्ती अपना डलवाते अंजीव सर को प्रोमोशन मिल जाता है। यह वही जुगाड़ है जिसके चलते अपने हर ग़लत काम को सही साबित करवाने में सड़ेरिया को घण्टों नहीं मिनटों लगते हैं। हीरो भी एक अदद जुगाड़ की तलाश में है।

अब हीरो की नज़रें देश के बाक़ी विश्वविद्यालयों में सम्भावनाओं की तलाश में जुटी हुई थी और नौकरी के आवेदन करने का सिलसिला महज़ कुछ सौ रुपये से शुरू होकर हर महीने हज़ारों की तादाद में बढ़ने लगा था।

नौकरी वाले विज्ञापनों की अपनी ही अलग दुनिया होती है। जिस तरह से अख़बारों में एक कोने पर विज्ञापन निकाले जाते हैं

लगता है जैसे देश में विद्वानों, बुद्धिजीवियों की संख्या में भारी मात्रा में कमी हो। नालन्दा, जैसे पुरातन विश्वविद्यालयों की पुनर्स्थापना के साथ किये जाने वाले प्रचार–प्रसार को देखकर लगता है मानो एक बार फिर से भारतवर्ष दुनिया का शिक्षा–केन्द्र बनने पर उतारू है। और जब इन ख़ाली पदों पर भर्तियाँ की जाती हैं तो लगता है उतारू नहीं बाज़ारू हैं।

स को श बोलने वाले सड़ेरियों, कामुकता से भरे फ़ोकटाओं, चुग़ली के नारदों, हर बार एक नया बाप बना लेने वाले गोकुलों और अपने अहम् के चलते दूसरों की नर–बलि लेने वाले बड़े सरजी सरीखे मठाधीशों से भर दिये जाने वाले ये पद उन कई मासूमों को ताउम्र अँधेरे की उस खोह में भटकने के लिए छोड़ देते हैं जहाँ से उनके लिए नालन्दा जैसे विश्वविद्यालय किसी दिवास्वप्न से कम नहीं होते। हर बार इस आस में कहीं से कोई तो चिनगारी निकलेगी ना जाने कितने अरमान उनकी अपनी ही नींद में दम तोड़ देते हैं।

ख़ैर, मुद्दे पर आते हैं तो हीरो आये दिन होने वाली खिच–खिच से परेशान होकर अपनी तनख़्वाह के आधे पैसों को नौकरी के लिए आवेदन करने में ख़र्च करने लगा। हर बार सारे काग़ज़ातों की फोटोकॉपी कराने और उसे पोस्ट करने में जितना पैसा लग रहा था उतने में तो आदमी का साल–भर का जीवन का बीमा हो जाता है।

जैसे–जैसे त्रिदेवों का दबाव बढ़ता गया वैसे–वैसे हीरो के आवेदन करने की रफ़्तार भी बढने लगी। हीरो की इस बैचेनी को देखकर सबसे ज़्यादा सुकून सड़ेरिया को मिल रहा था। और यह ख़ुशी उसके ललहौंड दाँतों के बीच सुपारी को चबाने और फिर माचिस की तीली से खुरच खुरचकर निकालने की प्रक्रिया के दौरान बन गये ख़ाली गेप से भरभराकर गिरने लगी।

अब रोज़–रोज़ उसके पेट में मरोड़ भी उठने लगी। हालाँकि सड़ेरिया के पेट में उठने वाली मरोड़ के लिए अंजीव सर ने बताया था कि धतूरे के बीज को गर्म पानी में उबालकर अगर सुबह–सुबह ख़ाली पेट लिया जाये तो उससे पेट साफ़ तो होता ही है

दिन भर–शरीर में *चुस्ती भी बनी रहती है। और चेहरे की चमक में बढ़ोतरी भी होती है।* हालाँकि सड़ेरिया ने इस इलाज को आज़माया भी लेकिन उनके पेट की मरोड़ नहीं गयी। एकबारगी तो उन्हें लगा कि कहीं उन्हें भी अंजीव सर की संगत में बवासीर तो नहीं हो गया। लेकिन सरकारी अस्पताल में दो दिन चक्कर काटने के बाद मिले सरकारी डॉक्टर साब ने उन्हें बताया कि यह बवासीर के लक्षण नहीं हैं, बात कुछ और ही है।

ऐसे ही एक दिन जब उनके पेट में मरोड़ हो रही थी तो बड़े सरजी का बुलावा आ गया। इन दिनों बड़े सरजी कुछ दिनों के लिए बिना कारण बताये अज्ञातवास में चले गये थे। आज वे वापिस अपने कक्ष में दर्शन के लिए उपलब्ध थे। और भक्तों के लिए कक्ष के कपाट खोल दिये गये थे। और उनकी इस उपलब्धता को गोकुल भैया के कहने पर चपरासी ने लाउडस्पीकर पर चिल्ला–चिल्लाकर बताया भी था, लेकिन तमाम प्रयासों के बाद भी कक्ष के बाहर न तो लम्बी लाइन लगी और न ही किसी ने रसगुल्ला का चढावा करने की ज़हमत उठायी। ऐसे में उन्होंने खुद ही भक्तों को दर्शन देने की ठानी और सड़ेरिया और अंजीव सर को बुलावा भेज दिया।

सड़ेरिया सर ने बड़े सरजी का बुलावा स्वीकार किया और अंजीव सर के साथ दर्शन के लिए कक्ष में आ गये। कक्ष में बड़े सरजी अपनी चिरपरिचित शैली में बायें हाथ को दायें पैंट के नीचे से डालकर अपने घुटने के बालों को सहला रहे थे, दोनों को आता देख बड़े सरजी ने बड़ी ही आत्मीयता के साथ दोनों का स्वागत किया। आशीर्वाद देने की मुद्रा में अपना हाथ उठाया। लगभग अंग–विशेष तक झुककर आशीर्वाद लेने की नौटंकी ख़त्म करने के बाद दोनों वहीं बड़े सरजी के सामने लाल वाले सोफ़े पर बैठ गये।

बड़े सरजी ने एकबारगी अंजीव सर की तरफ़ देखा और अन्तर्यामी के भावों से घिरते हुए चपरासी को बुलाकर समोसे लाने का आदेश दे डाला। अंजीव सर के चेहरे में ख़ुशी की लहर दौड़ गयी। और इस लहर को बड़े सरजी और गन्ही महात्मा की तस्वीर के पीछे छिपी हुई छिपकली दोनों ताड़ गये।

"कहाँ थे सर इतने दिन? किसी को कुछ नहीं बताया, आपने किस बात की छुट्टी ले ली थी?"

"अरे! कुछ नहीं अंजीव? मन नहीं लग रहा था यहाँ इसलिए सोचा घर पर रहकर कुछ काम किया जाये?"

"अरे! अब इस उमर में कहाँ काम करते रहेंगें आप, मज़े से घर रहिए। काहे ये सब टेंशन पालते हैं?"—अंजीव सर ने इस बात को कुछ ऐसा कहा मानो कहना चाह रहे हों कि अब मैं इस लायक़ हो गया हूँ दो विभागों का हैडिक अपने सर पर ले सकता हूँ।

"ठीक ही कह रहे हैं अंजीव शर,। आप तो बता दिया करें आपको क्या तकलीफ़ है हम शब देख लिया करेंगे। कहाँ इश उमर में भाग—दौड़ करते हैं? वैसे आपको शायद पता नहीं होगा हीरो का इंटरव्यू लेटर आया है आपकी तरफ़ वाली यूनिवर्सटी से।"—अपने पेट को बडी देर से पकड़े बैठे सड़ेरिया ने बड़े सरजी से कहा।

"अच्छा! हाँ, अभी निकली तो थी पोस्ट वहाँ पर नौकरी के लिए"— बड़े सर जी ने कहा।

"सुना है ऊपर से दूसरे या तीसरे नम्बर पर नाम है उसका लिस्ट मे।"—अंजीव सर अपडेट करते हुए कहा।

"अच्छा।"—बड़े सरजी ने शान्त मुद्रा में कहा।

इस 'अच्छे' के बाद तीनों एक—दूसरे को बड़ी देर तक मुस्कुराते हुए देखते रहे। और अचानक ही सड़ेरिया के पेट का दर्द भी ठीक हो गया।

हीरो को ख़ुशी थी कि अब जल्दी उसे यहाँ से छुटकारा मिल जायेगा। इसी उम्मीद में हीरो इन्टरव्यू के लिए निकल पड़ा।

स्टेशन की तरफ़ जाते ऑटो की स्पीड फुल थी। शहर किसी मँझे हुए नशेड़ी के माफ़िक़ झूम रहा था, लेकिन मजाल है कि किसी को समझ आ जाये कि उसने पी हुई है। बेतरतीब—सी सड़कें, सड़कों पर हर ख़ाली जगह देखते ही उसे भर देने की मानवीय प्रवृत्ति की होड़, और इस होड़ में एक—दूसरे का बाप और जीजा बन जाने की अनन्त इच्छाओं के बीच गला फाड़ती गाड़ियाँ ऐसे लग रही थीं जैसे

उस नशेड़ी की बिखरी ज़ुल्फ़ें हों। और इन्हीं ज़ुल्फ़ों के बीच वही पुराने चिरपरिचित गड्ढे।

कभी–कभी तो लगता है यह देश किसानों का नहीं गड्ढों का है। वो गड्ढे जो बारिश न हो पाने से मायूस किसानों की आँखों के सूनेपन से भी गहरे और विशाल थे। गन्ही महात्मा से लेकर कृपलानी, नेहरू, तिलक, गोखले, भगत, आज़ाद आदि–आदि लोगों के आज़ादी के नारे लगाने के पीछे का भी कारण यही गड्ढे थे। उस समय देश में गड्ढ़े थे आज गड्ढों में देश है।

जगह–जगह ख़ुदे हुए गड्ढे ख़ुदा की ख़ुदाई के होने का एहसास कराते चलते हैं। इन गड्ढों में लोगों का जीवन बसता है। आप तय नहीं कर सकते हैं कि धरती के इन हिस्सों में ज़मीन है, सड़क है या फिर गड्ढे हैं। सड़कों पर गड्ढों की तादाद देखकर इस बात का अन्दाज़ा लगया जा सकता है। इस देश में स्थायी अगर कुछ है तो वो गड्ढे हैं सड़कें तो अस्थायी हैं। इन अस्थायी सड़कों पर बेफ़िक्र गड्ढों को देखकर लगता है कि उन्हें गड्ढा होने पर पूरा अभिमान है और उनमें से कुछ गड्ढों की आँखों में चन्द सालों में ही खाई बन जाने का सपना पल रहा हो। कुछ सुरा साहित्य–प्रेमियों का मानना है सड़कों पर गड्ढे नहीं है बल्कि गड्ढों पर सड़कें बनाई गयी है। एकबारगी तो ख़याल आता है कि ये देश गड्ढों का देश है, जैसे भुखमरी है, बेरोज़गारी है, अपराध हैं, वैसे ही गड्ढा भी है। जैसे हवा है, पानी है, बिजली है, वैसे ही गड्ढा भी है। उस पर कमाल ये कि इतने गड्ढों के बाद भी लोग दूसरों के लिए गड्ढा खोदते हैं।

हीरो ने देखा गाड़ी आने में सिर्फ़ सात मिनट रह गये हैं। ऑटो वाले को तेज़ी से गाड़ी चलाने का कहकर हीरो अपने भविष्य की योजनाओं में खो गया। ऑटो इस समय उसे ऑटो कम और पुष्पक विमान ज़्यादा लग रहा था। अचानक ही ऐसा लगा जैसे देश गड्ढे में गिरने वाला है और गन्ही महात्मा की लाठी ने उसे थाम लिया हो, ऑटो एक बड़े से गड्ढे में गिरा और गिरकर फिर से उठ खड़ा हुआ। हीरो को एक बड़ा दचका लगा, ऑटो वाले ने अपनी परम्परा

के अनुसार गड्ढे को गाली दी, गड्ढे ने इसे अनसुना कर दिया। और बेशर्मों की तरह वहीं पड़ा रहा। जैसे देश पिछले कई सालों से पड़ा है। जैसे विश्वविद्यालय में सड़ेरिया, अंजीव और बड़े सरजी पड़े हैं।

शहर को बड़ा या छोटा उसकी आबादी नहीं रेलवे या बस स्टेशन के आस–पास लगे विज्ञापन बनाते हैं। हर शनिवार और रविवार को मर्दाना कमज़ोरी का इलाज करने वाले विश्व प्रसिद्ध डॉक्टरों से लेकर बिना चीरा या टाँका लगाये बवासीर के इलाज वाले चिरकुटों के विज्ञापन तो अब उन गाँव खेड़े में भी नज़र आने लगे हैं जहाँ की आबादी वहाँ की सड़कों में पड़े गड्ढों से भी कम होती है। लेकिन शहर के विज्ञापनों में मर्दाना कमज़ोरी से लेकर झड़ते बालों की समस्याओं तक और तीस दिन में डॉक्टर कैसे बनें से लेकर तीन महीने में करोड़पति बनने के तरीक़ों से भरी पटी दीवारें शहर को गाँवों से अलग करती हैं।

सड़क किनारे की दीवारें, चिपकाये गये पम्फ़्लेटों की कई–कई परतों से इस तरह ढँक जाया करती हैं कि उसका मूल रंग और रूप ख़ुद मकान मालिक को भी पता नहीं रहता। किसी दीवार पर बचपन की ग़लतियों से टेढ़े हुए अंग–विशेष को सीधा करने का दावा करते हकीम शिफ़ाख़ाना, सुलेमानी, बंगाली, लुक़मानियों के *काम नहीं तो दाम वापिस* वाले मनमोहक पम्फ़्लेट। हर दीवार पर विज्ञापन, हर खम्बों पर विज्ञापन। हीरो ने सोचा साँप देखते ही मार देने की कहावत की तर्ज पर दीवार में ख़ाली जगह देखते ही पम्फ़्लेट चिपका देने की प्रवृत्ति देश में बढती जा रही है।

दीवार पर चिपके चीखते–चिल्लाते विज्ञापनों को देखकर लगता कि देश में असली डॉक्टरों की डिग्री केवल स्टेथेस्कोप लटकाने भर को होती है, और केवल हकीम साहब ही जगत ऋषि बनकर अंग–विशेष को अथाह ताक़त का मन्त्र फूँकते हैं। ये वही हकीम साहब हैं जो किसी दीवार पर सिक्स पैक बनाने की तरकीब बताते हैं। तो किसी दीवार पर वशीकरण से लेकर, रूठी हुई प्रेमिका को मनाने के दावे, तो किसी दीवार पर मनचाही नौकरी लगने और विदेश जाने तक के नुस्ख़े वाले पैम्फ़्लेट पर चिपके पड़े होते हैं।

एक दीवार पर चमकते दाँतों वाली गोरी कन्या दोबारा बाल उगाने का तेल लिए खड़ी मुस्कुराती है, तो उसी दीवार से लगी दूसरी दीवार पर एक और कन्या जापानी तेल के साथ कैप्सूल को आज़माने का ज़िम्मा सँभाले युवकों के साथ–साथ पचास पार अधेड़ों को भी 'तमसो मा ज्योतिर्गमय' के सिद्धान्त पर निराशा से आशा की ओर ले जाती नज़र आती है। हीरो की नज़र बरबस ही दीवारों पर उभरे विज्ञापनों पर गयी और उसने सोचा कि दिन को हेयर फ़ॉल और रात को नाइट फ़ॉल, इस देश में गड्ढों के बाद दूसरी सबसे बड़ी समस्या है।

ऑटो चलाना एक कला है, हुनर है, आदत है, समर्पण है। शहर में ऑटो चलाना वही सीख सकता है, जिसने अपने जीवन का मोह छोड़ दिया हो। एक ज़माना था जब एक अच्छे ऑटो चालक की नसों में ख़ून की ज़गह डीजल दौड़ता था फिर पेट्रोल दौड़ने लगा, लेकिन अब प्रदूषण बढ़ जाने के बाद गैस दौड़ने लगी है। लेकिन इस बात से कोई फ़र्क़ नहीं पड़ता है कि उसकी नसों में डीजल, पेट्रोल दौड़ता है या एल.पी.जी.। उसका काम तो बस ऑटो चलाना है।

गणित के तमाम साइन, कॉस और थीटाओं के साथ–साथ फ़ीजिक्स के गुरुत्वाकर्षण के तमाम नियमों से परे ऑटो चलाने का अपना एक विज्ञान है। अव्वल तो ऑटो को ऑटो न मानकर ज़मीन का रॉकेट मानना चाहिए और ऑटो चालक को पायलट। पर असली पायलट तो वही है जो ड्राइवर की आसंदी का सवारियों को बैठने के लिए त्याग कर दे और बैठने के नाम पर अपने बायें नितम्ब को आसंदी के दायें छोर से टिका दे। और स्पीड इतनी रखे कि बैठने वाला सफ़र को बैकुण्ठ धाम की यात्रा मानने पर मजबूर हो जाये।

"आदमी मुसाफ़िर है–आता है–जाता है और आते–जाते रस्तों में गड्ढे छोड़ जाता है।"

दुनिया में कोई भी इन्टरव्यू टाइम पर शुरू नहीं हुआ करता। कम–से–कम भारत में तो ऐसा ही होता है। लेकिन ये भी उतना ही बड़ा सच है कि इंटरव्यू देने वाला कभी लेट नहीं होता।

इंटरव्यू का टाइम सुबह नौ बजे से था। दो–चार लोग इंटरव्यू वाली जगह पर पहले से ही बैठे थे। कक्ष के दरवाज़े पर बड़ा–सा ताला लटक रहा था। लटकते हुए ताले से लटककर एक मकड़ी जाले को बुन रही थी। और बीच–बीच में रुक–रुक बाहर बैठे लोगों को देख रही थी। मकड़ी थोड़ा–सा जाल बुनती और सामने की तरफ़ देखती, हीरो को लगा जैसे यह जाल उसी के लिए बुना जा रहा है और उसे मकड़ी से नफ़रत हो गयी। उसने मकड़ी की तरफ़ निहायत ही नफ़रत–भरी निगाहों से देखा और इंटरव्यू के बाद निपट लेने की क़सम मन–ही–मन खायी।

घड़ी की सूइयाँ साढ़े नौ को भी पार करने पर आमादा थीं। इंटरव्यू देने वालों की संख्या अब पाँच से दस हो गयी थी। सुबह जब वो स्टेशन पर उतरा तो वहीं वेटिंग रूम में दैनिक क्रियाकलापों को निपटाकर सीधा यूनिवर्सिटी चला आया था।

हीरो को चाय की तलब लग रही थी। चाय का अपना एक अलग महत्त्व है। प्राचीन भारत में चाय पीने वालों की अपनी ही परम्पराएँ और रीतियाँ होती थीं। मोटे तौर पर कहा जाये तो चाय पीने वाले दो समूहों में बँटे होते हैं। एक वो लोग जो चाय पीने के बाद ही दैनिक कर्म निपटाने जाते हैं और दूसरे वो लोग जो दैनिक कर्म निपटाने के बाद चाय पीते हैं और फिर से दैनिक कर्म निपटाते हैं। लेकिन विकसित भारत में एक तीसरा समूह भी अचानक आ गया है जिसे चाय नहीं कॉफ़ी पसन्द है लेकिन वो कॉफ़ी को न तो दैनिक कार्य से पहले पीते हैं न दैनिक कार्य के बाद पीते हैं वो कॉफ़ी को तब पीते हैं जब कॉफ़ी पिलाने वाला कोई और हो। ठीक वैसे ही जैसे बड़े सरजी भी घर से विश्वविद्यालय के लिए तभी निकलते हैं जब कोई फ़्री की लिफ़्ट देने वाला हो। हीरो को चाय की तलब अब ज़ोर से लगने लगी। उसने थोड़ी ही दूर बैठे एक दूसरे भविष्य के प्रोफ़ेसर से पूछा

"आपने चाय पी?"

"हाँ, वहाँ गेट के पास एक छोटा–सा होटल है वहाँ पी ली और आपने?"

"नहीं, मैंने नहीं पी। स्टेशन से सीधा यहीं आ गया हूँ। नौ बजे का टाइम था सोचा लेट न हो जाऊँ।"

"पहली बार इंटरव्यू देने आये हो आप–"

"हाँ, मैं चाय पीकर आता हूँ।"

"हाँ, आप हो आओ, यहाँ तो पता नहीं कब तक खुलेगा विभाग।"

हीरो ने देखा घड़ी की दोनों सुईयाँ दस बजकर दस मिनट बता रही हैं उसे अपनी घड़ी बड़ी ही सुन्दर लगी। हीरो ने अपना बैग उठाया और गेट के पास बने होटल की ओर चल पड़ा। एक बड़ी–सी बरसाती को लकड़ी के कुछ खम्बों और खूब सारे गत्तों की छत और दीवार के सहारे जोड़कर एक झोंपड़े नुमा इमारत खड़ी की गयी थी। इसी झोपड़े की एक दीवार पर बड़े–बड़े अक्षरों से लिखा था– *'रामभरोसे होटल'* और ठीक उसी के नीचे लिखा था– *'गरम चाय और नाश्ता मिलता है'*।

झोंपड़े मतलब होटल के ठीक सामने कुछ ईंटों को एक साथ बाँध कर उस पर टाट का पट्टा रखके कुछ–कुछ बेंच जैसा बनाया गया था। अन्दर की तरफ़ चार ईंटों को बनाकर एक चूल्हा–सा था और चूल्हे पर एक काली–सी तपेली रखी थी। तपेली को देखकर लग रहा था कि जब रखी गयी होगी तब उसका रंग कुछ–कुछ गोरा रहा होगा पर अब उसका रंग काला है।

कुछ बरनियों में सालों से रखे खुरमे और कुछ में नमकीन रखी थी। नमकीन वाली बरनी का ढक्कन ऊपर से फूटा हुआ था क्योंकि उस बरनी के अन्दर की दीवारों पर बहुत सारी मक्खियाँ बैठकर नमकीन की शुद्धता और उसके खारेपन पर अपने–अपने विचार रख रही थीं।

उसी चूल्हे के पास एक दुबला–पतला आदमी मटमैली–सी बनियान और धारीदार चड्डे के ऊपर लाल रंग का गमछा बाँधे बैठा हुआ, और अपनी आँखों को ज़ोर–ज़ोर से मल रहा था और ज़ोर

लगाने की इस प्रक्रिया के कारण आन्तरिक रूप से हो रही ऊर्जा का संचार विस्फोट के रूप में उस लाल गमछे को भेदकर ज़मीन में पड़ी राख को साफ़ किये दे रहा था। और इस प्रक्रिया में जिस जगह विस्फोट हुआ वहाँ पर एक बड़ा–सा हिस्सा ठीक वैसे ही साफ़ हो गया जैसे हिरोशिमा में हुए विस्फोट के बाद हो गया था।

"चाय मिलेगी भाईसाब।"

मिलेगी साब पेशल चाय बनाऊँ या गरम करके दे दूँ।

हीरो को अचानक ही पाँच सितारा होटलों की याद आ गयी जहाँ पर वेटर सबसे पहले पूछता है विच वाटर विल टेक सर प्लेन ऑर मिनरल?

"पेशल ही दे दो भाई।"–हीरो थोडा–सा मुस्कुराया।

"दस रुपये की एक कट मिलेगी साब।"

"हाँ हाँ दे दो।"

'पेशल' शब्द सुनकर उसके चेहरे पर मुस्कान दौड़ गयी। उसे लगा साब बड़े आदमी हैं। वह तेज़ी से उठा और उठने के क्रिया के बीच एक और विस्फोट नागासाकी पर भी हुआ और वहाँ की ज़मीन कुछ और साफ़ हो गयी। हीरो का मन कुछ खाने को भी हो रहा था लेकिन खाने के सामानो पर विचार–विमर्श करने वाली मक्खियों पर पडने वाले व्यवधान को सोचकर उसने अपना इरादा बदल दिया।

चाय पीकर लौटने पर हीरो ने पाया कि मकड़ी ताले से लगकर दीवार तक अपने जाले को बुनने का काम ख़त्म कर चुकी है और दीवार के कोने में बैठकर चुपचाप हीरो के लौटने का इन्तज़ार कर रही है। हीरो ने एक बार फिर से उसे घूरकर देखा लेकिन मकड़ी अपने बुने हुए जाले से पूरी तरह से आश्वस्त थी उसे यक़ीन था कि जाला मज़बूत है और अब उसे सिर्फ़ अपने शिकार का इन्तज़ार करना है।

हीरो ने देखा कि इंटरव्यू देने वालों की संख्या में अब इज़ाफ़ा हो गया था और देखते ही देखते देश की जनसंख्या करोड़ों से अरबों में पहुँच गयी। इंटरव्यू में आये लोगों ने अब भीड़ की शक्ल ले ली थी,

उनमें से कुछ लोग अपनी–अपनी बिरादरी के हिसाब से उपसमूहों में तब्दील हो गये थे और बाक़ी को बड़ी ही हिक़ारत भरी नज़रों से देख रहे थे। जो लोग एक–दूसरे को देखकर अपने मुँह का स्वाद और शक्ल की बनावट को बदल रहे थे उन्हें देखकर कहा जा सकता है कि वो लोग इससे पहले भी कई बार इंटरव्यू दे चुके हैं। और एक–दूसरे के प्रतिद्वन्द्वी जान पड़ रहे हैं।

घड़ी ने ग्यारह बजा दिये थे लेकिन विभाग का ताला अभी भी मकड़ी के जाले की गिरफ़्त में था। हीरो ने एक बार फिर से मकड़ी को देखा। उसे लगा मकड़ी अब भी उस पर हँस रही है। उसने मकड़ी के लिए ली गयी क़सम को एक बार फिर से मन–ही–मन ही दोहराया।

साढे ग्यारह के आस–पास विभाग में थोड़ी चहल पहल बढ गयी। कुछ लोग बड़ी तेज़ी से विभाग की तरफ़ आ रहे थे। फ़क सफ़ेद और चक ख़ाकी पैंट पहने एक व्यक्ति ने आगे बढ़कर विभाग का दरवाज़ा खोला, दरवाज़ा खुलते ही मकड़ी थोड़ा सँभली और फिर दीवार के सहारे ऊपर की तरफ़ चढ़ने लगी। दरवाज़े के ऊपर पहुँचते ही अचानक रुकी, हीरो को लगा कि मकडी एक बार फिर उसकी तरफ़ देखकर हँसी। फिर अचानक से ग़ायब हो गयी।

लगभग बारह बजे, बाक़ी के अधिकारियों ने विभाग में अपनी आमद दी और सबको अन्दर वेटिंग रूम में बैठने का आदेश दे डाला। वेटिंग रूम के आख़िरी छोर से लगा हुआ गहरे काँच के गेट वाला एक बड़ा कमरा था जिसमें इंटरव्यू हो रहे थे। इसके अन्दर का कुछ नज़र नहीं आ रहा था लेकिन जो अन्दर जाता था वह अपने हुलिए का अक्स इस काँच में देखकर समझ जाता था कि जिस चेहरे के साथ अन्दर जा रहा है उसी चेहरे का वज़न घटाकर अन्दर से बाहर आयेगा।

इंटरव्यू में बुलाने का क्रम क्या था–ये अन्दर जाने वाले उम्मीदवारों के नाम, उमर, जेंडर और सुन्दरता के तमाम सांख्यिकीय आकलन के बाद भी हीरो को समझ नहीं आ पाया। उसका नम्बर चार

बजे आना था, सो वह इत्मीनान से बैठा अपनी बढ़ती धड़कनों को संयत करने की कोशिश करता हुआ जल्दी–जल्दी ख़ाली हो रहे उस रूम को देख रहा था, जिसमें भविष्य को बुनने के लिए अपनी कुर्सियों पर बैठे कितने ही लोग एक–दूसरे को अपना प्रतिद्वन्द्वी समझ रहे थे।

जैसे ही इंटरव्यू देकर कोई व्यक्ति आता उसको ऐसे देखते मानो वह अन्दर किसी युद्ध के मैदान से ज़िन्दा बचकर लौट आया हो। कई सुन्दर प्रोफ़ेसरनुमा कन्याएँ अपने सीने से लगा रखे डॉक्यूमेंट फ़ाइल को न जाने कितनी–कितनी बार खोलकर देख चुकी थीं और बोर होने पर फिर एक बार अपने ही किसी प्रमाण–पत्र को पढ़ने लगतीं और नज़दीक या दूर बैठी किसी मैडम की तरफ़ देखकर इंटरव्यू की मनोस्थिति से बेपरवाह होने का ड्रामा करतीं।

वहीं दूसरी तरफ़ उसी कमरे में जगह–जगह बिखरे बैठे भविष्य के प्रोफ़ेसर कभी अपने मोबाइल को देखते, कभी अपनी टाई को ठीक करते, कभी बैग में पड़े किसी सामान को टटोलते, तो कभी बराबर बैठे व्यक्ति को मुस्कुराकर कुछ पूछते और फिर उसके किसी भी तरह के जवाब पर मुस्कुराकर गरदन हिला रहे थे।

किसी उम्मीदवार के लौटने पर जैसे सभी उसकी आँखों में आँख डालकर मुँह को कान के पास ले जाकर फुसफुसाकर पूछते–क्यों, क्या हुआ? कैसे हुआ, क्या पूछ रहे हैं, कौन बैठा हुआ है? कैसा मूड़ है, तुमसे क्या पूछा। क्या तुम बता पाये? गोया अन्दर होने वाले मुक़ाबले के लिए रोम का कोई ग्लैडिएटर हमले से निपटने की रणनीति पहले ही बनाकर अन्दर जाये।

कुछ उम्मीदवार वक़्त की नज़ाकत को पहचानकर ऐसा दिखा रहे थे मानो उसने अन्दर इंटरव्यू ले रहे पहलवानों को चित कर दिया हो। कुछ जो हताश होकर निकलते वे हथियार डालकर बता देते कि फ़लाँ–फ़लाँ सवाल पूछा गया लेकिन वह इंटरव्यू हॉल में उसकी समझ में नहीं आ पाया।

इस तरह दो घण्टे बीत गये, लंच का समय कब का निकल गया था लेकिन ऐसी स्थिति में खाने से ज़्यादा नौकरी के तनाव ने पेट में

हलचल मचा रखी थी। लगभग चार बजे हीरो का नम्बर आया, कमरे में दाख़िल होते ही अन्दर आने की परमिशन लेने के बाद हीरो मेज़ के सामने रखी कुर्सी पर बैठ गया।

उसने बड़े ग़ौर से देखा कुल जमा चार लोग कुर्सियों पर धँसे हुए थे। सामने बैठे हुए चारों व्यक्ति उसे बेहतर नगीने की परख करने वाले जौहरी के बजाय परिन्दों के पंख कतर देने वाले बाज़ ज़्यादा नज़र आ रहे थे। चारों के सामने रखी प्लेटों पर काजू, किशमिश, बादाम की लम्बी दुकानें सजी थीं।

किसी प्लेट को केलों से सजाया गया था। किसी प्लेट पर रखी कटोरियाँ रसमलाई से सजी ख़ुद पर इतरा रही थीं। कुछ कटोरियों पर गुलाबजामुन चाशनी में गोते लगा रहे थे। एक कोने में किसी प्लेट पर चिप्स और उसी से लगी प्लेट में लाल और हरी चटनी के साथ समोसा पड़ा था, लेकिन उस तरफ़ कोई ध्यान ही नहीं दे रहा था। हीरो मन–ही–मन मुस्कुराया–उसे अंजीव और सड़ेरिया सर की याद आ गयी।

उन चारों में से एक अधेड़ उमर की मैडम थीं और जैसा कि इस संसार की रीत है कि अधेड़ उमर की होने के बाद भी उन्होंने अपने आपको कुछ ज़्यादा ही मैनेट कर रखा था। जिन–जिन स्थानों पर अधेड़ हो जाने की पुष्टि हो सकती थी उन–उन स्थानों को बड़े जतन के साथ छुपाया गया था। अव्वल तो उनके साधना कट बाल उन्हें अभी भी कॉलेज की छुईमुई होने का भ्रम पैदा किये हुए थे। होंठों पर लाल रंग की लिपस्टिक को मेहरून कलर की बॉर्डर के साथ सजाया गया था। माथे पर एक बड़ी गोल–गोल बिन्दी उनके प्रगतिगामी होने और इंटेलेक्चुअल होने का प्रमाण था। गले में एक किलो के आस–पास का सोना चेन की शक्ल में मौजूद था। वो सिर्फ़ काजू खा रही थी।

एक सज्जन शायद रिटायर्ड प्रोफ़ेसर रहे होंगे या फिर होने वाले होंगे। उन्होंने काजू की प्लेट से मुट्ठी–भर काजू और उतनी ही संख्या में बादाम उठाकर अपनी हथेलियों में रखा हुआ था और बार–बार

मैडम की तरफ़ प्लेट बढ़ाकर उनसे बादाम खाने के गुण बता रहे थे। वो मैडम के बायें तरफ़ बैठे हुए थे।

एक तीसरे महोदय अपनी आँखों पर पड़े मोटे–से चश्मे के पार गुलाबजामुन और रसमलाई को घूरे जा रहे थे। हालाँकि उनके बग़ल में रखी तीन ख़ाली कटोरियों को देखकर रसमलाई के प्रति उनके अगाध स्नेह को समझा जा सकता है। वे मैडम के दायें तरफ़ बैठे थे और वो भी मैडम को गुलाबजामुन के स्वाद के बारे में बताते हुए बार–बार उनसे 'एक पीस तो खा लीजिए' की गुहार लगा रहे थे।

चौथे सज्जन शायद विभाग के ही प्रोफ़ेसर थे और मेज़बानी का दायित्व निभा रहे थे। वो सबसे आख़िरी में बैठे थे और ठीक वैसा ही आदर्श प्रस्तुत कर रहे थे जैसे शादी में लड़की के बाप को करना होता है। मेज़बान प्रोफ़ेसर बार–बार बारी–बारी से प्लेट उठाकर दोनों लोगों को बढ़ा रहे थे लेकिन उनके चेहरे पर मैडम को रसमलाई ना खिला पाने का अफ़सोस साफ़ दिखाई दे रहा था। सुबह से भूखे हीरो के पेट में चूहों की जगह हाथियों ने अपना घर बनाना शुरू कर दिया था। हीरो को कोफ़्त सी होने लगी।

हीरो इस मान–मनुहार के ख़त्म होने का इन्तज़ार करने लगा। इतने में ही मैडम के दायें वाले प्रोफ़ेसर ने रसमलाई की एक और कटोरी को ख़त्म करके चम्मच से रसमलाई का आख़िरी निशान अपनी जीभ से पोंछते हुए पूछा–

"क्या करके आये हैं–?"

"जी, मैं टेलीविजन पत्रकारिता में मास्टर करके आया हूँ।"–

"अच्छा, टी.वी. देखते हो फिर?"–

"जी।"–

"कैसे आना हुआ यहाँ पर?"– बायें वाले प्रोफ़ेसर ने बादाम को काजू के साथ खाते हुए पूछा।

"जी ट्रेन, से आया हूँ?"

"आजकल ट्रेन भी न लोकल बस जैसी हो गयी है। इतनी भीड़ चलती है कि पूछो मत। पता नहीं कहाँ से इतने लोग देश में आ गये हैं।

सरकार भी कुछ नहीं करती है। ऐसे में इस देश में रहना और मुश्किल हो जायेगा। देखो, पहले से ही कितनी मारामारी है यहाँ पर। थर्ड ए.सी. भी अब स्लीपर के जैसा हो गया है। मैं तो अब ट्रेन से कहीं आता–जाता ही नहीं हूँ। किसी को बुलाना होता है तो साफ़ कह देता हूँ फ़्लाइट का टिकट भेजो नहीं तो मैं नहीं आने वाला।

मैडम के बायें वाले प्रोफ़ेसर ने सरकार को बिल्कुल निकम्मा साबित करते हुए कहना चाहा कि *देश का सत्यानाश हो रहा है और लोग इंटरव्यू देने आ रहे हैं।*

"सही कहा सर ने। आप लोग तो नींव हैं पत्रकारिता की। आप लोगों की वजह से तो इतने होनहार छात्र निकलते हैं देश में, नहीं तो यह देश कब का गर्त में चला गया होता।"–मेज़बानी कर रहे सर ने लड़की के पिता होने के दायित्व का निर्वहन करते हुए कहा।

मैडम के दायें वाले प्रोफ़ेसर ने हीरो के बायोडाटा को अपनी उँगलियों में उठाया और पल–भर के अन्तराल में उसने अपने सिर को एक बार दायें और एक बार बायें ऐसे देखा जैसे बधिक ज़िबह करने की इजाज़त माँग रहा हो।

"अच्छा तो क्या नाम है आपका?"

हीरो जवाब दे पाता उससे पहले ही मैडम के बाएं बैठे प्रोफ़ेसर ने तेज़ी से पूछा।

"प्रोफेसर और पत्रकार में क्या फ़र्क़ होता है?"

"जी, बिल्कुल अन्तर है और नहीं भी है। प्रोफेसर समझाता है और पत्रकार दिखाता है।"

"थोड़ा समझाएँगे?"–काजू का टुकड़ा मुँह में चबाते–चबाते ही मैडम ने पूछ लिया, हालाँकि इस वजह से पूरा कमरा काजू की ख़ुशबू से भर गया।

"चलो छोड़ो इस सवाल को। ये बताओ पीएच.डी. कहाँ से कर रहे हो?"

"सर, अभी तो नहीं कर रहा लेकिन जल्दी ही पी.एच.डी. में रजिस्ट्रेशन कराने वाला हूँ।"

"प्रोफेसर बनने की इतनी जल्दबाज़ी क्यों है आपको? जबकि अभी आपने पीएच.डी. के लिए एडमिशन भी कहीं नहीं लिया है।"– मैडम के दायें बैठे प्रोफेसर ने आख़िरी काजू प्लेट से उठाते हुए कहा।

अच्छा पीएच.डी. शुरू भी नहीं हुई अभी।"

मैडम के बायें साइड़ वाले प्रोफ़ेसर ने पीछे फ़ाइल लिए खडे एक क्लर्क को कुछ और काजू मैडम की प्लेट में रखने का इशारा करते हुए कहा। मैडम के दायें वाले प्रोफ़ेसर ने मन्द–मन्द मुस्कुराते हुए स्थानीय मुहावरे के रूप में अपनी सीनियरिटी दिखायी जिसका हिन्दी में सीधा–सा मतलब था कि–

"आजकल के लड़के दाँत निकलने से पहले प्रोफेसर बन जाना चाहते हैं।"

मैडम ने चपरासी को रसमलाई की प्लेट देने का संकेत किया और इस तरह मुस्कुरायी मानो कह रही हों इच्छा तो नहीं है लेकिन टेस्ट कर लेती हूँ। और फिर हीरो की तरफ़ देखते हुए एक कोहनी को मेज़ पर टिकाकर हथेली पर अपनी ठुड्डी रख ली। चपरासी ने रसमलाई के बच जाने की सम्भावनाओं और अपने समय की बचत को टटोलते हुए एक कटोरी को अपने लिए बचाते हुए दो कटोरियाँ लाकर मैडम के सामने रख दीं।

"नेट कहाँ से किया? मेरा मतलब है कब किया?"

"लास्ट ईयर ही क्लियर किया।"

"मैडम के दामें वाले प्रोफ़ेसर ने मैडम के सवाल पर मिले जवाब को काउंटर करते हुए हीरो से कहा :

"अरे! आजकल नेट करना भी मज़ाक़–सा हो गया है। जिसे देखो नेट किये हुए घूम रहा है।"

"सर, ये मेरे रिसर्च पेपर और प्रमाण–पत्र।"

"अरे रखो–रखो, ये सब काम तो तुम वेरिफ़ाई करवा के आये ही होंगे हम क्या करेंगे ये सब देखकर? अच्छा, ये बताओ विषय के अलावा और कौन–सी किताब पढ़ी है इस महीने?"

"सर, राग दरबारी पढ रहा हूँ।"

"अच्छा किसकी है ये किताब? नाम बताओ उसका?"–बायें वाले प्रोफेसर ने अब काजू के साथ बादाम वाला एक्सपेरिमेंट किया।

"जी श्रीलाल शुक्ल।"

"...तो तुमने सच में पढ़ी है किताब इसका मतलब, मैं तो देखना चाहता था कि कहीं तुम झूठ तो नहीं बोल रहे हो।"

ऐसा लगा जैसे बायें वाले प्रोफ़ेसर साब इंटरव्यू में लाई डिटेक्टर मशीन के उपयोग के पक्षधर हों और सरकार उनकी माँग नहीं मान रही हो। लेकिन वो भी जहाँ मौक़ा मिलता इस बात को ज़रूर साबित करने की कोशिश करते कि मास्टरों के इंटरव्यू में लाई डिटेक्टर मशीन का उपयोग कम्पलसरी किया जाये।

"अच्छा पुरुष लेखकों को पढ़ते हैं आप, महिला लेखकों को नहीं पढ़ते हैं, यही तो दिक़्क़त है इस पीढ़ी की, पूरी की पूरी पीढ़ी स्त्री के विरोध में खड़ी है। महिलाओं को तो आगे बढ़ते देखना ही नहीं चाहती है–ये पीढ़ी। जहाँ देखो वहाँ पुरुष हावी है। जहाँ देखो सड़क किनारे पैंट की ज़िप खोले खड़े मिल जाते हैं, संस्कारों में भी मर्दवाद हावी हो गया है। प्राचीन काल से ही महिलाओं को दैवी गुण प्राप्त हैं। इतनी बड़ी–बड़ी लेखिकाएँ हैं, लेकिन जनाब को देखिए किसी श्रीलाल शुक्ल को पढ़ते हैं।

"सही कहा मैडम आपने। आप न होती तो नारी के सशक्तीकरण का मार्ग प्रशस्त ही नहीं होता।"–मेजबानी वाले प्रोफ़ेसर साब ने एक बार फिर अपने लड़की के पिता होने का फ़र्ज़ अदा किया।

हीरो को लगा जैसे कि मैडम को किसी फ़ेमेनिज़्म वाली नागिन ने काट लिया हो। हीरो सोच रहा था कि चिल्ला–चिल्लाकर कहे कि मेरे पास इस्मत चुग़ताई, महादेवी वर्मा, अमृता प्रीतम, शिवानी, से लेकर कृष्णा सोबती और अलका सरावगी तक के सारे उपन्यास रखे हैं। उसे लगा वो कह दे कि उसके बुक सैल्फ में सिमोन दि बोउवार, जोनाह रश, शिर्ले जैक्सन से लेकर झुम्पा लाहिरी और अनिता नायर तक सब मौजूद हैं। लेकिन परिस्थिति को देखते हुए उसको चुप रह जाना ठीक लगा। अचानक ही उसे ऐसा लगा मानो उसके हाथों पर

कुछ चल रहा है। उसने अपने हाथों को बड़े ग़ौर से देखा तो चौंक गया उसके हाथों में वही मकड़ी थी। और उस पर हँसे जा रही थी। हीरो ने सबकी नज़र बचाते हुए अपने हाथों को ज़ोर से झटका। मकड़ी ग़ायब हो गयी।

"अच्छा, ठीक है अब आप जा सकते हैं।–दायें वाले प्रोफेसर अब तक चम्मच से पूरी रसमलाई चाट चुके थे।

हीरो अपने सारे काग़ज़ात समेटने लगा। उसे अपनी फ़ाइलों में वही मकड़ी फिर से नज़र आयी। हीरों ने अपने काग़ज़ात को ज़ोर से झटका और जाने के लिए उठ खड़ा हुआ इतने में मेज़बान वाले प्रोफेसर साब ने कहा :

"अच्छा सुनिए।"

"जी सर।"

"क्या आप बड़े सरजी को जानते हैं?"–एक रहस्यमयी मुस्कान के साथ उन्होंने हीरो की तरफ़ देखा।

"नहीं सर"–हीरो ने कहा और कमरे से बाहर आ गया।

हीरो ने देखा की विभाग के गेट के बाहर उसी दरवाज़े से मकड़ी अब भी लटकी हुई है। और उसे लगा कि मकड़ी के सभी पैर बड़े सरजी, अंजीव सर, सुदीप सड़ेरिया, कबाड़ी वाले नारद मुनि, गोकुल, चापलूसी, क्षेत्रवाद, जातिवाद, सिफ़ारिशों से बने हुए हैं। और वह मकड़ी उस पर ज़ोर–ज़ोर से हँस रही है। हीरो के दिलो–दिमाग़ पर उस मकड़ी की हँसी गूँजने लगी। उसने अपना जूता उतारा और ज़ोर से मकड़ी की तरफ़ दे मारा, लेकिन मकड़ी अभी भी वहीं उसी जगह अपने जाले के ठीक बीचो–बीच बैठी उस पर हँस रही थी।

बाद के कई महीनों तक हीरो को कई जगहों से इंटरव्यू के बुलावे आते रहे। हीरो जहाँ–जहाँ भी इंटरव्यू देता वहाँ–वहाँ वो मकड़ी अपना जाला बुनते उसे नज़र आती। हर बार आख़िरी में उससे एक ही सवाल पूछा जाता *क्या आप बड़े सरजी को जानते हैं? क्या आपने मकड़ी को मार डाला?*

पीटूसी

इस कायनात में यह बात बिल्कुल भी मायने नहीं रखती कि आप कितने सफल हैं और उस सफलता को पाने के लिए आपने कितनी मेहनत की है। बल्कि मायने रखता है कि उस सफलता और मेहनत का परसेप्शन कैसा है।

हीरो ने सोच रखा था कि भविष्य के लिए जो प्लान उसने बनाये हैं वो ठीक उसी दिशा में बढेगा, लेकिन ज़िंदगी प्लानिंग के हिसाब से चलती तो फिर दुनिया में इतने बवाल होते ही क्यूँ?

जंगल तो छोड़िए शहर में अँधेरा हो तो उजले दृश्य भी भुतहा और डरावने हो जाते हैं। हीरो की ज़िन्दगी भी इन दिनों इन्ही अँधेरों में बीत रही थी और वह उन अँधेरों से लगातार लड़ता हुआ जीतने की चाह में हरसम्भव कोशिश कर रहा था।

नयी सुबह की नयी अंगड़ाइयों की तरह विश्वविद्यालय का नया सत्र शुरू हो गया था। विभाग में चहल–पहल के साथ कुछ नये रंगरूटों का आना–जाना बढ़ गया था। यह वही समय होता जब पढ़ाने के लिए लेक्चर्स का बँटवारा या दायित्व निर्धारित किया जाता। हीरो को फँसाने के लिए अब एक नया तरीक़ा ढूँढ़ा गया। नये सत्र में तमाम नियमों को ताक़ में रखकर पढ़ाने के लिए नये लोगों को बुलाया गया, हालाँकि इन नये लोगों की ज़रूरत ना विश्वविद्यालय को थी, न ही विभाग को।

लेकिन अंजीव सर ने पिछले कुछ एक महीनों से जब से हैडिक वाली कुर्सी पर बैठना शुरू कर दिया था तब से उनके आस–पास

के लोगों को देख–देखकर उनका मन भर गया था। ठीक वैसे ही जैसे उन्हें बीच–बीच में ऑक्सीजन और ताज़ा हवा की ज़रूरत होती है, अपने आस–पास भी कुछ ताज़ा चेहरों की ज़रूरत महसूस होने लगी।

इन ताज़ा चेहरों में इस बात का विशेष ध्यान रखा गया कि वो ताजा चेहरे आँखों में काजल, होंठों में लाली ज़रूर लगाते हों। उनके इन ताज़ा चेहरों से तीन देवताओं के दोनों काम पूरे होने वाले थे, अव्वल तो सड़ेरिया सर को अपनी कविताओं को सुनकर वाह–वाह कहने वाले मिल जाते, और दूसरा हीरो के मिलने वाले लेक्चर्स में कमी की जाती।

यह सीधे तौर पर त्रिदेवों की जालसाज़ी का नतीजा थी और उन्हें पता था कि दुश्मन के पंख काटने हैं तो आसमान में ही इतनी नश्तर बिछा दो कि उड़ने की कल्पना भी कल्पना हो जाये। नये अकादमिक सत्र में हीरो के मेन सब्जेक्ट में दो अन्य लोगों को नौकरी पर रख लिया गया।

सड़ेरिया सर अब उसे देखकर दूर से ही हँसने लगे थे। अंजीव सर मोबाइल के स्क्रीन पर ख़ुद को ज़्यादा देर तक निहारने लगे थे। गन्ही महात्मा की तस्वीर के पीछे की छिपकली ने तस्वीर के पीछे से निकलना बन्द कर दिया था।

दुनिया में अजीब–सा परिवर्तन हुआ। घर, मकान, सड़कों में सुधार हुए। बाज़ार में नयी–नयी दुकानें खुलती चली गयीं और उन दुकानों में बड़े–बड़े काँच लगाये जाने लगे। जिनमें आदमी की सुविधाओं के सामान को बहुत दूर से देखा जा सकता है, ख़रीदा जा सकता है। काँच में रखे पारदर्शी सामान को ग़रीब आदमी सिर्फ़ देख सकता है, काँच के पार उस सामान तक पहुँचने के लिए जेब में पैसे होने चाहिए।

टीवी में आने वाले विज्ञापन बताते हैं कि काँच का साइज़ आदमी के क़द से बहुत बड़ा हो गया है। आदमी के क़द से बहुत ऊँचा हो गया है– आदमी का रहन–सहन। आदमी विज्ञापनों पर यक़ीन करता है,

दोस्त, प्रेमिका या पड़ोसी पर नहीं। वैसे विज्ञापन पर यक़ीन करने वाला आदमी इस लायक़ रह भी नहीं जाता कि वह किसी अपने पर भी यक़ीन करे।

त्रिदेवों का आतंक लगातार बढ़ता जा रहा था, हीरो की क्लास में स्टूडेंट को जाने से मना किया जा रहा था, उसकी योग्यता पर सवाल उठाये जा रहे थे। घुसपैठ के ज़रिये पाकिस्तान के हमले भारत में लगातार बढ़ते जा रहे थे।

शाम को क्लास ख़त्म होने के बाद जैसे ही यूनिवर्सिटी से लौटने का समय होता तो हीरो को किसी–न–किसी तरह के काम में लगाने की कोशिश की जाती। टेंशन का समुद्र हरहराकर उसके चारों तरफ़ घिरने लगा था। काम के लिए यूनिवर्सिटी और आराम के लिए घर आना–जाना बेमानी होता जा रहा था। क्लास में उसकी क़ाबिलियत अब कोई मायने नहीं रखती थी। कुछ को छोड़कर ज़्यादातर स्टूडेंट अपनी अलग ही धुन में क्लास में रहते और सिलेबस से ज़्यादा राजनीतिक मुद्दों पर चर्चाएँ होतीं।

ज़िन्दगी का वो दौर शुरू हो गया था जिसे आमतौर पर मुफ़लिसी का दौर कहा जाता है। पैसे की तंगी हो जाये तो दोस्ती का अर्थ घास में गिरी सूई की तरह ग़ायब हो जाती है। जेब में नोटों की मौजूदगी का दृश्य मन्द पड़ने लगे तो अच्छे से अच्छे सुन्दर दृश्य भी धुँधले हो जाते हैं।

अंजीव सर ने अपने वीटो पॉवर का इस्तेमाल करते हुए हीरो को कक्षा में एक ही लेक्चर पढ़ाने को दिया था और फिर धीरे–से एक महीने बाद हीरो के लिए विभाग के रास्ते बन्द कर दिये गये। कबाड़ी वाले नारद मुनि ने अंजीव सर के आदेश को शिरोधार्य करते हुए हीरो तक यह ख़बर पहुँचा दी कि अब उसे आने की ज़रूरत नहीं क्योंकि उसे निकालने के साथ–साथ हकाल भी दिया गया है।

हीरो को अचानक ही लगा मानो कहीं से व्रजपात हुआ हो। पैरों के नीचे की ज़मीन खिसक गयी हो। चाँद के अनन्त टुकड़े हो गये हों। कबाड़ी वाले नारद मुनि ने जब अंजीव सर को यह विश्वास

दिला दिया कि उनके पराक्रम और शौर्य की गाथा और उनसे दुश्मनी मोल लेने की सज़ा का फ़रमान हीरो तक पहुँचा दिया गया है।

अंजीव सर ने एक लम्बी मुस्कान चेहरे पर लाते हुए कबाड़ी वाले नारद मुनि की तरफ़ बड़े ही सुकून से देखा। हैडिक वाली कुर्सी पर ख़ुद को लादते हुए उन्होंने अपने सिर के पीछे दोनों हाथों का तकिया बनाकर एक मन्द मुस्कान अपने होंठों पर लाते हुए अपनी आँखें मूँद लीं। थोड़ी देर तक उसी मुद्रा में रहते हुए झूले की तरह कुर्सी में झूलते रहे। उनके मुस्कुराते चेहरे पर आत्ममुग्धता का असर साफ़ देखा जा सकता था। इसी मुस्कुराहट के साथ उन्होंने सड़ेरिया और कबाड़ी वाले नारद मुनि को देखा और उनके देखने के अन्दाज़ से पता चल रहा था कि इस विश्व में अगर चक्रवर्ती राज्य कहीं पर है तो इसी विश्वविद्यालय में है और अगर कोई चक्रवर्ती राजा है तो स्वयं अंजीव सर हैं।

ये कोई सपना तो नहीं न? अपने बालों में तेज़ी से उँगलियाँ घुमाते हुए हीरो सोच रहा था कि कहीं ये सपना तो नहीं है? बग़ल वाली दीवार की जड़ में पड़ी ख़ाली बोतल को पैरों से ठोकर मारते हुए हीरो ने इस बात को जानना चाहा कि सपना है या हक़ीक़त। बोतल सीधे आसमान में चली गयी है और शायद कहीं गिर गयी होगी ये सोचकर हीरो ने दूसरी तरफ़ ध्यान लगाया। उसे अच्छा लगा कि ये सपना नहीं हक़ीक़त है। हालाँकि उसके बग़ल में खड़े तम्बाकू रगड़ रहे एक फटेहाल आदमी ने बहुत धीमी आवाज़ में बोतल की दिशा में देखते हुए कहा कि बोतल अभी भी आसमान की तरफ़ चली ही जा रही है लेकिन हीरो ने कोई ध्यान नहीं दिया। वैसे भी फटेहाल आदमी की बात पर कौन ध्यान देता है?

वह फुटपाथ पर चलने लगा और देखा पत्थर के ऊपर भी घास उग आयी है। शहर में बरसात का असर देखिए कि पत्थर पर भी लम्बी–लम्बी घास उग गयी है। अच्छा है, अभी तो दिन के कई घण्टे बचे हुए हैं। वह अपने आप हँसा। सामने स्कूटी सवार लड़की एक बूढ़े को साइड मारती हुई निकल गयी। वह सोचने लगा कि सपनों

में तो शानदार चीज़ें दिखती हैं यार। एक से एक हसीन सुन्दरियाँ। अहा! ग़ज़ब की फ़िगर वाली स्विम सूट पहनी हुई फ़िटनेस फ़्रीक....यू नो नशीली बातें, नशीली चाल। अंग्रेज़ी बोलते होंठों पर चमकीली अदा। अगर ये सब भी न दिखे तो सपने में तो शानदार महल और किसी जोश भरी सुन्दरी की बाँहों में पड़े हुए उड़नखटोले पर बैठकर बादलों पर घूमते हुए मस्ती और खाना–पीना आता है।

उसने सोचा, शहर की इस शोरशराबे वाली सड़क पर गाड़ियों के हॉर्न से पिनपिनाते कानों पर हाथ धरते लोगों के बीच वह क्यों घिरा हुआ है? उसे तो लेक्चर लेने जाना है लेकिन वह फिर भी वहीं पर खड़ा है। हीरो ने देखा सड़क पर किसी फ़िल्म की शूटिंग चल रही है और कोई एक्टर किसी दरोगा कि भूमिका में एक नौकरीपेशा आदमी से बोल रहा था *"यहाँ सिर्फ़ उसका राज चलता है। तुम चाहे जितने भी कोशिश कर लो ये हमारा इलाक़ा है और यहाँ के हम ही सब कुछ हैं।"* हीरो को बड़े सरजी, अंजीव सर और गठान सर की याद आयी। वे भी यूनिवर्सिटी में दरोगा ही तो बन गये हैं जिनके आगे किसी की नहीं चल पा रही है।

लेकिन उसे क्या? अब वे उसका कुछ नहीं बिगाड़ सकते। उसके पास बहुत ज़बरदस्त ताक़त है। ताक़त चीज़ों को ग़ायब कर देने की और उसने महसूस किया कि सामने से आ रही गठान सर की बाइक हवा में ग़ायब हो गयी। वह जीत गया है। देखों, मैं जीत गया, मैंने अपना जीवन बरबाद करने वाले उस आदमी से बदला ले लिया। वह अब कभी यूनिवर्सिटी नहीं जा सकेगा। वहाँ के स्टूडेंट का भविष्य अब बचा रहेगा। हीरो ख़ुशी के मारे नाच उठा। फ़िल्मी एक्टर ने उसकी तरफ़ देखा और दूर से ही उसकी ओर हाथ हिलाकर मुस्करा दिया।

आज कुछ तो ख़ास बात है... मन भी हल्का–हल्का सा लग रहा है। शरीर भी एकदम रुई जैसा हल्का हो गया है। गर्मी का मौसम है लेकिन उसे कोई गर्मी नहीं लग रही। पता नहीं क्यों, आज चारों तरफ़ एक मदहोशी–सी छायी है। नौकरी में होने वाली तमाम टेंशन फुग्गे की शक्ल में उड़ती चली जा रही है।

आज कोई आदमी उदास भी नहीं लग रहा है। क्या दूसरे लोगों को उनकी मनचाही नौकरियाँ मिल गयी हैं? लग तो ऐसा ही रहा है। या फिर सबको उनकी प्रेमी–प्रेमिकाएँ मिल गयीं हैं? हो सकता हो मिल गयी हों क्योंकि कल वैलेंटाइन डे भी तो है। सरकार ने सबको अपने–अपने लवर को चुन लेने की छूट दे दी है। हीरो को याद आया सुबह अख़बार में विज्ञापन भी छपा था, किसी भी प्रकार के प्रेमी–प्रेमिका खोजने के लिए सम्पर्क करें। उचित कमीशन पर भरोसेमंद और स्वस्थ प्रेमी उपलब्ध कराये जाते हैं, नक़्क़ालों से सावधान। हयँ! क्या ऐसा भी होने लगा आजकल? उसने बीड़ी पीते एक मज़दूर से पूछा, मज़दूर ने हाँ में सिर हिला दिया और हँसने लगा।

हीरो ने देखा कि सब उसकी तरफ़ ही देखकर मुस्कराते जा रहे हैं। वह अचकचाया, क्या हो गया है उसे? उसने अपने कपड़ों पर ध्यान दिया। फिर उसने पैंट की ज़िप देखी, कहीं खुली तो नहीं रह गयी है, उसने नीचे टाँगों की तरफ़ देखा कि कहीं कोई कुत्ता तो पेशाब नहीं कर रहा लेकिन कुत्ता तो दूर सड़क के दूसरी तरफ़ किसी के थैले में रखी हुई ब्रेड सूँघ रहा था।

उसने झुँझलाकर अपने आप से कहा–अच्छा होता कि किसी तरह यहाँ से निकलकर किसी शोरूम पर होता और सामान ले रहा होता। जिन्दगी में ख़ूबसूरती बची हुई हो तो सपनों की ज़रूरत नहीं रह जाती। वह सपना देखता किसी कमनीय प्रेमिका का, ऐशो–आराम, मौज–मस्ती, एक सुन्दर मकान और–और वो हैडिक वाली कुर्सी, हाँ वही बड़े सरजी वाला सोफ़ा, हाँ वही सबसे ऊपर के फ़्लोर वाला *कक्ष...हाँ...हाँ...वही*...लेकिन, *'हकीक़त'* बाहर बेंच पर बेसुध देह के साथ लेटी हुई थी और पार्क में चारों तरफ़ लोग टहल रहे थे। बग़ल की सड़क पर गाड़ी थी और धुआँ था। बेंच पर पड़ी हीरो की देह के चारों तरफ़ भी धुआँ था। धुआँ नाउम्मीदी का, निराशा का।

❑❑

क़ातिल ने किस सफ़ाई से धोयी है आस्तीं
उसको ख़बर नहीं कि लहू बोलता भी है

इक़बाल अज़ीम